〈日本幻想〉表象と反表象の比較文化論

野田研一［編著］

Visionary Japan
: Comparative Approaches
to the Representation
and Counter-Representation
of Culture

ミネルヴァ書房

〈日本幻想〉表象と反表象の比較文化論

目次

第Ⅱ部　見いだされる〈日本〉——自己の発見

第Ⅲ部　交錯する日本幻想——反表象の力学

序論　日本幻想
——表象と反表象——

野田研一

この惑星にはもはや他者の時間はない。幾時代にもわたる旅人が形成したひとつの時間、ひとつの世界があるだけである。近代性《モダニティ》は避けられない。

（リード　二〇〇八：二一六）

一　失われる「他者の時間」——文化比較とは何か

概ね一五世紀に始まるとされるヨーロッパにおける大航海時代以降、ヨーロッパ諸文化と遭遇することになった非ヨーロッパ世界。かれらは、おそらくは人類史上類例のない規模で、かつ短期間のうちに、諸種の異文化と〈近代〉に遭遇することになった。「空間移動が比較論者、相対論者を産み出す」（リード　二〇〇八：九五）とはエリック・リード『旅の思想史——ギルガメシュ叙事詩から世界観光旅行へ』における至言であろう。空間移動の体験は、たとえば植民地主義に代表されるように、国家や経済体制のありかた、さらには国際的な関係のありかたを大きく変えた。しかし、それだけではない。同時に、人間の思考と心的態度も徐々に変えていったのである。〈近代〉人をかたちづくっていったのである。その典型として、たとえば、ツヴェタン・トドロフ『他者の記号学――アメリカ大陸の征服』はクリストファー・コロンブスを挙げる。

> 時代を二つに区分できる日付というものは、どれでも自由に決められるとはいえ、一四九二年――コロン（ブス）が大西洋を横断した年――以上に近代のはじまりを刻むにふさわしい年はないであろう。ヨーロッパ人はすべてコロン（ブス）の直接の子孫であり、――はじまりという言葉が意味を有するかぎりにおいて――私たちの系譜がはじまったのは、彼コロン（ブス）においてなのだ。
>
> （トドロフ 一九八六：八。傍点筆者、以下同。括弧内は筆者による補足）

もっとも、この一節でトドロフはあくまで「近代のはじまり」について語っているのであって、より本格的な〈近代〉人としてかれが想定しているのは、コロンブスではなく、スペインの征服者コルテスであり、さらにはラス・カサスのような人物たちである。トドロフの認識によれば、コロンブスは「キリスト教の世界制覇」を目標とする中世精神を色濃く残していた人物であり、（のちにコルテスが対決した）アステカの王モクテスマにむしろ近似した前近代的精神構造の持ち主であった。それゆえに、かれが関与したのは、あくまでも「近代のはじまり」にすぎなかったが、他方、コルテスははるかに自由で実践的で情報収集と情報操作に長けた〈近代〉人としての特性を余すところなく示していた[1]。

かくて、未曾有のスケールとスピードで人類による旅と移動の時代が始まり、そして私たちの現在はある。それを〈近代〉の到来と呼ぶことを躊躇う理由はないであろう。そのことにまずは留意しておきたい。冒頭に引用したリードは、現代社会とは「流動的社会《モーバイル》」であり「旅人社会」（リード 二〇〇八：五）であるという前提から語り始め、そのような空間移動の常態化にともなって、どのように顕著な変化が生まれたか、多岐にわたる犀利な分析を加えている。

わけても注目すべき論点の一つが、ヨーロッパはみずからが発見したその空間を、「時間化」すなわち「歴史化」することに腐心したとする分析である。「空間を旅することは時間を旅することであった」（リード 二〇〇八：二二五）とリードはいう。空間の時間化＝歴史化とは、ヨーロッパにとっての未知であり、発見の対象である非ヨーロッパ世界とその文化が、人類の歴史上（時間軸上）のどの位置にあるのかを定位する思考プロセスを指す。空間の時間化＝歴史化は、ときに理解不能、ときに怪異、ときに未知として立ち現れる世界が、たとえば新石器時代に比定されるとか、ギリシア時代に相当するといったかたちで歴史的（つまり時間的）に定位されることにより、安定的な一定の理解と既知の思考体系へのくりこみを可能にするいわば変換装置である。[2] リードは次のように要約している。

> 哲学的な旅の時間化作用に含まれている隠然たる格付け行為は、進化の階梯のどこにその民族が位置しているかによってその民族を理解できるという考え方を前提にしている。近代ヨーロッパの進歩した文化によって「子供」（としての非ヨーロッパ）を監督保護するということ自体が当然のことと見なされたのである。暴力は不従順な子供に対するやむをえざる罰として、搾取は労働善行説《ワーク・エシック》の教授として、原地（原文ママ）資源の支配は扶養家族に対する大人の優位の例証として理解された。
>
> （リード 二〇〇八：二二四―二二五。括弧内は筆者による補足）

このような空間の時間化＝歴史化は、現代社会でも珍しいわけではない。異邦の地に赴き、「まるで一九六〇年代の日本のようだ」などと感慨した瞬間、私たちは、まったく同じように、空間上の移動を、時間の旅のもたらす認識の布置に変換していることになる。そのとき、私たちは図らずも時間旅行者《タイムトラヴェラー》となる。この時間化＝歴史化とは、「進歩」「進化」の歴史観の別名でもある。そもそも「歴史」という概念そのものが、そのような線的で進歩主義的な時間観念を内包している。したがって、空間移動とは時間移動であるとするリードの卓抜な議論は、その時間化＝歴史化の旅が、不可避的に階層秩序すなわち「隠然たる格付け行為」を生成・構造化し、それを権威づける進歩史観＝進化論に繋がるものであることを示唆する。[3] 近代性のあざやかな刻印である。

ただし、そのとき獲得される「異文化理解」とは、（いずれの時代にせよ）当時のヨーロッパ圏の歴史観あるいは歴史と知の体系、すなわち既知の布置の内部で起こる理解にすぎない。さらにいえば、次のリードの指摘に読みとれるように、ヨーロッパ社会に既存する「自己イメージ」の投影にすぎなかった。

> 「新世界」に見出されたヨーロッパとの差異のひとつひとつは、自然状態から政治的社会の状態へ移行する間に「獲得されたもの」として物語ることができるだろう。初期の探検家たちが両義的な楽園である「新世界」に欠けていると思ったもの——貨幣、私有財産、王権、性的抑圧、羞恥心——はすべて、十六世紀のヨーロッパ人を取り囲む道徳的政治的経済的状況を形成していたものと見なすことができるだろう。「新世界」が新思想を導き入れることもなく、良心の危機をもたらすこともなかったことは明らかである。とはいっても、ヨーロッパ人が自らの良心を明るみに出し、己れの文化の諸特徴を公認のものとし、人間の原初的状況に直面して明らかになった差異から自己イメージを鮮

明にさせるための素材を「新世界」は提供した。

（リード 二〇〇八：二一八）

ヨーロッパは次々と「新世界」に「差異」を見いだした。「差異」はいずれもヨーロッパの既知としての「自己イメージ」を後景として発見され、結果としてそれを前景化する役割を果たしたものであり、「差異」とはヨーロッパが他者を見るときの「レンズ」あるいは「前提」がつくりだす偏差を指していた（リード 二〇〇八：二〇七）。「新たに発見された民族に、文化や文献に見られるさまざまな伝統を写像《マップ》する」（同右）こと。したがって、非ヨーロッパ＝「新世界」の異質性、他者性は、ヨーロッパが自己確認へ向かうプロセスをかならず随伴するものであった。

右の引用にあるように、「貨幣」がない、「私有財産」がない、「王権」がない、「性的抑圧」がない、「羞恥心」がない、などヨーロッパ的な諸概念を視座として、そこに差異（この場合、「ない」）が見いだされてゆく。そして、「新世界」に「ない」と認識・判断された事象＝差異は、そのとき同時に、それらの事象が「ある」、ヨーロッパ社会の価値づけに変換される。それがリードのいう「自己イメージ」の前景化である。リードは、たとえば、「野蛮さ」をめぐる発見や知見は、当時のヨーロッパにおける「野蛮さの度合が政治的秩序のレヴェルに合わされている」（リード 二〇〇八：二一五）からこそ認識されるのだと指摘している。

自文化の（あるいは既存の）価値システムが異文化に関する発見、知見、認識を生成、構成する。そこに展開されるのは、類似／差異の発見つまり比較の思考である。それこそがオリエンタリズム的な思考と表象の根源を指し示す。そして、そのような比較⇒類似／差異⇒置換⇒解釈⇒価値判断が可能となった理由はといえば、たんにヨーロッパにとってヨーロッパが主体であるという条件によるだけでなく、ヨーロッパ側に〈近代〉が指標化（あるいは普遍化）されていたことも小さからぬ意味をもっているだろう。

そもそも比較とは何か。とくに文化間の比較という行為あるいは手続きはどのような出来事であるか、基本的なポイントを整理しておこう。リードは、物理的な移動＝運動体験が、知覚の構造化と対象への距離化＝観察への傾斜をもたらし、「世界の客体化」と「持続的な視点としての『主体の発見』」を同時的に実現することになったと指摘している（リード 二〇〇八：九二）。主観と客観の二分法が移動＝運動体験を通じてより鮮明に稼働し始め、事象そのものから距離を置く、客観性の場が可能となった移動するひと＝旅人は、比較の思考そのものを絶えざる生の現場とする存在と化す。

> 比較というのは、新しくて見慣れぬ光景を目の前に見た旅人が、見慣れたものを基底部として喚起するための方法である。新しくて見慣れぬ光景は既知のものとの関係で初めてそのようなものとして知覚されるのである。そうすることによって、見慣れぬものや異常なものと通常結びついている不安感が散らされるのである。旅一般、とりわけ「探検」は、異様なもの、見慣れぬものへの嗜好に動機づけられているのである。旅人の習い性となるこの比較は、以上のような意味において、異様なもの、見慣れぬものに対する防御反応と見なすことができるのである。（リード 二〇〇八：九四）

ここに定式化されているように、私たちは、未知（見慣れぬもの）を理解するために、あるいは認識論的に定位するために、既知（見慣れたもの）を「基底部」としながら読み解く。未知を理解するために既知を援用する。このとき、類推《アナロジー》という機能が稼働している。類似／差異が比較の思考の基本原理である（同時にそれが比喩の原理でもあることは興味深い）。しかし、既知がひとつの価値システムである以上、それを未知に対して類推的に適用するということは、そこに生成される未知についての理解が、最終的には既知システムに条件づけられ、制約されており、「自己発見」に帰着するほかない可能性に満ちていることはすでに見てきたとおりである。そのかぎりでは、このような比較の思考はきわめて自文化中心的なイデオロギー性を否定できない。(4)

このような事態は、リードが指摘するように、旅が「常態《ノーム》」であり「規範《ノーマル》」と化した現代社会の特徴であり、「旅人社会としての現代に特徴的な知の諸形式」（リード 二〇〇八：五）の一部として、まぎれもない〈近代〉を規定していることになる。リードは、「第六章　新世界との遭遇――ヨーロッパの自己発見」の冒頭に、J・H・エリオットのことばを引用している。曰く、「アメリカの発見は重要な出来事であった。まったく新しい思想を産み出したからというよりもむしろ、ヨーロッパの文化伝統内にすでに見られた思想や問題にヨーロッパの人々を直面させたからであった」（リード 二〇〇八：二〇七）と。リードの章タイトルどおり、「新世界との遭遇」は「ヨーロッパの自己発見」以上ではなかったということである。ヨーロッパは異文化遭遇を介して、みずからを「写像《マップ》」し、多木浩二の言葉を借りれば、「自分たちの抱える問題を思考」していたのである（多木 二〇〇二：三三）。異文化表象とは、いわば「他者の時間」であるのみか、じつのところ、「他者の時間」の消去を意味している。そこまで言いきることはいささかためらわれるとしても、「他者の時間」は確実に失われている。そのような歴史的経緯の上に、現在はある。その自覚の果てに、私たちの〈近代〉という時間はある。

二　〈日本幻想〉とは何か――自己発見を超える試み

本書で〈日本幻想〉と名づけている事象は、ヨーロッパにおける他者表象の一部を成す「日本をめぐる表象の諸様態」のことを指す。それは、ヨーロッパにとっての「他者の時間」を構成する一部分であった。もちろん、本書が「幻想」と呼ぶのは、避けがたく、著しいステレオタイプ化が見られるからであり、他者表象の典型的な形態でもあるからである。ヨーロッパにおけるこのような他者発見＝表象の歴史は、「ヨーロッパの自己発見」の一環という危うさを本質的に内包していることはすでに述べたとおりである。

ただし、本書が改めて、「オリエンタリズム」でもなく「ジャポニズム」でもなく、〈日本幻想〉というう新たなタームを掲げる理由は、このようにして奪われた、あるいは失われた「他者の時間」を認識し、ヨーロッパによるオリエンタリズム的思考の犯罪性をこれ見よがしに告発・断罪してみせるためではない。そうではなく、このような〈日本幻想〉が、たんなる「自己発見」への一元的還元を乗り越える可能性と契機を内包していると予測するからである。したがって、まずは〈日本幻想〉という言葉について検討しておきたい。

〈日本幻想〉という言葉は人口に膾炙した言葉ではない。が、最近、本書執筆者のひとりでもある山里勝己が『アメリカ文化　55のキーワード』（ミネルヴァ書房、二〇一三）において、項目「日本幻想――日本体験と世界観の変容」を執筆し、主にアメリカの現代詩人ゲーリー・スナイダーの「日本体験」を介してこの用語の定義を試みている。山里はこう述べている。

……二〇世紀初頭のジャポニズムが表層の日本趣味であり、遠くから日本を「幻想」しながら、とりとめのないファッションに傾斜した傾向であるとすれば、現実に日本を体験し、自文化を変え、世界を変えようとする傾向や運動を「日本幻想」と新たに命名して見たいのである。

（山里 二〇一三：一四〇—一四一）

さらに進めて、山里は、幻想とは新たな文化を構想する「幻視（envisioning）」でもあり、スナイダーは、「現代日本をめぐる「幻想」を、実践可能な思想へと鍛造するという粘り強い思索」を展開した詩人・思想家であると論じている。スナイダーの〈日本幻想〉は、「実際に日本文化を体験し、日本社会に沈潜しつつ自らの文化と融合し合流するなかで生まれてきた未来像であり、自らの変容をも招来する世界観の創造をもたらした」（傍点筆者）のだと指摘している。

以上の、じつにニュアンスに富む引用文から留意すべきことが三点ある。第一に、〈日本幻想〉はいわゆるジャポニズムとは一線を画すものであること。第二に、〈日本幻想〉は、「自文化を変え、世界を変えようとする」「実践可能な思想」であること。第三に、それは二つの文化の「融合」と「合流」から生成される「未来像」であり新たな「世界観の創造」でもあること。

類似した用語であるジャポニズムと一線を画す用語として〈日本幻想〉を定義・提起する理由がこのように明確に記され、「自文化の変容と新たな世界観の創造」という肯定性が含意されている。もっとも、ジャポニズムがはたして山里が指摘するような静態的で、表層的な「趣味」のレベルにとどまる用語であるかどうかは議論の余地があるだろうが、概念的には、〈日本幻想〉はジャポニズムを包含する概念だとここでは考えておきたい。ただし、山里による〈日本幻想〉概念の特徴はけっして静態的ではない点にある。何よりも、この概念を「ヨーロッパの自己発見」のみに収斂させることを拒否し、このような「他者の時間」の他者性と創造性を積極的に認めようとするものである。リードの悲観的認識とは異なり、「他者の時間」は、かならずしも奪われたり、失われたりするわけではなく、ある種の変容と変革のアクティヴな実践態たりうるものとして把握されている。後述するように、本書のスタンスと軌を一にする、きわめて示唆に富むものである。

本書『〈日本幻想〉表象と反表象の比較文化論』は、〈日本幻想〉をめぐるある種のダイナミズムを捉えようとする試みである。つまり、能動性と実践性に目を向けているのである。それは、山里が引証するゲーリー・スナイダーの言葉を借りるならば、「文明をひっくり返すための梃子」となるべきアクティヴな力であり創造性である。山里が、「趣味」ではなく「実践可能な思想」と呼ぶ、そのようなダイナミズムを〈日本幻想〉という概念を通して本書でもより広範に提示したいと考えている（山里 二〇一三：一四三）。

異文化との遭遇は、すでに述べたように、自文化との照合・比較・比定のプロセスを前提とする。そこには相互（作用）性あるいは対話性もまた想定されている。つまり異文化との出会いは、一見逆説的ながら、かならず自文化へのまなざし＝対象化を内包するが、山里の問題提起の根底にあるのは相互性である。いいかえれば、ここでいう「自文化」とは、「他者の時間」を抹消して突き進むような「自文化」ではなく、見る側／見られる側の双方に関与するものである。異文化間の関係は、単純な「見る／見られる」の一方向的（権威的かつ権力的な）関係に収斂するものではない。本書が探り出そうとする〈日本幻想〉とは、「日本をめぐる表象の諸様態」との遭遇、およびそれを介した「自文化をめぐる表象の諸様態」への比較文化的かつ自己再帰的なまなざし、そして、そこから生まれ出る新たな想像力と構想力の謂である。それも、非・日本による〈日本幻想〉が存在するだけではない。日本自身もまた〈日本幻想〉を抱え込むという視点を重視している。

ここで問題を少し整理しておこう。〈日本幻想〉を抱くのは誰か。まずは日本をまなざす非・日本的主体である。とりあえずはヨーロッパ人たちと概括しておこう。山里はこの〈日本幻想〉がたんなる偏見の所産ではなく、「実践可能な思想」となりうるものと述べていた。これは、つまるところ、〈日本幻想〉はそれを抱いた非・日本的主体（見る側）を改変する可能性をもつことを意味している。スナイダーが「文明をひっくり返すための梃子」を手に入れたように。これが〈日本幻想〉をめぐるダイナミズム《その一》である。《その二》として考慮に入れる必要があるのは、見られる側＝客体に位置づけられている日本（的主体）もまた、見られた〈日本幻想〉を介して、「自文化を変え、世界を変えようとする」「実践可能な思想」を獲得するのではないかという視点である。もっとシンプルにいえば、先に述べたように、日本もまた〈日本幻想〉を抱え込むのではないかという問題意識である。

三　理論的枠組みについて

前節で述べたように、本書は、主として英米文化圏における「日本をめぐる表象の諸様態」＝〈日本幻想〉を具体的に分析し、その胚胎・生成とインパクトの諸相を歴史的かつ具体的に検証することを目的としている。ただし、課題の性格上、日本文化ならびに日本文学に関する研究も部分的に含むものとなる。なぜなら、日本自身もまた〈日本幻想〉を抱え込むと考えるからである。理論的には表象論を基底に据え、メアリー・L・プラットの「接触界域（contact zone）」論を踏まえつつ、〈日本幻想〉をめぐるダイナミズムを明らかにしようとするものである。

プラットの『帝国のまなざし――トラヴェルライティングと相互文化変容』（初版、一九九二）によれば、「接触界域《コンタクト・ゾーン》」は、「異種の文化が出会い、衝突し、相互に葛藤し合う社会空間のことであり、たとえば植民地主義や奴隷制といった、しばしば支配と従属のきわめて非対称的な関係において生起する」とされる。(5) この「接触界域」における顕著な出来事として、プラットは「相互文化変容（transculturation）」という概念を設定している。この概念は、「文化適応（acculturation）」と「文化喪失（deculturation）」を複合的／統合的に扱う概念として措定されている（出口・三尾 二〇一〇：七―八、二四五）。この「相互文化変容」という概念は、異文化への「適応」と自文化の「喪失」の可能性を避けることができない事態として提起されているが、同時にそこには、新たな〈文化〉の創出もまた強く意識されている。本書における〈日本幻想〉概念もまた、そのような「文化変容」の危機のなかにあって、新たな〈文化〉創造の可能性を指し示すものである。(6)

本書では、以上のような論点を踏まえて、言説としての〈日本幻想〉生成のプロセスを次の三つのフェイズにしたがって枠づける。すなわち、①産出（第一次表象）⇒②表象（第二次表象）⇒③反表象（相互文化変容）である。この三フェイズは、連続的な生成プロセスとして想定しており、それゆえにそのあいだに明瞭な境界や区分を与えることはかならずしも容易ではないが、このプロセス全体を通じて、所定の個別化された〈日本幻想〉が産出・流通・消費・反映されるものと想定している。以下、各フェイズについて簡潔に紹介する。

① 産出＝見る（第一次表象）　⇓日本幻想1

②　←　表象＝見られる（第二次表象）　⇓　日本幻想2

③　←　反表象＝自己投企＝見せる（相互文化変容）　⇓　日本幻想3

フェイズ①――産出＝見る（第一次表象）⇓日本幻想1

〈日本幻想〉はまず第一に、非・日本によって「産出」される。日本と無関係にそれは「産出」されるわけではない。直接的であれ、間接的であれ、日本との何らかの「接触」段階があって、〈日本幻想〉は「産出」される。この場合、「日本」と名指しているものが、（エドワード・サイードのいう「オリエンタリズム」がそうであるように）実体的であることは事実上不可能だと思われるため、だとすれば、理論上、この「日本」もまた表象としての「日本」、言説としての「日本」であることを免れず、つまりは〈日本幻想〉ということになる。(7) 産出段階における〈日本幻想〉は、ゼロから産み出されるわけではなく、むしろ、理論的には、そこにあらかじめ前・表象としての〈日本幻想〉が存在することに留意しておきたい（英米圏に向けて輸出された日本のイメージなどがこの前・表象に当たるだろう）。〈日本幻想〉が〈日本幻想〉を産出するのである。

フェイズ②――表象＝見られる（第二次表象）⇓日本幻想2

このフェイズは、第一次表象としての日本幻想1を、見る側ではなく、見られた日本の側からとらえた、あるいは認識した場合の〈日本幻想〉のことを指している。したがって、第二次表象という用語を使ってはいるが、事実上、同一表象を日本サイドからとらえたものを指す。英米圏が提示する日本表象を同じ英米圏から見るのか、それとも、表象された側である日本から見るのかによって、たとえ同一の表象であってもその意味が異なることは当然ありうるからである。また、日本表象1の前・表象を規定しているのが、日本がみずから「輸出」したイメージの一部であることも想定されるため、日本幻想1の産出の基底には、かならずしも一方的に「見る／見られる」の関係があるのではなく、「見られる」ために「見せる」ということも充分想定されよう。そのように「見る／見られる」の二分法で割りきれない複合的なプロセスがある。

フェイズ③——反表象＝自己投企＝見せる（相互文化変容）⇓日本幻想3

本書の重要性は、「見る」主体者としての英米圏によって産出された客体＝「見られた日本」をめぐる言説＝表象を主題化する（これはフェイズ①②に属する）だけでなく、そのように「見られた日本」という言説群に対して、「見られた日本」（＝客体）の側がいかなる対応＝表象を「見せる」かについても視野に入れて検証する点にある。本書ではこのような表象に対応／対抗する表象を反表象（counter-representation）と名づけている。〈日本幻想〉をめぐる言説に向けて、「見られた日本」（＝客体）が、「見られた」〈日本幻想〉に向けて自己投企を行い、それに対する自己同一化と自己成型、つまりは「（擬似）主体化」を遂げる事態、これを本書では反表象と呼ぶ。また、同時に、このような「相互変容」の段階では、当然、山里が重視する〈日本幻想〉の創造性という要素を取り込むだけでなく、「相互性」のレベルも併せて視野に入れておく必要がある。つまり、このフェーズ③が「相互文化変容」をめぐる問題にもっとも接近するものであるとすれば、日本だけでなく、非・日本もまた変容する可能性を孕むのである。反表象とは、「見る側／見られる側」の双方をその相互性によって変容させる力なのである。

異文化との出会いは一方が他方に圧倒的な影響を与え、支配するというだけではない。かならずしも明示的ではないにせよ、力学的関係における被支配の側が支配の側に大きな影響を与えるという事例もけっして少なくない。その上、注意したいのは、こうした二者関係を単純な支配／被支配の権力関係に還元する思考の陥穽である。対他関係の倫理は必要である。しかしながら、対他関係の権力性や政治性はつねに加害／被害の二元論に収まるというものではない。そのような二元論に陥ることそのものが、主体性の放棄を知らずして招き寄せている場合もある。本書が異文化関係における反表象という概念を強調するのは、異なる文化に揺さぶられ、「文化変容」を迫られる「見られた日本」に、対抗的な主体性を見いだそうとする試みだからである。反表象概念が、メアリー・L・プラットの『帝国のまなざし』が展開する「相互文化変容（transculturation）」の概念ときわめて親和性が高いことはすでに述べたが、それは、植民地化された側の人々が帝国側の「表象様式」にどのような対応をするのか、を視野に入れた概念として周到に設定されているためである。その意味でいうならば、本書の試みは、いうまでもなくプラットのいう「相互文化変容」のダイナミズムを焦点としている。

本書では、「見られた」日本表象のオリエンタリズム的限界を一面的に問題化するのではなく、そのような表象性を揺さぶり、諸種の関連情報との複合的相互作用の動きとしてとらえる反表象＝「相互文化変容」の塑型性をも理論的、歴史的に認識・把握することを前提とし、表象－反表象のダイナミズムを提示しようとする試みだからである。表象の形成を検討する場合、権力関係、歴史的状況などの諸力を通じて一元的、一方向的に固定化されたイデオロギー的展開としてとらえるだけでなく、むしろ反表象論と「相互文化変容」論の視座を設定することにより、ダイナミックなプロブレマティックスとして「日本をめぐる表象の諸様態」の把握に向かうことができると想定するからである。(8)

四　本書の構成

本書が探り出そうとする〈日本幻想〉は、前節で提示した日本幻想1〜3を何らかのかたちで包摂することになる。したがって本書の目次も、基本的には前節で述べた日本幻想1〜3を部立ての構成に対応・反映させるものとなる。ただし、日本幻想1〜3は、かならずしも截然と区別できるような独立性はもたない、いわば理論仮説的であり、かつ断続的なプロセスであるため、各部、各章が明確にこの三基軸に落ち着くというわけではないことをあらかじめお断りしておきたい。

第Ⅰ部は「幻想の産出——他者の発見」と題している。ここでは概ね、日本幻想1を中心軸として議論される。第Ⅱ部「見いだされる〈日本〉——自己の発見」は、「見られた日本」がそのように「見られた」＝表象されたという事実を介して、みずからを自己成型するプロセスをめぐって議論を展開する。したがって、日本幻想2を基軸とするが、場合によっては日本幻想3をも包含する。第Ⅲ部「交錯する日本幻想——反表象の力学」は、重点を日本幻想3に移動させつつ、他者発見と自己発見の輻輳性を明らかにしようとするものである。そして第Ⅳ部「日本幻想の遠近法」では、座談会形式の「二人の父、二つの文化——友禅をめぐって　人間国宝森口邦彦氏に聞く」を冒頭に配し、〈日本幻想〉という主題をめぐる広がりを提示する。

以下、各部について各々概要を説明しておきたい。

第Ⅰ部「幻想の産出——他者の発見」は、基本的にイギリスにおける〈日本幻想〉の産出の現場をこれまでほとんど注目されることのなかった事例を介して提示する。中川僚子「〈日本〉という想像の岸辺——キプリングと明治期の日英工芸デザイン」は、ノーベル賞作家ラドヤード・キプリングの日本訪問（明治二二年、一八八九年）中の小さな出来事、キプリングの「怒り」を起点に展開される。窪田憲子「ヴァージニア・ウルフの東方へのまなざし——「友情のギャラリー」の〈日本幻想〉」は、作家ヴァージニア・ウルフの閲歴に隠されていた（あるいは「封印」された）日本耽溺とその思想的意味を開示する。久守和子「ウルフという作家にとっても、〈日本幻想〉は「想像の岸辺」だったことが語られている。久守和子「若きバーナード・リーチの〈日本像〉——ホイッスラー、ファン・ゴッホ、劉生との関わりを考える」では、若き日のリーチが、ホイッスラーを介して広重に出会い、高村光太郎に出会い、白樺派を介してゴッホに出会う。リーチの他者発見と自己発見の物語はそれじたいが「日本」と「幻想」の多層的交錯ぶりを示している。

第Ⅱ部「見いだされる〈日本〉——自己の発見」は、日本が、見られたみずからの様態としての〈日本幻想〉に遭遇する、日本幻想2を中心として検討する。木下卓「幻想としての日本／イギリス——日英博覧会（一九一〇）と庭園文化をめぐって」は、日本が非・日本による〈日本幻想〉を受容しつつ、新たな〈日本幻想〉を戦略的に打ち出していくさまを、博覧会と庭園というきわめて一九世紀末的なイベントを通じて描きだす。木下が博覧会をめぐる問題に注目しているように、博覧会こそは〈日本幻想〉生成の重要な回路あるいは装置であった。北川扶生子「自然を書く・見る——世紀転換期における古典文化の再利用と〈日本〉」は、〈日本幻想〉論としてはやや特異な位置にあると思われるだろうが、明治近代以降の「作文教育」が内包していた近代性と伝統の合流にまさしく〈日本幻想〉的問題が含まれていることを示している。また、博覧会こそが〈日本幻想〉を立ち上げてゆく場であり、それを直接、間接の契機として、文字どおり「見られた日本」が、〈伝統文化〉をそれとして近代化の過程で（再）構成したことをも確認する。仲程昌徳「本土「幻想」の結末——山之口貘の「沖縄よどこへ行く」をめぐって」が語るのは、日本を見る別の視線すなわち沖縄からの視線の存在である。詩人山之口貘の実生活と作品の根底に、「本土幻想」という名の〈日本幻想〉が胚胎していること、それは同時に、〈沖縄幻想〉との相関性において成立していることを明証すると同時に、〈日本幻想〉と近代化問題の複雑さを語る。

第Ⅲ部「交錯する日本幻想——反表象の力学」は、〈日本幻想〉問題のさらに複雑な様相、すなわち反表象＝「文化的相互変容」のプロセスを提示する。ここで展開されるのは、あまりにも複雑に絡まり合う幻想の世界である。山里勝己「弱さと正義、力と不正義——琉球・沖縄、日本、アメリカをめぐる〈幻想〉試論」は、第Ⅱ部の仲程論文から沖縄を継承しながら、日本、沖縄の二項関係に対して新たに〈アメリカ幻想〉の項を加え、多項化し錯綜する幻想関係を浮き彫りにする。笹田直人「乱反射する日本幻想、オリエンタリズム小論——小島信夫の小説を手がかりに」は、「畢竟、日本幻想とは他者幻想である」という卓見を基底に据えたうえで、オリエンタリズム／オクシデンタリズムの葛藤の果てに見いだされる「内なる日本幻想」の問題を引き寄せる。竹内理矢「フォークナーの見つめた「近代」日本——芸者人形とアメリカ南部」は、アメリカ南部作家ウィリアム・フォークナーの真率な目に映じた、南北戦争に敗れた南部と敗戦後の日本の「共振と宿命」、さらには、南部女性と日本女性の「歴史的共振」を読み込みつつ、時間的に重層化する〈日本幻想〉の問題を探り当てようとする。

第Ⅳ部「日本幻想の遠近法」では、座談会形式の「二人の父、二つの文化——友禅をめぐって」（編集・構成 吉村聡）を冒頭に配した。友禅作家・森口邦彦氏は、京友禅の大家（人間国宝）であると同時に、画家を志された若き日、フランスやイタリアにおいて「ヨーロッパの洗礼」を受けるという経験を経ておられる。とりわけ、二〇世紀美術の巨匠バルテュスの弟子として研鑽を積まれたことは夙に知られていよう。氏の個人史における異文化体験の深度は、「一身にして二世を経る」（夏目漱石）ごときものといえよう。氏における友禅という伝統芸術への回帰過程には、まぎれもない〈日本幻想〉をめぐる物語が潜在している。そのうえ、本座談会は、折しも、東日本大震災直後の七月、社会的にも個人的にも緊張が解けない雰囲気のなかで行われたため、そのときの躁と鬱が綯い交ぜになったような特異な感覚に包まれている。髙田賢一「不思議の国のゴリウォグ——日本への眼差し」は、児童文学分野における一九世紀的日本表象の奇想性が歴史の痕跡をとどめて印象的である。中村邦生「〈日本幻想〉の手前で息継ぎをする——未完の思考として」は、もっとも本質的な意味における幻想性への回帰をうながしている。「手前」こそが真に幻想的な事象がゆらめく場所なのだ。野田研一「はっぴいえんどの日本幻想、もしくは「渚感覚」」は、日本の一九七〇年代が残した大転換の消息を語る。

＊　本書『〈日本幻想〉表象と反表象の比較文化論』は、二〇〇八年度から二〇一〇年度にかけて受給した科学研究費・基盤研究（B）「〈日本幻想〉の研究——表象と反表象のダイナミックス」（研究代表者　野田研一）の最終成果であることをお断りしておきたい。

基盤研究（B）「〈日本幻想〉の研究——表象と反表象のダイナミックス」
研究代表者：野田研一
機関番号：32686
研究機関名：立教大学
研究種目名：基盤研究（B）
課題番号：20320046
研究機関：平成二〇年度—二二年度
本研究は久守和子、髙田賢一、窪田憲子、中村邦生、木下卓、山里勝己、笹田直人、中川僚子、そして野田研一の九名で構成される共同研究プロジェクトとして、三年間にわたり進めたものである。本研究課題を遂行するに当たって、毎年二回以上の合同研究会を開催し、多彩なゲストもお迎えすることができた。また、そのゲストの方々からも玉稿を頂戴することができた。記して謝意を表したい。

注

（1）　トドロフは、アメリカ大陸におけるヨーロッパの勝利は、物量の差異ではなく、「コミュニケーション形式」の差異がもたらしたものとする卓抜な認識を提示している。コミュニケーションには「二つの大きな形式」があり、インディオは「人間対世界のコミュニケーション」に専念し、一方スペイン人は「人間対人間のコミュニケーション」に努めたとしている（トドロフ　二〇〇八：九四）。そして、〈近代〉社会とは、「人間対人間のコミュニケーション」が独占的な価値を占める世界だとする。換言すれば、そのとき、「人間対世界のコミュニケーション」は決定的に失われたのである。

（2）　渡辺『逝きし世の面影』（一九九八）は、「異文化とは実は異時間だった」とする認識を提示している（同：四七）。一方、リードは、「空間的差異を時間的差異と見なすこの概念化」（リード　二〇〇八：二二三）、「空間的差異を時間的差異と同等視する、つまり「歴史化《ヒストリサイズ》」する近代ヨーロッパ人の傾向」（同：二二四）、「観察者と観察対象との時間的距離化」（同）などと表現している。

（3）　進歩史観および進化論的思考との関連については、リード（二〇〇八：二二五―二二六）に凝縮的に表現されている。

（4）　同種の問題について、拙稿「いま／ここの不在――発見の物語（ナラティヴ）としての『ウォールデン』」では、「いま／ここ」の不在の問題として論じている（野田　二〇〇六：一三四―一三七）。また、比較の思考の問題とは類推の問題であり、イデオロギー論的な問題を内包するものであり、かつトラヴェルライティングに特徴的なレトリックであるとする観点から問題を整理しているのは、Jonathan P. A. Sell. *Rhetoric and Wonder in English Travel Writing, 1560–1613* が挙げられる。さらに、ベネディクト・アンダーソン（二〇〇五）は、複数文化による視線の二重化を「比較の亡霊」という概念で語っている。このポスト・コロニアルな概念もきわめて魅力的な問題提起である。人類学における比較をめぐる整理として、三尾稔「人類学における比較とナショナリズム――比較の視線の転回を求めて」（出口・三尾　二〇一〇）を参照されたい。

（5）　「接触界域（contact zone）」については、Pratt（2008）を参照。山里勝己「序章　コンタクト・ゾーンとしての戦後沖縄」（二〇一〇）および鈴木智之「コンタクトゾーンにおける読者――〈沖縄文学〉を読むことをめぐって」（二〇一〇）も併せて参照されたい。

（6）　Pratt（2008：4）を参照。プラットの注記（p. 245）によれば、transculturation という概念は、キューバの社会学者フェルナンド・オルティス（Fernando Ortiz）が一九四〇年代に使用したのが始まりであるという。transculturation, acculturation, deculturation の訳語は、定着したものがないため、本論では独自の訳語を設定したが、後述する山里、鈴木はいずれも、transculturation を「文化変容」と訳している。本論では、原則的にこれに示唆を得ているが、一般的には、acculturation を「文化変容」と訳すことが多いため、transculturation の訳語としては「相互文化変容」と訳しておく。

（7）「言説」の問題については、エドワード・サイード『オリエンタリズム 上』（二一一―二一二）ならびにその訳注★1（七二―七三）参照。

（8）もちろん、非対称的な関係に出来する暴力性を否定するものではない。しかし、かりに非対称的な力＝権力の関係があったとしても、それもまた相互作用性を否定することはできないだろう。力の関係のみを注視すると、相互作用性は成立しない。

参考文献

Pratt, Mary Louise. *Imperial Eyes: Travel Writing and Transculturation Second edition*. London & New York: Routledge, 2008.

Sell, Jonathan P. A. *Rhetoric and Wonder in English Travel Writing, 1560–1613*. Hamshire, England: Ashgate, 2006.

ベネディクト・アンダーソン『比較の亡霊――ナショナリズム・東南アジア・世界』糟谷俊介・高地薫ほか訳、作品社、二〇〇五年。

エドワード・W・サイード『オリエンタリズム 上』板垣雄三・杉田英明監修、今沢紀子訳、平凡社、一九九三年。

鈴木智之「コンタクトゾーンにおける読者――〈沖縄文学〉を読むことをめぐって」『社会志林』五九(四)、法政大学社会学部学会、二〇一三年、一二五―一四八頁。

多木浩二『目の隠喩――視線の現象学』青土社、二〇〇二年。

ツヴェタン・トドロフ『他者の記号学――アメリカ大陸の征服』及川馥・大谷尚文・菊地良夫訳、法政大学出版局、一九八六年。

出口顯・三尾稔編『人類学的比較再考』（国立民族学博物館調査報告九〇）、国立民族学博物館、二〇一〇年。

野田研一「いま／ここの不在――発見の物語（ナラティヴ）としての『ウォールデン』」上岡克己・高橋勤編著

『ウォールデン（シリーズもっと知りたい名作の世界3）』ミネルヴァ書房、二〇〇六年。

山里勝己「序章　コンタクト・ゾーンとしての戦後沖縄」石原昌英・喜納育江・山城新編『沖縄・ハワイ――コンタクト・ゾーンとしての島嶼（琉球大学　人の移動と21世紀のグローバル社会1）』彩流社、二〇一〇年。

山里勝己「日本幻想――日本体験と世界観の変容」笹田直人・野田研一・山里勝己編著『アメリカ文化　55のキーワード（世界文化シリーズ3）』ミネルヴァ書房、二〇一三年、一四〇―一四三頁。

エリック・リード『旅の思想史――ギルガメシュ叙事詩から世界観光旅行へ』伊藤誓訳、法政大学出版局、二〇〇八年。

渡辺京二『逝きし世の面影――日本近代素描Ⅰ』葦書房、一九九八年。

第Ⅰ部

幻想の産出——他者の発見

アンリ・リヴィエール（Henri Riviere）作：「建設中のエッフェル塔」（1902）。浮世絵師，安藤広重の「東海道五拾三次内 蒲原 夜の雪」の影響濃厚な作品。

（出典：*Japonisme: Cultural Crossings between Japan and the West*, Phaidon Press Limited, 2005.）

第1章　〈日本〉という想像の岸辺
——キプリングと明治期の日英工芸デザイン——

中川僚子

この手紙を書くのは、手紙を瓶に詰めて、大きな海に浮かべるのに似ている。日本に届きますように、と願いながら。

（アリス・マンロー「日本に届きますように」(Munro 2012：14)）

一　キプリングの日本旅行

怒るキプリング

明治二二年の春——ということは西暦一八八九年であるが——新進気鋭の作家そして新聞記者としてインドで活躍していたラディヤード・キプリング（Rudyard Kipling, 1865-1936）は、全線開通を七月一日に控えて一部開通したばかりの東海道線車中にあった（図1-1）。

キプリング青年の手にあるのは、四月二七日発行の戯画入りの政治風刺雑誌『團團珍聞《まるまるちんぶん》』。イギリスの漫画雑誌『パンチ』に倣った『ジャパン・パンチ』をさらに模した週刊誌であるが、青年は英文の説

図1－1　来日当時のキプリング
（出典：Cortazzi & Webb：口絵）

明が添えられた、その中の一枚の諷刺画を眺めていた。時の外務大臣大隈重信を揶揄し、「本腰を入れて意を通そうと決めて臨んだものの、後戻りできなくなった象」にたとえている[1]（Cortazzi & Webb 1988：126）。当時、大隈外相は列強五か国との間に結ばれた不平等条約の改正交渉に苦慮していた。諷刺画の中で、大きな象（大隈）は此岸の野犬（日本人）が見守る中、川を渡って彼岸に群がる狐たち（列強）に立ち向かおうとしたが、岸に上がろうとして上がれず、立ち往生し、長い鼻を振り回している（図1－2）[2]。

やがてキプリング青年は、日本各地で進む鉄道建設ラッシュについて、在日二〇年の商人と称するイギリス人と話を始める。「確実に言えることは、日本政府にはどこにも負けないほど進取の気性があるってことですよ。取引相手として不足はありません。こうした新機軸で国を改造し終えたら、小さいながらも立派な強国となることでしょう。見ててごらんなさい」というのがアジアの新興国家日本に対する商人の見方である（Cortazzi & Webb 1988：128）。汽車は箱根の山にさしかかる。キプリング青年、相客の商人、そしてこの青年を旅に誘った年長の博士は興に乗って、変化に富む景観を、アイルランドの景色、鮭の遡上するスコットランドの川、デヴォンシャーの渓谷、広い河原の砂利の上を自在に流れるインドの大河と、それぞれ自分たちの知る景色に見立てていく。トンネルをぬけると切通し、土手を行くと橋、という規則正しい反復が一〇分ほど続いた後、その反復が崩れると、車窓の風景は、川から崖、崖から滝、滝から棚田や水車へと目まぐるしい変化を見せ始め、一行は歓声を上げる。

やがて線路沿いに一風変わった光景が目に入る。

> 切通しの大方は、火山から流出した溶岩を貫いていた。溶岩の厚さゆえに傾斜は急で、このあたりの雨がちの気候では切通しに支えをしないわけにはいかなかった。その結果、開削された面には注意深く芝土が盛られ、その芝土の一つ一つは例の便利な竹釘で留めてある。それができないところでは、削られた急斜面は竹や荒縄を筋交《すじか》いに組んだもので覆われ、その一つ一つの菱形の枠が細く裂いた竹を押さえつけていた。数多く備えられた切通し表面の排水溝は、石でできており、線路の下の道床には、まるで弾薬箱の中に整然と並べられた銃弾のように、びっしりと小石が敷き詰められていた。(3)(129)

図1-2　四月二十七日発行『團團珍聞《まるまるちんぶん》』

（出典：加納訳：225）

溶岩の切通しは傾斜が急で、しかも崩れやすい。その上、降雨量も多い土地柄である。この悪条件に抗するため、盛土が傾斜面を蔽っているが、その土を押さえこんでいるのは筋交いに組まれた竹や縄である。端正に仕上げられたこの土留めは、高さ一〇メートルを越える切通しに何キロにもわたって施された大掛かりな細工だとキプリングは続ける。

こうした光景がほんの一、二度あって日本人の能力を誇示しているのであれば、私は度量を見せて微笑んだことだろう。しかし、高さが平均十二メートルはあろうかという、芝土と荒縄でできた土留めが何キロも何キロも続く切通しだ。さすがの私も怒りを覚えた。インドではこんなことはしない。ラホール発のラワルピンディ行きの路線にしてもだ。教授が何と言おうと、ヨーロッパの鉄道網ですら、ここまで小綺麗に仕上げられてはいないはずだ。(129)

「さすがの私も怒りを覚えた」とはなぜか？　誰しも気になるところだが、その考察のためには、やや議論を迂回しなければならない。日本人の技術がヨーロッパ以上に見事であることに同意しない博士を相手に、若いキプリングはむきになる。——専門家を箱根経由で呼び寄せて、東海道線についての報告を書かせて、「ほめるか、ほめないか確かめてごらんなさい」と啖呵を切る(129)。

あいにく東海道線の箱根近辺の線路脇土留めについては、版画や写真等の当時の記録は見つけることはできていない。土留めに使われた工法についても不明で、キプリングが誇張している可能性も否定できないが、ここでは描写の正確さよりも、後進国とみなされていた日本の技術を擁護するキプリングの熱心さに注目したい。

英領インドに生まれ、のちに初のノーベル文学賞を受賞してイギリスを代表する作家となるキプリングは生涯に二度日本を訪れたが、このときは最初の日本滞在中で横浜に向かう途中であった。二三歳のキプリングは、一八八九(明治二二)年四月一五日から五月一一日の二六日間、インドで親交を深めた英国人アレクサンダー・ヒル教授(インドのアラハバード大学の自然科学教授)と、そのアメリカ人の妻エドモニア夫人のアメリカへの帰途に同行したのだった。長崎から入り、瀬戸内海を通って神戸に入港、大阪・京都を巡った後、東海道線経由で名古屋宿泊を経て横浜に到着、改めて箱根温泉を訪ね、さらに日光・東京を見物するという旅程である。キプリングは、若いながらもインドではすでに名が知られていたが、英米圏で一躍有名になるのは、この旅の最終目的地イギリスに落ち着いた後の翌一八九〇年を待たなければならない。

インドでの勤務先であった新聞社を辞めるにあたって、キプリングはそのパイオニア社と契約を結び、立ち寄る先々で書いた記事を送ることを約束した。リヴァプールに着くまでの七か月間に書いたパイオニア社への「手紙」は三九通で、内一二通が四週間足らずの日本滞在中に書かれた。コータッチが言うようにこの数は、日本に関する報告の「飛びぬけた生産性の高さ」(13)を示すものだろう。冒頭の「手紙」はこのうちの第八信である。ちなみに一八九二(明治二五)年四月から六月にかけての二度目の日本滞在時には、キプリングはすでに英語圏で名声を得ており、紀行文の依頼主にもイギリスを代表する『タイムズ』紙が含まれている(16)。コータッチが言うように、初回訪問時のパイオニア社に宛てた「手紙」は、「すぐに消えるジャーナリズム向けの記事として、大急ぎで」書き上げたとはいえ、「新鮮で、感性豊かで、エネルギーが溢れだしそうな」(13-14)第一印象を鮮やかに描ききっている。

初の来日時に書いた一二通には、しばしばアングロ・インディアンという立脚点が可能にした複層的まなざしがうかがえる。ゴードン・ダニエルズが指摘するように、日本語を知らず、また西洋人としての優越性から脱却できなかった面も否定はできないものの(Daniels 2002 : 41)、一方で、これらの手紙には、ヒル教授夫妻の日本での言動とは一線を画するような、西洋人の優越性を疑問に付すまなざし、日本や日本人を敬意をこめて対等にとらえるまなざしも表れているのだ。たとえば第一信では、ヒル博士が、自分の写真機一式の運び方を知っている人間が日本にまでいるのは驚きだと語ったことが記されている。この時、キプリング青年はすかさずこう切り返す。「それは世界に住むのは我々だけではないという驚くべき事実によるものです。……今や判然としてきました。結局、我々だって普通の人間にすぎないとわかったとしても、私はもう驚きませんよ」と（Cortazzi & Webb 1988 : 41)。

日本への賛辞

訪問記の中で興味を引くエピソードをさらに見てみよう。第二信の終わりに、神戸の骨董屋で美術品を見たヒル博士がキプリングにこう語る場面がある。

「我々にとって益になるんだ。（中略）複数の国家で宗主権を確立して、日本から侵略や併合の恐怖を取り除いてやり、日本が望むだけ金を与え続ける。ただし、日本が立ち止まって美しい物を作り続けることを条件としてね。その間に我々は学びとる。この帝国をそっくりガラスのケースに入れて、『審査外　作品A』としてラベルを貼れば、我々にとって有益なんだよ」

「ふうむ」と私は言った。「で、我々とは誰ですか」(56)

この場面については、作家小島信夫が、キプリングが使った「我々」という表現に注目している（小島二〇一〇：二二九）。残念ながら、若きキプリングの反応に小島信夫が何を見出したかは詳らかにはされていないが、この語は、キプリングの帰属意識の揺らぎを示しているように思えてならない。

同じく第五信。京都知恩院での御忌大会《ぎょきだいえ》で渡り廊下を厳かにわたる五三人の僧侶の衣装を見たときに、豪華絢爛な僧衣に目を奪われたヒル夫人は、僧たちを「殺し」て、僧衣を手に入れたいと言う。「あの中のどれか一つでも、私のものにできれば一生幸せでいられるのに。こんなに素晴らしい布地が数えきれないくらいあるなんて、許せない！」と口走ると、キプリングも同調し、「あんな衣を一つでもいいから掠奪し……この国から逃げ出したいという罪深い思いに、私も襲われていた」と認める（Cortazzi & Webb 1988：89）。

ダニエルズは、キプリングの日本理解の限界を指摘する中で、日本に寄せる最大級の賛辞が「日本人は偉大だ。石工は石と、大工は木と、鍛冶屋は鉄と戯れ、芸術家は生死、そして目に入るかぎりのすべてと戯れる」という京都の感想程度にとどまっていることにも言及している（Daniels 2002：7）。この文章は、漱石が称賛した「文章に力があって、間緩《まだる》こくない」キプリングの小説の文体を特徴づける単音節を多用（三一語の内二七語が単音節）しているが、(4) 軽妙なリズム感にレトリックの遊びがあるのは明らかで、これを日本に寄せた最大級の賛辞とするのはやや不当と思える。

キプリングが日本に寄せた最高の賛辞は、実は意外な箇所に潜んでいる。先に引用した箱根の切通しを汽車が通過するときの描写をもう一度読んでみよう。なぜキプリングは土留めの竹細工を見て「怒り」を覚えたのか。最初の引用で、線路下に敷き詰めた小石を、「まるで弾薬箱の中に整然と並べられた銃弾のよう」と形容していたことを思い出したい。インド生まれのイギリス人の青年は、たかだか砂利にわが身を脅かすものを感じ取り、ただの土留めの竹細工に「怒り」を覚えたのだ。これ以上の賛辞があるだろうか。

「小さいながらも立派な強国となることでしょう。見てごらんなさい」と語った相客の余裕、そして車窓の眺めをアイルランド風、スコットランド風と見立てて興に乗っていたキプリング、ヒル教授を加えた三人の余裕とこの「怒り」を並置してみよう。目に入る異国の事物を既知の知識や言語に「翻訳」することができれば、情緒的葛藤は生まれない。自分たちより劣るものとして位置づけることができれば、なおさらそうである。しかし、自分たちの言語あるいは文化への「翻訳」を拒む価値を未知のものに見出した場合はどうか。「翻訳」したくともそれができないフラストレーションは、怒りや敵意を見る者に引き起こすのではないだろうか。

ただし、このもどかしさは、「翻訳」できない価値を未知のものに感じ取る繊細さ、あるいは「我々」という抽象化された西洋人としてではなく、西洋世界からひとり身を剝がした「私」として、未知のものに価値を認める潔い公平さの証でもある。日本を一段と低く見ようとする西洋の「我々」の側から、技巧のすばらしさを先入観のない眼で評価する「私」へと、いわば瞬間移動する際に身中を襲う痙攣のような痛み——その痛みは焦点化されず、また一瞬の記憶を残して通り過ぎる感情の切れ端にすぎないのだが——、キプリングの覚えた「怒り」は、そのようにたとえられるかもしれない。しかし、キプリングの「怒り」をさらに別の角度から検討することはできないだろうか。

夜の八時に無事横浜に着いたキプリングとヒル夫妻は、宿泊先のグランドホテルに向かう。ちょうどディナーになろうという時刻で、ロビーでは正装をしたヨーロッパ人たちがくつろいでいる。キプリングは、彼らの目には自分は「煉瓦積み職人」としか見えないだろうと、ふと考える。

（前略）グランドホテルに着くと、ディナーに向かおうとぱりっと身なりを整えた人々が我々に軽蔑の眼差しを向けた。以前、蒸気船で相客となった男たちはにわかに写真帳をのぞき込み、我々を見ないふりをした。ディナー用に正装した男というのはいかにも人間らしくふるまうものだ。女性に見られている時はとりわけそうだ。しかも、彼にとってあなたが煉瓦積み職人のように見えるときには特

に。場所が横浜であろうと、それは変わらない。(Cortazzi & Webb 1988：129)

「煉瓦積み職人」と見た相手には「軽蔑の眼差し」を向けたり、見えないふりをする西洋人に、差別的だと怒りを覚えることも考えられるところだが、そうではなく、キプリングは彼らの振る舞いに人間らしさを見る。正装した男性は、正装することによって自分たちの社会的優位性を誇示し、同時に認識する。同様に、彼らは「煉瓦積み職人」が現われれば、無視したり、軽蔑の眼差しを向けることで、労働者と自分たちは違うことを自他に知らしめようとする。女性の視線があるときはなおさら自らの優越性を意識してふるまう――この寸描は、自己像の輪郭が明確化されるためには、ディナージャケットのような演出の小道具に加えて、煉瓦積み職人や女性といった異質の「他者」の存在が必要であることを一瞬のうちに読者に了解させる。

キプリングの「怒り」の淵源を別の角度から照射するためには、さらに別のコンテクストを導入する必要があるだろう。以下ではまず、開国から間もなくイギリスで開花したジャポニスムについて、日本イメージの奇妙な交錯があったことをキプリングの来日時の日英双方の時代背景として確認しておきたい。

二　イギリスの工芸デザインと日本趣味――E・W・ゴドウィンとドレッサー

イギリスにおけるジャポニスム開花

周知のように、イギリスにおける本格的ジャポニスムは、一八六二年に開かれた第二回ロンドン万国工業産品大博覧会（通称　大英博覧会）で大々的に紹介された、工芸品を中心とするラザフォード・オールコックの日本コレクションをきっかけとした。だが、これは単なる偶然ではなく、イギリス側に日本コレクションに衝撃的影響を受ける土壌があったからこその開花であった。ヴィクトリア朝における日本美術のインパクトは、他のヨーロッパの国々におけるよりもイギリスにおいて大きかったとする同時代の証言があると指摘する研究もあるが[5]、それほどの影響をイギリスが日本の工芸品から受けたのはいったいなぜだろうか。

一七五二年に東インド会社の工場を香港に建設して以来、アジア市場の開拓を目指していたイギリスにとって、特にアヘン戦争（一八四〇―四二）以降、日本との経済・外交関係は海外戦略上重要になっていた。一方、欧化政策を進める明治日本にとっては、先進工業国に学ぶことが最優先課題であった。こうした双方の思惑が両国の文化的結びつきを推進したことは想像に難くない。ローレンス・オリファントによると、日英修好通商条約のためにエルギン卿とともに一八五八年に来日した際、横浜、長崎、下田には、条約締結前にもかかわらず外国人向けに物珍しい品々を売る大規模な市場がいくつも立ったという（Oliphant 1880）。

この時期、フランスが主として視覚芸術において日本美術の影響を受けたのとは異なり、イギリスはむしろ工芸デザインの分野で大きな影響を受けたと言われている。イギリスは世界に先駆けて産業革命を成し遂げたものの、未熟練労働者の増加によって製品の質が低下してしまった。一八三七年のイギリス議会において、すでに国産工業製品のデザインの質の低さが問題とされ、官立デザイン学校が設立されたほどであった[6]。一八五一年にロンドンで開催された第一回大英博覧会のそもそもの企図は、国民と製造業者たちにすぐれたデザインを見せ、国内産業デザインの品質を向上させるというものであった。テキスタイルをはじめとして、イギリス工業製品のデザインと装飾の質の向上はイギリスにとって喫緊の課題であったのだ（Swift 2012：1-20）。だが、いざ開催されると、科学的発明や工業的発明と応用ではイギリスの優越性が確認されたものの、イギリス製品の過剰な装飾性は、二月革命から復興したばかりのフランスの洗練されたデザインに劣り、「美的水準の低さ」を露呈してしまった[7]。当時一七歳の学生であったウィリアム・モリスは、産業化の欠点がイギリスの展示品に凝縮されていると考え、伝統工芸と地方産業の衰退に憤ったと伝えられるほどである（Meyer 2006：18）。

皮肉にも、イギリスの産業振興を狙ったこの第一回大英博覧会を通して、改めて国内の工業製品のデザインの問題点が意識され、さまざまな新たな解決策が模索されることとなった（Meyer 2006：18）。その一つが、先述したジャポニスム開花の契機となった一八六二年の大英博覧会であった。渡辺俊夫氏はこう言う。

> この万博以後は、日本美術が東洋の代表の位置につく。例えば、ホイッスラーの「オリエンタル・ペインティング」の中に見られる中国工芸品も、彼のジャポニスムの一端とみなされてしまうのである。この新たに登場した日本工芸は、一八五〇年代に中世主義者達によって研究されてきたデザイン問題への解答を与えると見られ、ほとんど救世主的な扱いを受ける。（渡辺 二〇〇〇：八二、傍点筆者）

引用中の「オリエンタル・ペインティング」とは、イギリス国内でいち早くジャポニスムの影響を受けたホイッスラーの四期にわたる受容の第二期（一八六三年末からの二年以内）の作品で、日本や他の東洋の国々の小道具を多く取り入れた、「過剰にエキゾチックな画風」で描かれた「磁器の国の姫君」や「白のシンフォニー第二番、小さなホワイト・ガール」などの作品を指す（76-77）。日本工芸が「救世

図1-3　アングロ・ジャパニーズ様式の食器棚。E.W. ゴドウィンの代表作
（出典：Deanna Marohn Bendix, *Diabolical Designs:* 1995：105）

主的な扱い」を受けた、という表現は誇張ではない。ここで「デザイン問題」と呼ばれているのは、先述したように、当時深刻であったイギリスの工芸デザインの後れ、なかでもフランスと比べての立ち後れを挽回しようとする「デザイン・リフォーム」とも呼ばれた動きを指している。日本工芸が「デザイン問題」の「救世主」たり得たのは、国産品デザインの質を高めようとするイギリスの国を挙げての努力と、初めて大々的に日本工芸を紹介した万博が時期的に重なったという要因が大きかったと言えよう。

　イギリスの工芸デザインに関心をもつウィリアム・バージェスやE・W・ゴドウィンたちは、もともと「デザイン問題」の淵源をルネサンスに見出し、ルネサンス以前の中世の手仕事に回帰することで解決を図るべきと唱えていた。このゴシック・リヴァイヴァリストたちは、一八六二年前後から、西洋中世と共通する美点を日本美術に見出して新しい美の基準として歓迎した(82)。なかでもE・W・ゴドウィンの主唱したアングロ・ジャパニーズ様式は、一八六〇年代末から一八七〇年代にかけて、イギリスの家具・陶磁器・壁紙などに広く用いられ、イギリスにおける以降のジャポニスム人気に大いに貢献した。現在もヴィクトリア・アンド・アルバート美術館のジャパン・ギャラリーの主要展示物の一つは、ゴドウィンのデザインしたアングロ・ジャパニーズ様式の大きな食器棚である（図1-3）。

ゴドウィン邸の室内・キプリング邸の室内

建築家でありデザイナーでもあった審美主義者E・W・ゴドウィンが，いかに日本の美意識を評価したかは，一八六八年から六年間ゴドウィンと同棲した名女優エレン・テリーが回想で語る，二人の暮らしの様子からうかがい知ることができる。一八七〇―七一年にゴドウィンが設計し，ロンドンの北部に建てられた屋敷ファロウズ・グリーンは，中世趣味のファサードが「驚くほど日本的なインテリアを覆って」いた（Soros ed. 1999：29）。彼らの子どもたちは日本の物に囲まれて「例外的」な育てられ方をした。「キモノ」を着せられた幼い娘エディは，「まわりを囲む何にも引けをとらないほど日本的に見え」たとエレン・テリーは述懐している（Terry 1908：58）（図1-4）。物心つくかつかぬうちから，「くだらない絵本の代わりに」日本の物が与えられ，子ども部屋の壁は日本の版画と扇子が飾った（55）。一八六九年二月二七日『パンチ』誌に掲載されたジョージ・デュ・モーリアの諷刺画（図1-5）は，壁にシンメトリカルに並べられた団扇が当時のイギリスにおけるジャポニスムの流行をしのばせる。ゴドウィンとエレン・テリーの間に第一子エディが誕生したのは同

図1-4 着物姿のゴドウィンの娘エディ

（出典：Soros 1999：29）

図1－5　日本趣味の室内

（出典：George Du Maurier, "Reading without Tears." Bendix：89）

年一二月のため、この絵のモデルとはなり得ないが、ファロウズ・グリーンの室内を想像するヒントにはなるだろう。友人たちが日本趣味ではない「間違った種類のプレゼント」をくれたときには「すぐさま燃やされ」、エディが機械仕掛けのネズミをもらって目を輝かせたときも、「写実的で凡庸」だといって父親に取り上げられてしまったという（55）。子供たちは母親に連れられて「日本の奇術師」を見るためにわざわざ近隣の町まで出かけたりもしている（Soros ed. 1999：29）。

ゴドウィンは画家ホイッスラーから自宅の設計を任されるほど近しく、一八六七年から本格的に家具デザインを始め、アングロ・ジャパニーズ様式の家具で高い評価を得た（26）。多才なゴドウィンは後には服飾デザインも手がけ、一八八四年にリバティに服飾部門が開設されるとその責任者として、当時もっともファッショナブルな店としての評判の確立に貢献した。彼は、オスカー・ワイルドとその新妻のために「ホワイトハウス」と呼ばれる新居を設計・デザインした。そのワイルドは、ゴドウィンを「今世紀のイングランドでもっとも芸術的な人物の一人」と評している（35）。

ロンドンの老舗百貨店リバティは、もともと創業者アーサー・リバティが、一八七五年にリージェント・ストリート二一八番地に開いた日本をはじめ東洋の工芸品を扱う小さな店舗イースト・インディア・ハウス（別名ジャパニーズ・ハウス）を起源とするが、翌年の暮れ、日本の扇子の船荷の到着を記念して開かれたレセプションの様子は、ゴドウィンが雑誌『アーキテクト』（一八七六年一二月二三日）に報告している（Wilkinson 1999：71）。新しいもの好きのロンドンの著名人が集ってごったがえす店の様子を活写した後、ゴドウィンは、一〇年前の扇子と比べれば、近頃の扇子は「ヨーロッパ人の色彩感覚の粗雑さを吹き込まれて、かつての手本とは比べ物にならない」と嘆いている（71）。

鈴木博之氏は、ジャポニスムは「西欧文化が地球を覆い尽くしたときに、一瞬生まれた芸術の歴史であった」と述べ、「ジャパンを見た側」と「見られた側」には「同時に変化が起きた」と指摘している（鈴木 二〇〇〇：一八八）。憧れの日本に辿りついた西欧の芸術家たちはそこに「古き良き日本」を見出したが、二五〇年の鎖国のあと文明開化に沸く日本は、西欧の文明に倣うことに懸命で、「ジャパンを見た側」の羨望する「古き良き日本」を日々刻々と脱却しつつあった、というのである。この「一瞬」の様態はいったいどのようなものだったのか。ゴドウィンが批判した日本製の扇子の質の劣化は、一見すると、日本の伝統文化が商業主義に染まって変質し、イギリスでも大衆の消費財となり下がった例と解釈できそうだが、事態はそう単純ではあるまい。

具体例として、キプリングが一九〇二年から亡くなる一九三六年まで暮らしたサセックス州のベイトマンズ邸に残された、日本とのつながりを示すいくつかの物の由来を考えてみよう。ベイトマンズの一室には、ガラス製の飾り棚があり、そこにはさまざまな品が所狭しと陳列されている――ヘンリ・フィールディングが封蠟に押した刻印、中国南京の青花の八角皿、中国製やドイツ製の小型羅針盤、ネパール製の小型仏像三体等々。出所不明なものも多いが、説明に日本由来と明記されているものが二三点中四点ほどある。(8) 本革の煙草入れは蝶と小枝の図案の刺繡と浮き出し模様で飾られ、留め金は尻もちをついた格好の鬼で、緒締《おじめ》と根付は象牙製である。竹細工を道端で売る男を彫った象牙細工。昆虫と木苺の枝を配した樹幹を模した象牙の花器。そして、猿や昆虫の姿が彫られた象牙製のベジーク・カウンター——ナショナル・トラストの所蔵品目録に記載のあるベイトマンズ所蔵品全四六八八点の内、上の四点を含む一四点が日本製と考えられる。(9) 中国製の所蔵品が一〇〇点以上、インド製の所蔵品が約一四〇点記録されているので、それらと比べると点数は少なく、また中国製・インド製は食器や壺、家具など大型の物品が多いのと比べ、小品が多い。

この内、ベジーク・カウンターと、所蔵品一覧にはあるが筆者が展示には見つけられなかった芝山象嵌の印籠の由来を調べると、いずれも日本の伝統的工芸品とは呼びがたい。ベジーク・カウンターは一九世紀にフランスで発明され、一九世紀半ばにイギリスでも大流行となったトランプ遊びベジークの計算用の道具である。(10) 一方、芝山象嵌は輸出用工芸品として、横浜を舞台に育った工芸技術である。キプリングがこの二つの品をどういう経緯で所有することになったのかは不明であるが、たとえば土留めの竹細工のような、日本人が実用のために伝統を生かして作ったものではなく、両方とも、むしろ西洋人の眼を意識して創出あるいは発展した工芸品であった。この二例は、「他者」として日本を見つめる外国の目をむしろ自らのうちに取り込み、それを利用して、自己の再創造を図った明治期工芸の特徴を表している。「ジャパンを見た側」と「見られた側」の双方において、「ジャパン」のイメージは日々変容しつつあったのだ。

ウィーン万博と「日本」イメージ

吉見俊哉氏によれば、すでに明治一〇年代から、明治政府は内国勧業博覧会（一八七七年すなわち明治一〇年に第一回開催）を「新しい『文明』を具象として教える展示場」ととらえ、「文明化に即応した」出品物に範囲を限定したという。博覧会は、「伝統的な諸表象が顕現する場であってはならなかった」のだ。[11]芝山象嵌は一八八一（明治一四）年の第二回内国勧業博覧会で入賞を果たしたことを契機として、生産拠点を東京から横浜に移して大きく発展を遂げることとなったが、[12]いわば殖産興業を勧める明治政府のお墨付きをもらって、「幻想の日本」を演出・輸出する役目を担うことになったといってもよいだろう。

欧米列強と肩を並べることができる、他のアジアの国とは違う「日本」イメージの演出と保全については、一八九三年のシカゴ万博における日本政府による「美学的戦略」を分析したジュディス・スノウグラスの論考を吉見氏が紹介している。それによれば、シカゴ万博では、欧米の文明の優越を示す「ホワイト・シティ」と名付けられた会場と、非西欧世界の国々の展示がある「ミッドウェイ・プレザンス」と名付けられた二つの会場があったが、日本政府は、苦心の末に、「ホワイト・シティ」内で緑地として残される予定であった「中央に位置する池のなかの小島」を日本の独立した展示区画として獲得し、さらに中国文明との差異を顕示すべく、あえて平安時代の宇治平等院鳳凰堂を模した日本館を建設したという。[13]

自国産業の振興のために、自国イメージの演出と保全に努めるというのが、明治期日本に限られた話ではないことは言うまでもない。イギリスを例にとるならば、すでに述べたように第一回、第二回の大英博覧会自体がそもそも同様のことを企図して開催されたものであった。

二五〇年もの間、鎖国政策によって「自己」像を意識する必要なく過ごしてきた日本にとって、自己像の創出および演出には、仮想的な「他者」を想定することが必要であったが、そこには滑稽とも思える行き違いもあった。一八七三（明治六）年、ウィーン万国博覧会に際して、日本の臨時博覧会事務局

図1－6　クリストファー・ドレッサー「日本人物図万扁壺」

（出典：東京国立博物館 HP〈http://webarchives.tnm.jp/imgsearch/show/C0037663〉）

から画家に対して西洋の尺度に合わせて写実性に留意するように指示が出たが、指示を守って出展された絵画は、ヨーロッパで流行していたジャポニスムに逆行するとして、未熟な技術と独創性の欠如を批判されたのだ[14]。

一八七六年末に工業デザイナーの草分けクリストファー・ドレッサーが来日したが、その公的な理由は、一八七三年に開催されたウィーン万博終了後に、大久保利通が買い付けたヨーロッパの出展品が、船（ニール号）が沈没したことにより失われた見舞いとしてヨーロッパの製品を寄贈することであった。日本側は、サウスケンジントン美術館を範として、国内産業の振興に役立つ国立美術館を造ろうとしていたのだが、イギリスにとってこの寄贈は「英国美術製品の輸出促進のための見本としての意味合い」も強く持っていたといわれている（岸田 二〇一二：二〇）。事実、寄贈されたのは圧倒的にイギリス製品が多く、しかも「古美術的価値の高い一級品」というよりは「当時製造されたばかりの最新の美術製品群」であった（19）。

その中には、実はドレッサー自身がデザインした、ジャポニスムの影響も明らかなミントン社製の「日本人物図万扁壺」（図1－6）や、「青地色絵飛鳥文皿」も含まれていた[15]。当時、イギリスは、一八七二年に『ザ・ビルダー』誌において、「日本熱（the Japanese craze）」（Halen 2004：130）と命名された日本ブームの熱気のただ中にあった[16]。ドレッサー自身も、すでに一八六二年の大英博覧会で日本コレクションと出会い、日本美術に大きな感銘を受けており、こうしたジャポニスムの交錯は当然といえば当然であった。

ドレッサーは、一八六七年パリ万国博覧会では、ウェッジウッドの依頼を受けてジャポニスム・デザインの壺、一輪挿し、食器類や化粧具類のデザインを担当した（Whitway 2004：129）。また一八七一年のロンドン万国博覧会では、ミントンの陶芸工房で制作した自作を初めて出品し、猫を描いた図やグロテスクな蛙の装飾、また鶴、あひるやカブトムシ、バッタなどの昆虫など、「半滑稽（semi-humorous）」と称される日本モティーフを使ってジャポニスムを強く印象づけていた（130）（図1-7）。

明治天皇に謁見した翌日、ドレッサーは謁見の際に天皇が読み上げた文書を下賜された。

> 貴國サウスケンシングトン博物館ニ於テ貴國及ヒ諸國ノ製品ヲ采集シ我博物館ニ寄贈セラレ我人民ヲシテ目ニ歐洲製品ノ性質状況ヲ視心ニ藝術開進ノ方向ヲ會スル事ヲ得セシム朕甚タ之ヲ欣フ且郷我國ニ来遊セラル其レ欵滞遊覧アレ（Dresser 2009：54）

図1-7 ドレッサーのデザインによる装飾用植木鉢

（出典：Soros 1999：98）

日本人が見るべき「歐州製品の性質状況」も、学ぶべき「藝術開進ノ方向」も、イギリスの工業デザイナーの想像力を刺激したジャポニスムであった。「西欧文化が地球を覆い尽くしたときに、一瞬生まれた芸術の歴史」は、「ジャパンを見た側」であるイギリスの工芸デザインに変化を起こし、同時に日本の自己像にも変化を促した。

日本の美術、あるいは工芸がこのように、日本と西洋の間の往還の中に生成されることは、すでに別のコンテクストで指摘されている。たとえば、金唐紙とはイタリア・ルネサンス期にボッティチェリが完成し、三〇〇年間だけに作られた金唐革を模して和紙で造られたものであるが、明治期に輸出された金唐紙についての菅康子氏の研究は具体的な物の移動に基づいて交錯の様相を明らかにしている（Suga 2008 : 91-114）。あるいは、稲賀繁美氏は、葛飾北斎が洋画家司馬江漢らの影響を受けていることについて、『冨嶽三十六景・神奈川沖波裏』の前景と遠景のコントラストを例として、「日本流に変形」された「西洋わたりの透視図法の成れの果てだった可能性」を指摘している（稲賀 二〇〇〇：一五三―一九二）。北斎版画が、一九世紀後半にフランス印象派の画家に影響を与えることによって、ドナルド・キーン氏の言うように、「東西間の貸借関係の環を完結させることになった」（酒井 二〇一三：三三〇）のは、この由縁である。西洋から東洋へ、あるいは東洋から西洋へ、という一方向でない動き、西洋のものとも東洋のものとも言いがたい未知の次元が生まれる瞬間があったといってもよいかもしれない。日本が、西洋のもつであろう日本イメージへの適応を試み、西洋的価値観を慮って試行錯誤する中で自己更新する。あるいはイギリスが、日本イメージを触媒として自己像を更新し、同時に日本に向けるまなざし、美の基準も更新する。一見すると前者が受動的、後者が能動的な変化と思えるかもしれないが、他者のまなざしを取り込むことによって自己更新するというベクトルは同じである。「他者」の磁力によって自己が更新されるという幻想こそが、ジャポニスムを生成する源泉といってもよいだろう。

ところで、クリストファー・ドレッサーが持参して寄贈した美術工芸品だが、東京国立博物館のオンラインデータベースでは、なぜか寄贈品を制作した窯の一つ、ドルトン社の名前を使って「ドルトン持参寄贈品」と命名されている。[17] 作者は「ミントン・ドルトン、他」と記されており、国賓として迎えられ、また寄贈品制作者の一人であったクリストファー・ドレッサーの名前はかろうじて備考欄の「ドレッサーが持参した寄贈品の一括撮影」という表現にとどめられているにすぎない。ここに西洋の技術を借りて建設した鉄道の風景に垣間見える、日本の卓越した才にキプリングが覚えた怒りと表裏をなす「怒り」を見るのは、うがちすぎであろうか。

三 日本は「でっち上げである」とは？

オスカー・ワイルドとキプリング

話をもう一度、キプリングに戻そう。

一八八九年一〇月、最終目的地のイギリスに到着したキプリングは、雑誌に短編や詩を立て続けに発表し、年が明けると一八九〇年三月二五日に『タイムズ』紙の巻頭記事に登場するなど、一躍、時の人となった（Cortazzi & Webb 1988：15）。日本滞在中にパイオニア社の新聞に連載した「手紙」は、一八九九年に紀行『海から海へ（*From Sea to Sea*）』として単行本にまとめられたが、『海から海へ』出版にあたって、キプリングは大幅な削除を施し、その一環として、第八信の箱根の土留めについての描写はすべて削除されてしまった[18]（Kipling 1922：397）。第二信の「作品A」をめぐるヒル博士との対話こそ残されているが、第五信で書かれた知恩院の渡り廊下をわたる僧侶の衣装のエピソードもまるまる削除されている（Cortazzi & Webb 1988：83-94）。

『海から海へ』の出版時にはすでに名声を確立していたキプリングにとって、日本との出会いが自分の内に喚起した感情は、もはや関心の外にあったのか。あるいは、このような感情は何かの理由で隠蔽したいものだったのか知るすべはない。いずれにせよ、一八九二年四月には新婚の妻とアメリカ、カナダを経て再び日本を訪れたことを思うと、推測の域はでないが、一八九〇年代初めまでは日本には特別な思いがあったとも考えられる。

一二通の「手紙」の中には、『海から海へ』に収録されなかったのは言うまでもなく、そもそも新聞記事になる前にパイオニア社によって削除されてしまった箇所もある。第一信の巻頭詩の直後には、オスカー・ワイルドの言葉を引用した七行ほどの書き出しがあったが、『パイオニア』紙は掲載時にこれを削除した。コータッチによると、単行本化の際、この箇所を復活させることもできたはずなのだが、一八九五年のワイルド裁判も影響したかもしれないという[19]。

削除された七行には、オスカー・ワイルドがエッセイ「虚構の堕落（"The Decay of Lying"）」に書いた、「実は、日本も日本人もまったくのでっち上げである。そんな国はない。そんな人々はいない」という言葉が記されていた（46）。ワイルドは言う。「日本的効果」を知りたいならば、東京に行く必要はない。日本の芸術家の作品に耽溺し、日本の様式に込められたその精神を吸収し、日本的幻想の想像力を手に入れてピカデリーを散歩すればよい、と（46）。これに対して、キプリングは、「日本は嘘ではない」と言い切る。『パイオニア』紙、そして『海から海へ』にもいわば名残りのように残された一文で、キプリングは、日本で、屏風のモチーフのような岩や木や舟を実際に目にしたとき、「私はその時日本が嘘ではないことを了解した（"... and I saw that the land was not a lie."）」と述べているのだ（*From Sea to Sea*, p. 35）。ワイルドとは違い、キプリングには、日本に来たからこそ出会えた〈幻想〉でない日本があったのではないか。

「まったくのでっち上げ」と先ほど訳した部分のワイルドの原語は〝a pure invention〟であるが、これは、「純然たる創作」と訳すことも可能だ。日本に行かずして日本的効果を創作のインスピレーションとすれば事は足りるとする立場に対して、より批判的な態度をとるか、より肯定的な態度をとるかによって訳し方は揺れる。

ロマン派的受容と現実主義的受容

ワイルドの〝a pure invention〟という言葉のシニフィエの揺らぎは、ジャポニスム研究の第一人者ワイスバーグが指摘するジャポニスムの揺らぎに呼応している。ワイスバーグは、インスピレーションの源となる「日本的なるもの」は、見る者の都合に合わせて主観的に解釈すればよいという「ロマン派的」立場と、日本という国と文化を知るためには、実際の現地に行かねばならないと考える「現実主義者的」立場があると指摘している（Weisberg 2011：26–29）。大づかみに分ければ、「日本も日本人も」に続くワイルドの言明は、現実主義者の立場から見れば「まったくのでっち上げ」となり、ロマン派的立場から見れば「純然たる創作」となる。だが、二つの立場は相対立するものではなく、いずれも「日本」を「再＝創造を許容する『他者』」としてとらえている点では変わらない。

ジャポニスムにおける日本表象を通して、日本は、見る者にとっての現実に対立するものとみなされてきた。自分自身の存在にうまく対処できない多くの人間にとって、日本の芸術に見出される構成された環境は、なくてはならないものとなった。日本は、常に可変的であり、また再＝創造を許容する「他者」となった。かくて百五十年以上の間、日本への熱い関心は、多くの国々の多種多様な文化

圏で、想像を刺激する創造力の源泉であり続けている。(18)

違いは、もともとその人間が「現実」、あるいは「自己像」をどのようにして把握しているかという問題におそらく由来するだろう。「自己像」を更新しようとするとき、自己相対化の契機として、自分の理解を超える「他者」の存在が必要となる。そこまでは、「ロマン派」的立場も「現実主義」的立場もおそらく同じである。だが、「他者」の他者性を対象に迫ることで把握しようとするか、あるいは他者性を自己の内部に見出そうとするか、という点で異なる。後者の場合、「他者」は相対化の契機となるものでありさえすればよい、つまり自らの幻想の産物ではあっても、自己像の更新に寄与する限りにおいて他者として機能し得るだろう。

確かに、変化は「ジャパンを見た側」と「見られた側」の両者に同時に起きたのだ。日本表象はベジーク・カウンターのように文化の交錯の狭間で流動し、消費される。「他者」の発見を契機として自己像を相対化し更新する中で、古い自己像は脱ぎ捨てられ、失われる。幻想の「日本」は、イギリスと日本を往き来する中で変化し続ける。「他者」の発見が価値の相対化を伴う必然の帰結として、変化をし、揺らぎ続ける。変化を続ける新しさの中にこそ、「日本」イメージの本質があるのだ。

実はキプリングが見たのも単一の日本ではなかった。出自と生い立ちは、キプリングの内面に複数性と流動性を招き入れた。急激な変貌を遂げつつある日本を他とは違う感性で動的に捉えることができたのは、彼自身が流動的存在として複数の自己像の中で揺れ動いていたからであろう。ときに葛藤すらも呼び寄せるような彼自身の内なる自己像と他者像との闘いを「怒り」と呼ぶ瞬間すらあり得たのである。キプリングにとって「日本」とは何かという問いの答えも、この大きな日本幻想の運動性の中に含まれるのではないだろうか。

四　小さなエピローグとして

冒頭に掲げたアリス・マンローの一節に立ち返って、ここに小さなエピローグをおきたい。マンローはカナダの現代作家であり、本章が日本とイギリスに焦点を合わせてここまで論じてきたことを思えば、いささか唐突に思えるかもしれないが、あえてマンローの小品をめぐる考察を置くことで、「日本」イメージの広がりと、現代における可能性を考えたい。

冒頭に掲げた詩のような手紙は、「日本に届きますように（"To Reach Japan"）」と題された短編の一節なのだが、実は若き人妻の恋を描いた作品中、「日本」という語が出てくるのは、この一か所でしかない。若き妻であり母であるグレタは、ただ一度パーティーで出会ったジャーナリストが忘れられず、届くとも届かないともわからないまま、この手紙を投函する。

二〇一二年に発表された短編集『ディア・ライフ』の巻頭に収められたこの小品で、「日本」という言葉は作品のどこにも回収されずに漂い続ける。にもかかわらず、なぜ「日本に」なのか。そしてなぜ日本に「届きますように」と主人公は願うのだろうか。編集者によると、短編集出版にあたって、マンローがつけた編集上の注文は、この作品を巻頭に置くこと、自伝的要素の強い四編を最後に置くこと、という二つだけであった[20]。エマ・ボヴァリーのように夢想的なヒロインを描きながら、マンローの胸中に去来した思いはどんなものだったろうか。

主人公グレタは、夏の間、夫が仕事で二か月の間家を空けると分かると、冒頭に引用した言葉と到着の日時だけを予告した手紙を男の記事が載った新聞社宛に投函して、幼い娘を連れて列車に乗り込む。目的の駅に降り立つと、背後からすっと近づいた男が、家族を迎えるようにグレタにキスをして、スーツケースを引き取って歩き始める——。

見知らぬ少年との寝台車での情事と、迎えに来た男との雑踏の中のキス。グレタは、安定した日常の中で書かなくなっていた詩をふたたび書き始めるに違いない。だが、その日常からの飛翔には、眠っている間に消えてしまった母親の姿を求めて車内を探したあげく、ついに連結器の上で膝を抱えてしゃがみこむ幼い娘のイメージが重なる。いたいけな姿は、人物紹介のようにごく手短に語られるだけのグレタの夫の過去——夫は幼い日、ロシア統治下のチェコスロヴァキアから、母親に手を引かれて命がけの逃避行をし、夫の父親は、家族とふたたび合流することなく病死した——を読者に想起させる。「そういうお話、読んだことある」と言うグレタは、そこに切実な現実を見ることはない。

新たな恋への憧れは、海に流されたガラス瓶の手紙に形象化される。その手紙に収められた「日本」という短い言葉。過大な意味が充填されているかのように、その言葉は解釈を超え、想像の岸辺に向かってあてもなく海を漂流する。

この短編の「日本」は、けっして意外な帰結としてではなく、キプリングの怒りを誘った「日本」と共振する。浮遊する「日本」は、だれにも到達できない場所として、好奇心ばかりでなく、ときにもどかしさや戸惑い、そして怒りを引出す。日常の対極の、想像をかきたてる未知であると同時に、よそ者の勝手な想像を拒む島国。そこに寄せられる心をこめた遠い祈りと、現実逃避に似た憧れ。二つの極を揺れ動く、虚像でありながら、ときに生の選択を左右することすらあるこの届き得ぬ日本は、実は私自身の中にもあるものだ。

注

（1）本文中の引用の訳は筆者によるが、加納訳（二〇〇二）も参考にさせていただいた。

（2）図版は、加納（二〇〇二：二二五）に掲載。この諷刺画の説明も加納氏に依拠している。

（3）一八八九年に開通したのは、現在の東海道線ではなく、国府津から箱根の山を迂回して御殿場を通って沼津に到る現御殿場線のルートである。

（4）「先づ自分が好きな作家をいへば、英文ではスチブンソン、キップリング、その他近代の作家である。いずれも十九世紀の初め頃のと違ひ、文章に力があって間緩《まだる》こくない」（夏目　一九八六：二五〇）。

（5）ウィダー・ハレンは、どのヨーロッパ芸術よりもイギリスに影響を与えたのは日本美術であったという一八八九年のドイツ人批評家の言葉を引用している（*The Art Journal*, 1889：330）ほか、一八九二年イギリスにおける日本崇拝の「ほとんど神話的ともいえるインパクト」について Petter Jesse という美術批評家が "Der Kunstgewerbliche Geschmack in England" という論文を *Kunstgewerbeblatt* (1892), pp. 1-3 に書いていることを指摘している（Halen in Whiteway p. 139）。

（6）"History of the RCA 1837-2013." Royal College of Art. 2014.4.28. 〈http://www.rca.ac.uk/more/our-history/college-history/history-1837-2013/〉 The Government School of Design。一八五一年の大英博覧会後に The National Art Training School と改称、一八九六年に The Royal College of Art となる。

（7）竹内有子「デザイン教育」『Artwords 現代美術用語辞典 ver. 2.0』DNP Museum Information Japan. 2014.4.20. 〈http://artscape.jp/artword/index.php/%E3%83%87%E3%82%B6%E3%82%A4%E3%83%B3%E6%95%99%E8%82%B2〉

（8）二〇一三年七月二一日に筆者がベイトマンズを訪問したときのナショナル・トラストによる説明文に基づく。

（9）"Bateman's, East Sussex." National Trust Collections. 2014.4.3. 〈http://www.nationaltrustcollections.org.uk/search/1〉には、"Japanese"で検索すると一六件の日本由来と思われる品々がヒットする。そのうち二点は明らかに日本とは無関係である。この他、Koro と Hotei 像が中国製として登録されているが、これは「香炉」

「布袋様」の可能性がある。そのほか中国製か日本製か確定されていない絵巻物一点がある。

（10）ベジークは一九世紀にフランスで始まったトランプ遊びの一種で、一九世紀半ばにはイギリスで大流行したという。"Bezique – The Card Game." BBC h2g2. 2014. 4. 3.〈http://news.bbc.co.uk/dna/place-lancashire/plain/A646724〉日本製のベジーク・カウンター（ホイスト・カウンターとも呼ばれる）は、万国博覧会を契機に明治期に数多く輸出され、ヨーロッパでコレクターも多いという。

（11）吉見俊哉「博物館と列品の思想」『学問のアルケオロジー』二〇一四年四月二〇日。〈http://www.um.u-tokyo.ac.jp/publish_db/1997Archaeology/index.html〉

（12）横浜市経済局ＨＰ「横浜マイスター名鑑」には、芝山は、「開港当時からの横浜の伝統工芸品」と紹介されている。二〇一四年四月三日。〈http://www.city.yokohama.lg.jp/keizai/koyo/kinpuku/meister/member/007miyazaki.html〉

（13）Snodgrass, Judith. "The Representation of Japan at the Columbian Exposition," 1989, unpublished. 吉見俊哉、四―五頁。

（14）「博覧会」『日本の美術６』国立国会図書館二〇一四年四月一〇日。〈http://www.ndl.go.jp/exposition/index.html〉

（15）「ドルトン持参寄贈品一覧」東京国立博物館画像検索。二〇一四年四月一六日。〈http://webarchives.tnm.jp/imgsearch/show/C0076291〉「青地色絵飛鳥文皿」〈http://webarchives.tnm.jp/imgsearch/show/C0091631〉「日本人物図万扁壺」は、「色絵人物文★壺（ママ）」として掲載。〈http://webarchives.tnm.jp/imgsearch/show/C0037663〉いずれも「ミントン窯」と記されたのみでドレッサーのデザインとは明記されていない。

（16）一八八〇年代のイギリスにおける「日本熱」については、以下の二つに詳しい。Fumiko Sato, "One Aspect of the Japanese Craze in Victorian Britain: Popularity and Aesthetic Value."『大東文化大学経営論集』第四号、二〇〇二年、一五九―六九頁。倉田喜弘『一八八五年ロンドン日本人村』朝日新聞社、一九八三年。

（17）注（15）参照。

(18) なお、『海から海へ』とパイオニア社の「手紙」との異同については、Stewart, J. McG. and Yeats, A. W. *Rudyard Kipling: A Bibliographical Catalogue* に詳しく、その内、異同の一覧は以下に転載されている。"*From Sea to Sea* March-September 1889 : Travel Letters from Kipling's Journey from Calcutta to London." Kipling Society. 2014. 4. 20. 〈http://www.kiplingsociety.co.uk/rg_seatosea_differences.htm〉

(19) 初めて削除部分を掲載したのは Cortazzi & Webb（1988 : 35）。同じく Cortazzi & Webb（1988: 45-46）には、Oscar Wilde. "The Decay of Lying" の関連部分が掲載され、この部分の削除について詳しく論じられている。

(20) McDonald, Scott. "Editing Alice Munro." Quill and Quire. 2014. 4. 20 〈http://www.quillandquire.com/blog/index.php/authors/editing-alice-munro/〉

参考文献

Cortazzi, Hugh & Webb, George. *Kipling's Japan*. London : The Athlone Press, 1988（加納孝代訳『キプリングの日本発見』中央公論新社、二〇〇二年）.

Daniels, Gordon. "Elites, Governments and Citizens: Some British Perceptions of Japan, 1850-2000," *The History of Anglo-Japanese Relations 1600-2000, Vol. 2*, ed. Gordon Daniels and Chushichi Tsuzuki, Hampshire: Palgrave Macmillan, 2002.

Dresser, Christopher. *Japan—Its Architecture, Art and Art Manufactures*, 1882. Braithwaite Press, 2009.

Halen, Widar. "Christopher Dresser and Japan," in Michael Whiteway, *Christopher Dresser: A Design Revolution*. V&A Publications, 2004.

Kipling, Rudyard. *From Sea to Sea and Other Sketches*. Vol. I, London: Macmillan, 1922.

Meyer, Jonathan. *Great Exhibitions: London—New York—Paris—Philadelphia 1851-1900*. Antique Collectors' Club, 2006.

Munro, Alice. "To Reach Japan," *Dear Life*. Vintage International 2012, 3-30.

Oliphant, Laurence. *Narrative of the Earl of Elgin's Mission to China and Japan in the Years 1857-59*. Vol. 2, Cambridge: CUP.

Soros, Susan Weber ed. *E. W. Godwin: Aesthetic Movement Architect and Designer*. New Haven: Yale UP, 1999.

Suga, Yasuko. "'Artistic and Commercial' Japan: Modernity, Authenticity and Japanese Leather Paper." David Hussey and Margaret Ponsonby eds. *Buying for the Home*. Hampshire: Ashgate, 2008, 91-114.

Swift, Anthony. "The Arms of England that Grasp the World: Empire at the Great Exhibition." Explusultra. Vol. 3, April 2012.

Terry, Ellen. *The Story of My Life: Recollections and Reflections*. 1908; rpt. Qontro, 2010.

Weisberg, Gabriel P. "Rethinking Japonisme: The Popularization of a Taste." Gabriel P. Weisberg ed. *The Orient Expressed: Japan's Influence on Western Art 1854-1918*. Jackson: Mississippi Museum of Art, 2011.

Whiteway, Michael. *Christopher Dresser: A Design Revolution*. V & A Publications, 2004.

Wilkinson, Nancy B. "E. W. Godwin and Japonisme in England." Soros, pp. 71-92.

稲賀繁美「《他者》としての「美術」と、「美術」の《他者》としての日本——美術の定義を巡る文化摩擦」島本浣・加須屋誠編『美術史と他者』晃洋書房、二〇〇〇年。

岸田陽子「サウス・ケンジントン博物館と日本——クリストファー・ドレッサーの運んだ一八七六年の寄贈品選定基準について」『立命館大学紀要』二〇一一年。

小島信夫『小島信夫批評集成　④私の作家遍歴』水声社、二〇一〇年。

酒井忠康『覚書幕末・明治の美術』岩波書店、二〇一三年。

ジャポニスム学会編『ジャポニスム入門』思文閣出版、二〇〇〇年。

鈴木博之「建築——外と内からの日本」『ジャポニスム入門』一八七—二〇一頁。

夏目漱石「余が文章に裨益せし書籍」（明治三九年）、『漱石文芸論集』岩波文庫、一九八六年。

渡辺俊夫「イギリス——ゴシック・リヴァイヴァルから日本庭園まで」『ジャポニスム入門』六九—八九頁。

第2章　ヴァージニア・ウルフの東方へのまなざし
――「友情のギャラリー」の〈日本幻想〉――

窪田憲子

一　〈封印〉されていたウルフの著作

私はもう日本についての権威です。おそらく今後『タイムズ』で日本の本の書評を頼まれるでしょう。（中略）実をいうと、日本にいたら、私はもっと心が安らいだかもしれないと思っています。

（一九〇五年一一月一〇日付けのネリー・セシル宛の手紙）

と手紙に記しているのは、他でもないヴァージニア・ウルフ（一八八二―一九四一）である。ウルフといえば、ヴィクトリア時代後期のイギリス社会の中枢に生まれ育った、二〇世紀前半のイギリスの代表的作家であり、小説を革新したモダニズムの作家としてその名を馳せている。ウルフは、友人であり、母親代わり、メンターでもあったヴァイオレット・ディキンソン（一八六五―一九四八）が、友だちネリー・セシルと二〇世紀初め世界一周の船旅をした際に、この旅についてしばしば両者に手紙を送っていた。この冗談めいた記述もその一節である。ウルフは、旅行に出る前のヴァイオレットに宛て、ユーモアたっぷりに「私が読んだ本では、日本人はいつも一日に三回、時にはもっと多く、お風呂に入ると書いてありました。だから、パスポートよりスポンジの方が役に立つのではないかと思います」[1]とも書き送っている。さらに旅先のヴァイオレットに宛て、「トビーによると、あなたがたはミカドに歓迎されたそうですね。世界を股にかけたほら吹きとしてパンチに載らないように注意なさってください」[2]とウルフらしいウィットに満ちた手紙を送っている。ヴァイオレットたちは日本の他にも、アメリカ、アジアなどに多く寄港したと思われるのに、ウルフは他の国については、ほとんど言及していないので、一層、日本についてのウルフのコメントが人目を惹くものとなっている[3]。

このように、手紙からは、日本に対するウルフの好奇心めいた熱いまなざしが見えてくるが、その一方でウルフが日本に関心をもっていたという見方は、ウルフの読者にさして広まっているわけではない。本格的に作家として歩み始めてから、ウルフが日本について明確に言及したことは決して多くないのも事実である。そのためか、伝記作者のナイジェル・ニコルソンは、ウルフは、「生涯、偏った外国人嫌いであった」（Nicolson 2000：14）と述べているし、一般的にはウルフは他国や他国の人びとに関心がなかったのではないか、という観測の方がむしろ流布している。しかし、ヴァイオレットたちに吐露したウルフの日本への思いが一時的な気まぐれや単なる好奇心ではなかったことは、ウルフの執筆活動から見てとれる。とくにウルフのもっとも初期の書評や著作は、日本に関連しているのである。ウルフは一九〇七年にシャーロット・ロリマー著『東洋の招き』というエッセイ集の書評を『タイムズ文芸付録』に寄稿し、同年、ヴァイオレット・ディキンソンの伝記「友情のギャラリー」の中で日本を舞台にしたファンタジーを書いているのだ。

だが、この二つのウルフの日本に関連する著作は、別々の理由ながら、まるで封印されていたかのように読者の目に触れることがないまま時が過ぎていった。本章では、この二つの著作が埋もれてしまった経緯を明らかにし、〈封印〉されていた著作の内容を考察することから、ウルフの日本への関心が作家ウルフにどのような意味をもっていたのかを探ってみたい。二〇世紀の初頭、ウルフが日本に寄せた関心は、〈幻想〉という形をとりながらも、ウルフの作家としての核を形成していったのではないかと思われるからである。

二　ウルフの〈日本〉との遭遇――日本印象記を書評して

世紀の発見？

冒頭に挙げたヴァージニア・ウルフの冗談めいた予言――日本についての本の書評を担当するかもしれない――は、二年後に実現した。ウルフは、シャーロット・ロリマーの日本と中国に滞在した時の印象記『東洋の招き』（一九〇七）を、一九〇七年四月二六日の『タイムズ文芸付録』（*The Times Literary Supplement.* 以下 *TLS* とする）で書評したのであった。その頃ウルフは『タイムズ文芸付録』や『ガーディアン』紙で精力的に書評を執筆していたが、[4] 当時これらの書評欄では、書評者の名前を掲載しておらず、『タイムズ文芸付録』の場合、書評者の氏名を明記しない伝統は、一九七四年まで続いた。そのため、ウルフが寄稿した膨大な数の書評がウルフのものだと判明されるのは後年になってからである。ウルフの書誌として定評あるカークパトリック編纂の『ヴァージニア・ウルフ書誌』が一九五七年に出版された時、当然この日本印象記に対する書評もウルフが書いたものだとは紙上からはわからなかった。ウルフの書一九〇七年のウルフの書評はたった三編しか記録されていない。そして、その後の書誌で徐々にウルフの書評が判明していく。第三版（一九八〇）では一九〇七年にウルフが書いた書評は九編とされ、第四版の書誌（一九九七）は、三四編判明している。このように、近年になって飛躍的に書評者としてのウルフの姿が明らかになってきたが、それでも最新版の第四版に至っても、未だにこの『東洋の招き』の書評はウルフのものとして記録されていない。

カークパトリックの第四版のウルフの書誌が出版されてから二年経った一九九九年一月二九日『タイムズ文芸付録』にある記事が掲載された。デボラ・マクヴィとジェレミー・トレグロウンが、「『タイムズ文芸付録』の一〇〇年間の記事」と題した記事において、近いうちにこの新聞の記事が、創刊号からすべて電子媒体で見られるようになることと、今まで執筆者が記載されていない記事についても氏名が判明した状態で検索できることを明らかにしたのだった。その際、執筆者の氏名がまだ一般に認識されていない記事の代表格として、ウルフのこの『東洋の招き』の書評を挙げたのであった。ウルフの書誌の編者であったカークパトリックにとっては晴天の霹靂であったようで、早速その年のイギリス・ウルフ協会の機関誌『ヴァージニア・ウルフ・ブルティン』第二号（一九九九年七月）において、ウルフのその書評に気づかずにいて慚愧の念に堪えないという趣旨のことを述べている（Kirkpatrick 1999 : 28）[5]。

その後、世に出たオンラインの『タイムズ文芸付録』において、ウルフが一九〇七年という早い時期に日本印象記を書評していることを知り、驚愕した読者は私だけではないと思われる。このように、二一世紀に入り、『タイムズ文芸付録』のディジタル版ではこの書評をウルフのものとして読むことが可能になったが、紙媒体で世に出るまでさらに時間がかかっている。二〇一一年に出版された『ヴァージニア・ウルフ・エッセイ集』第六巻において、ようやく『東洋の招き』の書評がウルフの著作として収録されたのである。

ウルフは一九〇四年一二月に『ガーディアン』に掲載された書評を皮切りに、亡くなる直前まで書評を執筆し続けていた。最後の書評は死去する二〇日前に『ニュー・ステイツマン&ネイション』誌に掲載されている。このように生涯にわたり膨大な数の書評に携わったウルフにとって、書評執筆のもつ意味は大きい。だが、日本の書物に関するウルフの書評として、『ヴォーグ』誌に掲載したアーサー・ウェイリー訳『源氏物語』の書評は、時折言及されることはあるものの、『東洋の招き』の書評は、一世紀も埋もれたままになってしまい、今日でもほとんど注目されていないのが実情である。しかし、この書評は、先述の書簡に共通する、ウルフが手探りながらも日本を理解しようとしている姿勢を浮かび上がらせている点で、きわめて重要な書評といえるのである。

ウルフが読んだ日本印象記

『東洋の招き』の中で著者シャーロット・ロリマーが注目しているのは、文明の進化とともに失われてしまった「貴重なことがら」（Lorrimer 1907 : vi）である。ロリマーは序文において、東洋に相対する西洋について以下のように述べる。

私たちはある意味建設者であったが、同時に破壊者でもあった。私たちは、信念、忍耐、無私の精神という素朴で古風な徳を破壊してしまった。現代というきわめて功利主義的な時代にあっては、それらの徳にかまう時間的余裕がない。現代という生活体系において、それらの徳が入る余地がないのである。私たちは、必死に戦って個人主義を確立してきたが、そのためにラムネーが「真の社会の真髄」と述べている相互の貢献と無私という責務を置き去りにしてしまった。そして、いまや私たちは、文明という人為のために、素朴なもの——昼の樹々の蔭や夏の夜の虫の声——を楽しむ力を急速に失いつつある。

（Lorrimer（1907：v–vi）。訳は窪田による。以下同じ）

ロリマーの観察にエキゾチックなものへの興味がまったくないとは言えないが、それ以上に、彼女が注目するのは、東洋に存在する「詩心を深く理解する力」（Lorrimer 1907：vi）などの精神性であった。ロリマーは、虫の声に耳を澄ます人びとの日常や、人びとの何げない行動の下に隠された深い情感を描き出す。

ウルフの関心もまさにそこに向けられている。ウルフはロリマーの文章を通して、東洋のもつ「貴重なことがら」を追っていく。ウルフは、ロリマーが窓辺に座り、幼い子どもを亡くした日本人の母親を見守っている姿に注目する。ロリマーは母親が葬儀のために、「唇に紅を差し、悲しみをおし隠すために、おだやかな微笑を浮かべている」（Woolf *TLS*：131）ことに気づく。その場面でのロリマーの心情と行為を、書評者としてウルフは次のように想像する。

せめて彼女［著者ロリマー］ができることといったら、そのちょっとしたドラマの動きを敬意をもって書き留め、すべての美しく、古風な趣の、西洋とは異なるものに注目し、礼儀正しい表面の下に、東洋の信条の「深く沈潜する詩心」があると思うことである。

（Woolf *TLS*：131）

ロリマーが指摘する東洋の「深く沈潜する詩心（deep underlying poetry）」は、ウルフにとっても日本人の精神性を表すものとして、共感する点があったのだろう。ロリマーが指摘する、文明の進化とともに西洋が置き去りにした「貴重なことがら」を、ウルフはこのような場面から、忍耐や無私の精神、表面の下に在る「深く沈潜する詩心」という形で掬いとっていく。後にウルフが作家として、言葉に表され得ない沈黙や、意識下の内的無意識をいかに描出するかということに精根を傾けたことや、物質主義的な見方に鋭い批判をしたことを思うと、日本人の精神性として「深く沈潜する詩心」があるとつかみ取ったことは、ウルフにとっての大きな示唆になったといって過言ではないであろう。

三　日本を舞台にした作品——「友情のギャラリー」

埋もれたままだった初期の伝記物語

もう一つの埋もれた著作「友情のギャラリー」の場合は、どうであろうか。この作品は、ヴァイオレット・ディキンソンの伝記として書かれたものである。ウルフはロリマーの『東洋の招き』の書評に続き、ヴァイオレット・ディキンソンの伝記を書き始め、一九〇七年八月に彼女に捧げている。原稿はヴァイオレットの名前にちなんで「紫のタイプリボンで印字され、紫の革で装丁され」たという。タイプで打ち出した五〇ページほどの長さの原稿であるが、タイプミスも散見され、ヴァージニア・ウルフとしては、未完成の原稿であると考えていたようである。同年ウルフは何回かヴァイオレットに手紙で、一度原稿を返却してほしい、と頼んでいるが、実現せず、そうこうしているうちに、この原稿は忘れ去られてしまった。その後、約半世紀経ち、一九五五年にヴァイオレットの男兄弟のオズワルド・イーデンの死後に、彼の家の中から他の文書と共に偶然発見されたのである。

それからさらに二〇年あまり経った一九七九年に、エレン・ホークスはそれまでの経緯を記した序文をつけ、この作品を『二〇世紀文学』誌に掲載する。その後さらに三〇年が経過して、二〇一一年にウルフの六巻にわたるエッセイ集の最後の巻が出版された際に、その中に補遺というかたちで収録された。執筆されてから一〇〇年以上も経ち、発見されてからも五〇年以上経ってから、ようやく本の形態で一般読者にお目見えしたのであった。原典はニューヨーク公立図書館のバーグ・コレクションに所蔵されている。

「友情のギャラリー」は、まとまった長さのウルフの著作としては、もっとも初期に属す作品である。さらに興味深いのが、三章に分かれたこの作品のうち、第三章が日本を舞台にして書かれていることである。第一章はヴァイオレットの誕生と社交界の女性になっていくまでの過程が扱われている。ここで語り手が強調するのは、ヴァイオレットの異色性である。赤ん坊のヴァイオレットは、

教区で
もっとも賢く
もっとも大声で泣く、
もっとも立派な肺を
もった子どもだった。
（'Friendships Gallery' 275.　以下 'FG' と略す。訳は窪田による。以下同じ）

と描写されている。著作全体は散文体であるのに、この部分だけ右記のように詩の形で書かれ、視覚的にも強調されている。さらに、彼女は「八歳になる前にすでに庭のもっとも背丈の高いタチアオイより

背が高くなっていた」（'FG' 276)。このようにテクストは、ヴァイオレットが異色の存在になっていることを、身体的な特異性として喜劇的に強調する。名付け親でもある伯母は、ヴァイオレットに対して、女性としての魅力に恵まれていないので有徳の女性として生きるように、と以下のように説教する。

お前は美しくもなく、金持ちでもなく、私が見る限り、魅力もないということをよく覚えておき。神は無限の慈悲の御心ゆえにお前を本来より六インチも背が高くなるようにされたのです。嘲笑のメイポールになりたくなかったら、信心の灯台の輝きを忘れないように務めることだよ。（'FG' 276)

そして、ヴァイオレットの初めての舞踏会のために、華やかなアクセサリーではなく、敬虔な女性にふさわしい十字架を与えるのだ。それに対してヴァイオレットは、目に涙をためながらも、抵抗するわけではなく、周りの自分への評価を受け入れようとしていく。ダンスのパートナーになった貴族に、どうして初めての舞踏会に十字架をつけているのか、と聞かれて、ヴァイオレットは、以下のように答える。

「それはですね、ジョン様、私があまりにも醜いので、嘲笑のメイポールになりたくなかったら信心の灯台にならなければならないからですわ。有徳はルビーよりずっと高位にあるのです」

（'FG' 276)

伯母の言葉をそのまま繰り返すヴァイオレットの素朴さが、この発言のナンセンスを増幅していく。背が高く、美しくない女性は社会からつまはじきされる、という因襲的社会の暗黙の前提が、本人の口からぽろっと明らかにされたおかしさをもっているからである。

〈闖入〉する日本――第二章

第二章は、「魔法の庭」という副題がつけられ、前半はヴァイオレットと庭師との会話に焦点が当てられている。ヴァイオレットは友人のレディ・ロバート・セシルの館であるハットフィールド・ハウスに滞在している（原文では「友人のレディ・ロ〇〇ト・セ〇ルの住まいであるハ〇〇〇〇〇〇ド」（'FG' 285）と表記されている）。

ヴァイオレットはヨーロッパでもっとも有名なテラスに座っており、目の前にはもっとも古い樫の木があり、もっとも手入れの行き届いた芝生が広がっていた。ヴァイオレットの背後にはエリザベス朝の実に見事な灰色の石が置かれていた。（'FG' 285）

というウルフの描写から、読者はすぐさまハットフィールド・ハウスはエリザベス一世が若い時住んでいた屋敷であり、ウルフの後年の小説『オーランドー』（一九二八）では主人公オーランドーが伝統の象徴ともいえる樫の木の下に座っていたことなどを思い起こす。さらに、「もっとも手入れの行き届いた芝生」は、ウルフのエッセイ『自分だけの部屋』の数百年も手入れされてきたケンブリッジ大学の学寮《コレッジ》の芝生を想起させる。『自分だけの部屋』で、学寮の住人ではなかったためにこの芝生に入ることを許されなかった語り手の「わたし」には、手入れの行き届いた芝生は、長きにわたるイギリスの男性中心社会の象徴に思われたのだ。「友情のギャラリー」においても、ハットフィールド・ハウス、樫の木、芝生は、ヴァイオレットが伝統的なイギリス社会の真っ只中にいることを示唆している。

このような状況にいて、ヴァイオレットは疎外感をもち、「不満」（'FG' 285）を隠すことができずにいる。手にした書物も心の空虚さを癒すことがない。そのようななかで、突然、「牧神に出会ったかのように」（'FG' 286）、庭師に出会う。ヴァイオレットは、「まるで横たわっていた羚羊がぱっと立ち上がる時のような身のこなしで立ち上がり、心の中で待っていたかのように、彼に近づいていった」（'FG' 286）のである。ヴァイオレットは、たちどころに庭師と親しくなり、言葉を交わす。ここで、庭師に対し「牧神」という比喩が三回ほど繰り返されているので、ヴァイオレットが現実を離れた神話的、牧歌的世界に入っていくようにも感じられる。庭師は次のように語る。

彼は薔薇をどうやって扱ったらもっともうまくいくか、堆肥はどうやって作るか、ということを説明した。彼はパイラス・ジャポニカ（Pyrus Japonica）の接ぎ木については持論を譲らず、サイラス・アジアティカ（Cyrus Asiatica）については、自分の方がこのレディよりよく知っていると思うと、一言のもとにレディの意見をはねつけ、そのことを謝りもしなかった。（'FG' 286）

庭師はさらに次のように語る。

手短に言えば、［庭師］は半時間もそこに立ったまま、彼の内儀さん［の］消化不良についてしゃべったのだ。消化不良がどんなに腫瘍によくないのか、熱いものを一杯ひっかければどんなに臓腑があったまるか、奥方様の言葉をどんなに一生懸命受け止めるか、もしわが家にお越しいただけたら、どんなに鼻高々か、と言い、お茶を一杯お出ししますぜ、「酒じゃなくてね」とウィンクしながら言った。さらに庭師は鉱蝋油でアブラムシをどう退治するのか教えてくれた。（FG: 286）

このように階級の壁を越えた二人の人間の会話が続く。庭師は、「まるで長い間抑圧されていた何かが、今や表に出てきて、日の目を浴びているかのように、興奮を覚える」（FG: 286）のだ。庭師は「話しながら、自由が目に輝いた。バスティーユ牢獄の前で人びとが血に染まった刀を振り回したように、屋敷に向かって大型剪定バサミを振り回した」（FG: 286）とも描写されている。ヴァイオレットと親しく話す庭師は、フランス革命当時の民衆に譬えられているのである。単に大型剪定バサミをもっているに過ぎない庭師を、フランス革命の象徴的な場所で血に染まった刀を振り回している民に譬えることにより、喜劇的に誇張した言説であることを印象づけている。だが、おそらくウルフは、二〇世紀初頭の読者にとって、この庭師が明らかに破壊的な、革命的な印象を与える存在であろうということを察知しつつも、あえてそれを誇張と笑いにくるんで提示したかったのではないだろうか。伝統的社会にいる人びとにとっては、社交界の女性のヴァイオレットが庭師と楽しげに会話することは、階級を侵犯し、破壊する、あり得ない事態に思われたことであろう。ウルフはその不安を先取りし、それを喜劇的な誇張で笑い飛ばしているのだ。だが、そこに見られる、いささか過度の誇張と笑いは、実は誇張し笑い飛ばすとみせかけ、その裏には階級を超えた人びと同士の結びつきは、当時にあってはそれ自体がやはり革命的な改革になりうるという認識が潜んでいることを示している。喜劇性、誇張などは、真実を提示するための緩衝材となっているのである。

ヴァイオレットにとって、庭師との突然の出会いとそれに続く会話は、彼女が「不満」を抱えていた西洋社会の伝統の只中で、異なる階層、価値観と遭遇し、そこにヴァイオレットにとっての可能性が存在することを示すものであった。さらに、ここにおいてヴァイオレットが遭遇したものは、庭師との出会いだけでなく、庭師の発言の中に暗示されている〈日本〉であったということについても注目したい。さきほどの引用に見たように、庭師がまずヴァイオレットに講釈したのは、パイラス・ジャポニカ（Pyrus Japonica）とサイラス・アジアティカ（Cyrus Asiatica）の育て方であった。パイラスは梨という意味であるが、パイラス・ジャポニカとは、ボケ（バラ科の植物）のことである。ボケは、他に、'chaenomeles' とか 'Japanese quince' とかという名をもつが、ここでは語り手はあえてジャポニカというラテン語を使用している。それはサイラス・アジアティカ（'Cyrus Asiatica'）と韻を踏ませるためであろう。だが、パイラス・ジャポニカが現実の花の名前であるのに対して、サイラス・アジアティカという植物はなく、これは明らかにウルフの造語であると考えられるのである。

「サイラス（Cyrus）」とは、男性名（日本語読みではキュロスが一般的）であるが、「アジアのキュロス 'Cyrus Asiatica'」としたことで、聖書に登場するペルシアのキュロス二世との結びつきが感じられる。キュロス二世とは、紀元前六世紀、三〇年にわたる在位期間中に大勢のユダヤの民を解放し、エルサレムに戻した人物、いわゆるバビロンの捕囚を終わらせたペルシアの王である。キュロス大王（Cyrus the Great）として知られており、イザヤ書、エズラ記において、救世主（メシア）として扱われている。ウルフは、そのようなキュロス大王を想起させる「サイラス・アジアティカ」という植物名を創り、「パイラス・ジャポニカ」と併置させた。

「パイラス・ジャポニカ」は一九世紀のイギリスでかなり人気があった植物であったとも、この一〇〇年間というものイギリスの春の庭を飾る主な植物であったとも言われている。いずれにしても二〇世紀初頭のイギリスにおいて、ある程度なじみのあった植物名のようであるが、この植物名は、「サイラス・アジアティカ」と併置されると、植物そのものだけでなく、〈日本〉というイメージを強く喚起する。「パイラス・ジャポニカ」と韻を踏み、解放者として名高いキュロス二世を想起する「サイラス・アジアティカ」という言葉が併置されることにより、〈日本〉〈救済者〉〈アジア〉というイメージが意識下で重なっていくようにも思われる。韻を踏むためなら、たとえば、ケルティカ（Celtica ケルトの）とかアトランティカ（Atlantica 大西洋の）、パシフィカ（Pacifica 太平洋の）という地名の使用もあり得たと思われるが、そのような言葉でなく、あえて、「アジアティカ」をもってきたことにより、この二つの植物名は互いに響きあっている。

さらにこの場面では、不意打ちとも思われるほど突然に、〈日本〉が出現することも興味深い。職人気質の庭師の熱心な花談義という場面ではあるが、庭師はパイラス・ジャポニカについて「持論を譲らず」、サイラス・アジアティカに関するヴァイオレットの意見を「一言のもとにはねつけ」る。このかなり頑固な庭師の姿とあいまって、ハットフィールド・ハウスというイギリス社会の中心に座する場に、日本、アジア、という非西洋の異質な存在が軋みを生じながら、突如、有無をいわさぬ形で飛び込んできた感が生じるのである。そのようななか、熱心に語りかける庭師に、虚心坦懐に耳を傾けるヴァイオレットの姿は、従来の伝統的価値観とは異なる価値観に遭遇している人間の姿でもある。庭師が「パイラス・ジャポニカを接ぎ木する」ように、ヴァイオレットにとっては、伝統的西洋社会に日本という異なる世界が接ぎ木され、非西洋の世界や価値観を知ることになるのだということがひそかに提示されているようにも思われるのである。

庭師とこのように遭遇したヴァイオレットは、その後、「革命の始まり」（'FG' 287）と表現されている変化を遂げる。ヴァイオレットは、自分が「息が詰まりそう」（*FG*: 287）と思っていたことを正直に口に出す。さらに、レディが下水や排水のことを口にするとははしたない、と思われていた時代に、屋敷の主人に向かい、「館の排水装置はどうなっているのでしょうか」と質問する。「排水装置のない建物は、神経のない人間のようなもの」（*FG*: 288）だからである。また、屋敷の主にとっては、庭師などの使用人を個々人として把握することがあり得なかった時代に、ヴァイオレットは、出会った庭師のことを、「ジェイムズ・コックソン」という名前や屋敷に三〇年間勤めていることまで、逆に当の屋敷の主人に説明する。さらに、ヴァイオレットはレディ・セシルから強い賛同を与えられ、自分の家を購入することになる。それは、「本物の排水装置をもち、本物の薔薇が咲き、ゆっくり過ごすことができる場所があり、自分自身の陶器はあるが、先祖は一人もいない場」（*FG*: 288）であった。これら一連のできごとを語り手は「それは、イギリスを過去のイギリスとは非常に異なるものにする大革命の始まりだった」（*FG*: 288）と揶揄しながらも、後押ししていくのである。

ウルフは後の『自分だけの部屋』（一九二九）において、女性を排除してきたイギリスの社会を批判した上で、女性には自分だけの〈部屋〉と〈金〉が必要であると述べた。精神的自立を〈部屋〉という具体的空間に譬え、女性に必要な精神的自立と経済的自立というフェミニズムのマニフェストを述べて、この著作はフェミニズムの古典となっている。ヴァイオレットが家を所有するという設定は、『自分だけの部屋』のウルフの発想が、その萌芽を二〇年も前の著作「友情のギャラリー」に宿していたことを示すものともなっている。

第一章では、さしたる疑問ももたずに異色の自分を「信心の灯台」として社会の価値観に合わせるようにしなければ、と考えていたヴァイオレットであるが、第二章では、そのような西洋的価値観を批判し、自分で行動するという「革命」を起こしていく。そのような自己変革、社会の価値観からの脱皮を起こすきっかけとなったのが、庭で庭師と遭遇したことであった。まさに、この章のタイトル「魔法の庭」のように、その出会いはヴァイオレットに劇的な変容をもたらす。そしてこの「魔法の庭」における、「パイラス・ジャポニカ」「サイラス・アジアティカ」という二つの植物が、その名に寄せて、西洋社会の中心に、〈日本〉〈救済者〉〈アジア〉という存在をもたらしたことは注目に値する。実在の植物名に加えて、さらに架空の名前まで付け加えて、〈アジア〉と〈日本〉が強調されているからである。

日本が舞台となったウルフの物語

第三章は「ある神話」とも「眠りにさそうお話」とも名付けられた副題がついており、「数千年も前の」東京が舞台である。この章は「むかし、むかし、あるところに」というおなじみの言葉から始まり、「東京は世界でいちばん美しい都市でした」と記された民話仕立てになっている。物語は「鯨の背中に乗って海の向こうからやってきた」「二人の聖なる王女たち」のファンタジーであり（FG' 293）、事実、「皇帝の娘」である王女たちの東京滞在中、毎日連続して奇跡が起こる。「人がまったく思いつかないような、もっともすばらしいことが、王女様の滞在中、毎日のように起こりました。夕食にはチキンがあり、朝日を覚ますとスウィートミートがありました。あるときは、砂糖がけのアーモンドが雪のように降ってきました。キングサリの木から黄金のかけらが落ちてきたこともありました」（FG' 297）という具合である。

この章は、第二章までとは表立った関連性がなく、ヴァイオレットという名前もこの章では使われておらず、独立した物語のように置かれている。ただ、二人の主人公のうち、「一人は女巨人そのもので、生まれたときに魔法の種を呑み込んでしまったので、その成長を止めることは誰にもできないのでした」という説明から、ヴァイオレットを連想するのはたやすい。前章までの、誰よりも背が高い、異色の存在としてのヴァイオレットの姿はこの章においても踏襲されている。この章での二人の王女は、自然にヴァイオレットとその友人のネリー・セシルと結びついていく。とくに物語の最後で東京湾に現れたモンスターの背に乗って去っていく二人の王女は、イギリスに戻るために日本を去っていくヴァイオレットと友人の姿に重なるものである。

「友情のギャラリー」第三章は一読したところ、ドタバタ喜劇として構成されている。二人の王女を祭った社のお供え物が毎晩入れ替わる話とかはその典型である。だが、一見破茶滅茶な話の根底にあるのは、生き生きとした豊かな生命力である。物語の最初、人びとは、身長が「九ないし一〇フィート、または二〇フィート」もある人物が歩いているという「世にも奇妙な光景」（FG' 294）を目にする。だが、すぐに、この王女は背の高さと同じように、すばらしい力をもっており、病人を治すこともできるし、「野生の動物を手なずけ、熊を踊らせることすらできる」能力も有していることがわかる。「王女はつねに活動していました。というのも王女の体内の種が新しい芽を出し続けていたからです」（FG' 295）というように、野性的で活動的な王女は、二章までのヴァイオレットにない姿をもっている。前章までは、社交界の中で何とか生きる道をさぐったヴァイオレットであるが、三章のヒロインはそのようなしがらみから解き放たれている。この章では、多くのものが建立され、変化し、破壊され、再生される。このダイナミックな動きは王女／ヴァイオレット自身にも投影されている。東京において、ヴァイオレットは、「体内の種が新しい芽を出し続け」、本来の力をそのまま伸ばして生きる。第三章の荒唐無稽な筋立ては、ヴァイオレットの活動性をカモフラージュする覆いと言ってもよいほどである。第三章に見られる破茶滅茶喜劇のナンセンス度は、逆説的にヴァイオレットの能力の飽くなき開花を示す指標にもなっているのだ。

四　幻想の〈日本〉——ウルフの〈船出〉

なぜ舞台が東京なのか？

「友情のギャラリー」第三章でもっとも注目されることは、日本が舞台だと明記されていながら、日本の具体的な描写がほとんどないことであろう。土地に対する記述は、御伽噺の決まり文句のような「東京は世界でいちばん美しい都市でした」という一文のみである。パゴダやリム・シキという人名、いくつかの日本語の会話とおぼしき言葉が、土地柄を表すものとして挿入されているものの、日本語とも、日本固有のものとも言い難い。それ以外は、固有の土地を示すものはなく、別に日本でなくてもかまわないような舞台設定になっている。先に述べたように、ウルフは日本についての書物をかなり読み、「日本についての権威」であると冗談めかして自称している。また、日本に立ち寄ったヴァイオレットとネリーから、日本の「印象について事細かに報告を受けて」(Hawks 271) いた。さらに、この「友情のギャラリー」執筆直前に、ロリマー著の日本滞在記の書評を書いているので、日本に対する情報や知識はないとはいえない。だが、興味深いのは、知識があるにもかかわらず、ウルフがなぜ描写しなかったのかということではなく、むしろ、日本に対する具体的な描写を避けたのに、なぜ作品の舞台を日本と明記したのか、ということではないだろうか。

ウルフはその後の作家活動において、長編の第一作『船出』では、自分では訪れたことがない南米を舞台にしているが、町の名は架空のサンタマリアと命名している。後の『ジェイコブの部屋』や『オーランドー』においては、アテネ、コンスタンチノープルなどを小説の舞台に使っているが、それらはウルフが自ら訪れた外国の場所である。その例にならえば、舞台をアジアの架空の町とすることもあり得たであろう。そのようななかで、なお物語の舞台を日本の東京と明記したことにどのような意味があるのだろうか。そのために、まず、ウルフがこの作品を執筆した当時のイギリスと日本の関連を覗いてみたい。

二〇世紀初頭のイギリスにおける日本

幕末の一八五四年に日米和親条約が結ばれ、つづいて同年日英和親条約が締結され、日本は鎖国政策に終止符を打った。世界に門戸を開くようになった日本に、多くのイギリス人が訪れ、条約締結から五〇年足らずの間に来日するイギリス人は飛躍的に数を増した。それに伴い、日本に関する書物や旅行のガイドブックも多く出版されていく。明治一四年出版のアーネスト・サトウ編纂の『中部・北部日本案内』（一八八一）、チェンバレンの『日本事物誌』（一九九〇）などは日本に行く人の必携書といわれるようになった。(6) サトウの書物もチェンバレンの書物も、単なるハウツーものの旅行ガイドではなく、日本について深く掘り下げ学術的な成果も披露した著作であり、このような書物が明治の初期に出版されていることは敬憚に値する。さらに、サトウの『中部・北部日本案内』の中において、「過去一五年間に出版された日本に関する書物」（Satow 18-19）として、旅行、歴史、文学、美術のジャンルにおける書物が三〇冊近く挙げられている。同様にチェンバレンも数多くの日本関連の書物を紹介している。二〇世紀初頭には著名な日本美術研究者のビニヨンが、「日本に関する書物は近年おびただしい数に上って

図2－1　村井弦斎『Hana—日本の娘』の表紙。美しい和綴じの本である

（出典：国際交流基金ライブラリー所蔵本）

おり、しかも毎年その数が増えている」（Binyon 1903, *TLS*）と述べるほどの状況になっていた。ちなみに、本章の冒頭で紹介したウルフの言う、日本人の一日三回以上の入浴説は、「日に三、四回、あるいはもっと多く、さっと風呂に入るという日本人の習慣は完璧に合理的であって、害のないものである」（Satow 1881：22）と述べるサトウの『中部・北部日本案内』を念頭においての発言かもしれない。

このように、開国からイギリス人による日本関連の書物が矢継ぎ早に出されていくが、さらに興味深いのは、一九世紀末頃から二〇世紀初頭にかけて、日本人による英文の書物がイギリスでつぎつぎと出版されていることである。なかでも岡倉天心の『東洋の理想』（一九〇三）、『日本の目覚め』（一九〇四）、『茶の本』（一九〇六）、という一連の重要な英文による著作がこの時期に集中して出版されていることが注目される。天心の弟の岡倉由三郎は、ロンドン大学で行った講演をもとにし、『日本人の精神』（一九〇五）と題して出版した(7)。小説家ジョージ・メレディスが序文を書いたこの書物は、『タイムズ文芸付録』において書評されている。さらに日露戦争を分析した朝河貫一の『日露の闘い——その原因と結果』（一九〇四）も『タイムズ文芸付録』において高く評価されている(8)。『食道楽』を書いた村井弦斎は、英米の読者を想定して、赤十字の看護師として戦地に赴く女性を主人公にした『Ｈａｎａ——日本の娘』（図２‐１。英訳は川井運吉による）という小説を、一九〇四年に出版している。この本も一九〇五年に『タイムズ文芸付録』で書評されている。[9] また、黄禍論などが出始めたのもこの頃であり、『源氏物語』の最初の英訳者である末松謙澄は、『遠い日本の幻想』（一九〇五）と題した著作で、ファンタジーに名を借りて日本事情をものしている。[10] この作品では、パリのホテルのベランダで微睡《まどろ》む主人公が、夢の中でパリの社交界の人びとに日本について説明する、という設定になっている。夢、フランス、という二重の虚構壁を設けながら、イギリスの読者に当時の日本の生の状況を説明する仕組となっているのである。

可能性の瞥見

開国から半世紀の間に、このような形で、イギリス人の日本に関する書物、日本人による英文の書物が出版されていく。そしてこれらの書物から、イギリスにとって日本は、遠い東洋のまったく異なる文化をもつ国というイメージに加えて、急激に近代化に突き進む国、ロシアと戦い勝利する同盟国という顔をもつ存在になっていったこと、その一方で、近代化の中で日本人の精神をどう保持していくのか苦慮しつつも、それを英語で発信することを責務と考えた人びとがいること、などが見えてくる。また、一九世紀後半にはジャポニスムが芸術世界だけでなく、イギリス人の日々の生活にも浸透していたこと、一九世紀の終わりには、アングロ＝ジャパニーズ・スタイルの家具が流行していたことなども特筆すべき文化現象である。さらに、日本を舞台にし、サヴォイ・オペラの空前のヒット作品となった『ミカド』は一八八五年に初演されている。このコミック・オペラは、日本の首都ティティプー（秩父をもじったものか？）を舞台にし、ミカド、皇太子などの人物が登場する日本の物語である。初演以来何度となく再演され、延べ上演回数は一九世紀だけでも優に一〇〇〇回を超えている。ヴィクトリア時代の社会を風刺する目的で、イギリスから遠い日本に舞台を据えたこの作品は、その目的とは違う側面で、〈日本〉をサブカルチャーの中で大きく定着させたのである。

それゆえに二〇世紀初頭にあっては、一般のイギリス人にとって、日本という存在は一つの尺度では測りきれないものになっており、さまざまな顔をもつ〈日本〉がイギリスの文化の中に存在していたのであろう。だが、そのように〈日本〉が摑みきれない状況にあって、ウルフは「友情のギャラリー」第三章を「数千年も昔」の「神話」と銘打ちながら、その舞台をあえて日本の〈東京〉とした。この物語執筆の直前に書評したロリマーの『東洋の招き』から、ウルフは日本の精神性を汲みとり、またヴァイオレット宛の手紙で述べたように、日本に対して「心が休まる」ものを感じていたが、それらをもつ場として「友情のギャラリー」第三章の舞台の〈東京〉は機能している。ウルフは「友情のギャラリー」第一章、第二章において、主人公ヴァイオレットを周囲とは異質の存在であり、居場所をもてないでいることを強調し、西洋の伝統社会を批判していた。そのようななかで西洋とは異なる価値観をもち、脱西洋の可能性をもつものとして第二章、第三章の〈日本〉〈東京〉が存在している。〈日本〉〈東京〉はヴァイオレットに可能性を与える場となり、ウルフには脱西洋の可能性を瞥見させてくれる場となっているのだ。

作家ウルフの船出

「友情のギャラリー」は作者の意図に反して推敲することができずに終わってしまったので、後のウルフの作品に較べれば、磨かれていない部分が多いのはたしかである。また、長いこと忘れられていたこともあり、ウルフの作品の中では、あまり重視されていない。せいぜい、カリン・ウェストマンが「最初の『オーランドー』」（Westman 2001：39）と名付けたように、伝記としての重要性が指摘されたり、またジェイン・マーカスが「レズビアンのユートピア」と評し、クリスティーナ・コルバンが「女性たちの世界」（Colburn 2004：75）と評したように、レズビアニズム的要素が注目されたりする程度である。他には、「後の、より大規模な実験小説である『オーランドー』の先駆けになるもの」（Parkes 1996：164）と述べているアダム・パークスのような意見もある。このようにほとんど注目されてこなかった上に、第三章については、まったくといってよいほどに無視されてきた。詳細なウルフ論を書いたハーマイオニ・リーも、「友情のギャラリー」第三章については「善の力をもった二人の巨大な王女の、ばかばかしくも心優しい御伽噺」（Lee 1996：166）と述べるにとどまっており、日本が舞台になっているこの章の意味を考えていない。しかし、第三章で日本を舞台にしていると明記していることを第二章の〈日本〉の意味と併せて考えない限り、「友情のギャラリー」の意義は見えてこないのではないだろうか。

図２−２　ヴァージニア・ウルフと夫が始めたホガース・プレスの最初の出版物『二つの物語』の表紙。「麻の葉」模様の日本の和紙を使用している

（出典：セント・アンドルーズ大学（英）図書館所蔵本）

「友情のギャラリー」執筆後、八年してヴァージニア・ウルフは、長編の第一作『船出』（一九一五）を出版する。本格的に小説家として歩み始めても、ウ

ルフは日本、東洋への関心をもち続けていく。ウルフが夫と共に始めた出版社ホガース・プレスの記念すべき最初の出版物『二つの物語』（図2-2。一九一七）の装丁に、日本の和紙が使われているが、ある意味ウルフの日本への関心を象徴的に示したもののように思われる。『ジェイコブの部屋』（一九二二）、『ダロウェイ夫人』（一九二五）においては、日本や東洋への言及から、日本、東洋がウルフにおいて重要な概念をもっていることが浮かんでくる。(11)『灯台へ』（一九二七）においては、西洋の伝統的価値観、とりわけ西洋のロゴス偏重の志向についての作者ウルフの批判が見られるが、それに相対する人物として登場するリリーの東洋的存在は注目に値する。

ヴァージニア・ウルフは「友情のギャラリー」以降は、〈日本〉を明確な形で小説の前面に出すことをしていない。だが、ウルフにとって生涯書くことの原動力となっていた、西洋的価値観への疑義に対する解決の糸口として〈日本〉〈東洋〉が一貫して存在していたといえるのである。ウルフは一九一五年に『船出』において長編小説作家として出発したが、作家の核はそれ以前の初期の著作である「友情のギャラリー」に形成されていたと考えられる。「友情のギャラリー」は作家ウルフにとっての〈船出〉であったのである。

注

（1）ヴァイオレット宛の一九〇五年八月一三日の手紙。冒頭の手紙も含め、この年のウルフの手紙は書簡集第一巻（*The Flight of the Mind: The Letters of Virginia Woolf 1888-1912*）に収められている。以下、'*FM*' と表記する。（Woolf *FM*, 204）
（2）一九〇五年一〇月一日付けの手紙（*FM*, 208-209）。
（3）ヴァイオレットたちが旅行していた一九〇七年七月から一一月にかけての手紙で、日本以外への言及として、

「私は紅海もロッキー山脈も好きでありません」（*FM*, 212）と述べている箇所があるが、他は、二回ほど「アメリカ」と「シンガポール」という国名を挙げているだけである。

（4）ウルフが手紙で述べているところによれば、「タイムズは毎週本を送ってきます。日曜日に読み、月曜日に書評を書き、金曜日に掲載されます」というスケジュールだったという（*FM*, 252）。

（5）デボラ・マクヴィらの『タイムズ文芸付録』の記事およびカークパトリックの記事のことはスチュアート・クラーク氏に教示いただいた。記して感謝したい。

（6）さらに早い時期の出版として、明治七年に早くもアメリカ人のウィリアム・グリフィスの『横浜案内』『東京案内』が出版されていることを中野明が述べている（中野 二〇一三：一四二）。

（7）Okakura, Yoshisaburo. *The Japanese Spirit*. London: Constable, 1905. 同年四月二一日の *TLS* に書評が掲載されている。

（8）Asakawa, K. *The Russo-Japanese Conflict: Its Causes and Issues*. London: Constable, 1904. 一九〇五年二月三日の *TLS* に書評が掲載されている。

（9）Murai, Gensai. *Hana: A Daughter of Japan*. Tokyo: Hochi Shimbun, 1904. 一九〇五年一月二〇日の *TLS* に書評が掲載されている。

（10）Suyematsu, Kencho. *A Fantasy of Far Japan*. London: Constable, 1905. 一九〇六年一月一九日の *TLS* に書評が掲載されている。

（11）拙稿「『ジェイコブの部屋』における〈ジャパニズム〉」『ヴァージニア・ウルフ研究』第二三号（二〇〇六年九月）、「エリザベス・ダロウェイの中国風の目――ヴァージニア・ウルフとジャポニスムの時代」『文学研究』第三七号（二〇一一年三月）でそれらの点を考察した。なお、ウルフと日本というテーマでは、木下由紀子氏、村松直子氏の研究論文も参考にされたい。

参考文献

Asakawa, K. *The Russo-Japanese Conflict: Its Causes and Issues*. London: Constable, 1904.

Chamberlain, Basil Hall. *Things Japanese*. London: John Murray, 1890.

Colburn, Krystyna. 'The Lesbian Intertext of Woolf's Short Fiction.' In Kathryn N. Benzel and Ruth Hoberman eds. *Trespassing Boundaries: Virginia Woolf's Short Fiction*. New York: Palgrave Macmillan, 2004.

Hawkes, Ellen. Introduction to 'Friendships Gallery.' In 'Unpublished Virginia Woolf.' *The Twentieth Century Literature*. 25, no. 3/4 (Autumn-Winter 1979) : 270-302.

Kirkpatrick, B. J. 'A Newly-Discovered Article.' *Virginia Woolf Bulletin*, No. 2. (July 1999)

Kirkpatrick, B. J. and Stuart N. Clarke. *A Bibliography of Virginia Woolf*. Fourth Edition. Oxford: Clarendon Press, 1997.

Lee, Hermione. *Virginia Woolf*. London: Chatto & Windus, 1996.

Lorrimer, Charlotte. *The Call of the East*. London: Gay and Bird, 1907.

McVea, Deborah and Jeremy Treglown. 'TLS Centenary Archive,' *The Times Literary Supplement*. Friday, January 29, 1999.

Murai, Gensai. *Hana: A Daughter of Japan*. Tokyo: Hochi Shimbun, 1904.

Nicolson, Nigel. *Virginia Woolf*. London : Weidenfeld & Nicolson, 2000.

Okakura, Kakuzo. *The Ideals of the East—with Special Reference to the Art of Japan*. London: John Murray, 1903（岡倉天心『東洋の理想』講談社、一九八六年）.

Okakura, Kakuzo. *The Awakening of Japan*. London: John Murray, 1904（岡倉天心『日本の目覚め』筑摩学芸文庫、二〇一二年）.

Okakura, Kakuzo. *The Book of Tea*. London: John Murray, 1906（岡倉天心『茶の本』角川書店、二〇〇五年）.

Okakura, Yoshisaburo. *The Japanese Spirit*. London: Constable, 1905.

Parkes, Adam. *Modernism and the Theater of Censorship*. Oxford: Oxford University Press, 1996.
Satow, Ernest Mason and Lieutenant A. G. S. Hawes. *A Handbook for Travellers in Central & Northern Japan*. London: John Murray, 1881.
Suyematsu, Kencho. *A Fantasy of Far Japan*. London: Constable, 1905.
Westman, Karin E. 'The First *Orlando*: The Laugh of the Comic Spirit in Virginia Woolf's "Friendships Gallery"'. *Twentieth Century Literature*. 47, no. 1 (spring 2001): 39-71.
Woolf, Virginia. Charlotte Lorrimer, *The Call of the East*. に対する書評。*The Times Literary Supplement*. The 26th April, 1907.
Woolf, Virginia. 'Friendships Gallery' (1907) in 'Unpublished Virginia Woolf.' *The Twentieth Century Literature*. Fall 1979.
Woolf, Virginia. *The Flight of the Mind: The Letters of Virginia Woolf 1888-1912*. Eds. Nigel Nicolson and Joanne Trautmann, London: Hogarth Press, 1975.
大久保喬樹『見出された「日本」――ロチからレヴィ=ストロースまで』平凡社選書、二〇〇一年。
中野明『グローブトロッター――世界漫遊家が歩いた明治ニッポン』朝日新聞出版、二〇一三年。

第3章　若きバーナード・リーチの〈日本像〉

――ホイッスラー、ファン・ゴッホ、劉生との関わりを考える――

久守和子

一　テムズ河畔チェルシーにて

画家・エッチャーを名乗る

二〇世紀イギリスを代表する陶芸家バーナード・リーチ（Bernard Leach, 1887-1979）の略歴を最初に記しておこう。

リーチは香港に生まれ、乳児期を日本で過ごしている。一九〇九（明治四二）年、二二歳で再来日したとき楽焼を偶然体験し、これが陶芸の道に入るきっかけとなった。一〇年近い日本滞在後、イギリスへ帰国。コーンウォール州セント・アイヴスに日本風の登り窯を築き、陶磁器工場の大量生産に対抗すべく、いわゆるスタジオ・ポタリー運動を展開。その後、手仕事で制作する作家として内外で高く評価され、陶芸家育成や執筆、講演活動などを精力的に行った。今日では東西の陶磁器技法・様式を融合し、スタジオ・ポタリーの発展に大きく寄与した世界的陶芸家として知られる。

以上がリーチの略歴だが、本章では一九〇九年の再来日前後に的を絞り、彼の〈日本像〉形成の過程を追う。先にも触れたように、彼は再来日したとき、陶芸家を志していたわけではない。ロンドンの一流美術学校に学んだ彼は、画家あるいは銅版画家エッチャーを自認、日本でエッチングを教える心積りだった。エッチングの印刷機を携え横浜に上陸すると、彼は東京上野にアトリエ付自宅を建て、エッチング教室を開く。

この頃、リーチはどのような〈日本像〉を描いていたのだろう。ラフカディオ・ハーンの著作物を読み、日本に憧れたことはよく知られる。その一方で、画家ジェイムズ・マクニール・ホイッスラー（James McNeill Whistler, 1834–1903）の影響を受け、日本に夢を抱いたとも語っている。ホイッスラーはどのような夢を与えたのだろう。

またリーチは来日後、白樺派の人々と交流するなかポスト印象派の画家フィンセント・ファン・ゴッホ（Vincent Van Gogh, 1853–90）を知り、その画風に衝撃を受けたという。これは何を意味するのだろう。さらに彼は新進の洋画家岸田劉生（一八九一―一九二九）と親しくなり、共に展覧会に出品したり、議論を交わしたり、お互いに肖像画を描いたりする。このこともリーチの〈日本像〉形成に影響を与えたのではあるまいか。

若い頃のリーチの〈画家・エッチャー〉という立ち位置に着目し、三人の画家ホイッスラー、ファン・ゴッホ、劉生が彼の〈日本像〉形成にどのように関わるか考えてみたい。リーチの回想録 *Beyond East and West: Memoirs, Portraits and Essays*（1978）や、三画家の作品、雑誌『白樺』の記事などを参照し、考察を進める。

「ノクターン」を模写して

リーチ初期の履歴を少し細かく追ってみよう。

香港生まれの彼は、誕生後まもなく母親が死亡し、京都・彦根在住の祖父母シャープ夫妻に四年余り預けられた。その後香港、シンガポールなどで初等教育を受け、一〇歳のときイギリスの寄宿学校へ送られる。やがてロンドンのスレード美術学校に進学するものの、父親が病に倒れ中退。一九歳のとき亡父の遺志に従いロンドンの香港上海銀行に勤めるが、画家になる夢を捨て切れず、翌年ロンドン美術学校にあらためて入学した。「油彩よりも線描を得意」(Leach, *Beyond East and West: Memoirs, Portraits and Essays.* 以下、*BEW* と略す) とする彼は、ここでエッチング制作に力を入れる。

リーチは反アカデミズムの姿勢が強く、アメリカ生まれの唯美主義者、ホイッスラーに惹かれるところがあった。

ホイッスラーは一八六〇年代にロンドンとパリを頻繁に行き来し、イギリスにジャポニスムを広めたことでも知られる。独自の色調や画面構成を生涯追求し、かの評論家ジョン・ラスキンに酷評されたときには、名誉毀損で訴え、勝訴するも破産。尊大で不遜、その反面被害妄想に陥り、毒舌を放つことも多かった。その悪癖・奇癖をも含め、リーチは独創性豊かな芸術家ホイッスラーを敬愛したようだ。

リーチは父親の死後、不本意にもシティの銀行業務に就いたとき、「せめてもの慰めに」(Leach, *BEW*) とホイッスラー縁《ゆかり》の地チェルシーに下宿、彼のテムズ河畔の夜景「ノクターン」を模写したという。ノクターン・シリーズのどの作品を模写したか定かではないが、一九〇八年制作のリーチの版画「テムズ河畔の夜」や「ノクターン――チェルシー・エンバンクメント」にはホイッスラーの影響が色濃い (Simon Olding, *The Etchings of Bernard Leach* 参照)。

リーチは次にように回想する。

ホイッスラーの「ノクターン」を模写したあの頃、当時人影もまばらだったテムズ河畔を散策しながら、わたしは一体いつ、どうやって、ホイッスラーを乗り越えられるだろうかと訝った。日本に夢を抱くようになったのもホイッスラーのせいかもしれない。当時わたしにとって——そしてそれは他の画家にとっても同じだったが——、ホイッスラーは見慣れない東洋の非対称的構図、そして類稀な趣味のよさを示していた。

(Leach, *BEW*)

東洋に生まれ育ったリーチは、長じてホイッスラーの作品世界に惹かれ、日本に夢を抱く。ホイッスラーの芸術世界をいわば経由し、生まれ故郷東洋へ、そして日本へ回帰するといえようか。

溢れかえる「日本」のモノたち

ホイッスラーの芸術世界とはどのようなものなのだろう。

彼のチェルシー時代初期の油彩画「磁器の国の姫君」(一八六三—六四、図3-1)を見てみよう。画面中央に、キモノを纏うヨーロッパ風美女が立つ。右手に持つ団扇《うちわ》には、ショウブの花。背後に、花鳥風月の屛風が立てられている。屛風の後にさらに一、二、団扇が見え隠れする。屛風の手前に青色の大きな花瓶がある。日本製か、あるいは中国製か。

床に敷かれた青色模様の絨毯は、ホイッスラーが友人の画家ダンテ・ゲイブリエル・ロセッティから借りた中国製絨毯といわれる。

図３－１　ホイッスラー「磁器の国の姫君」

（出典：Dorment and MacDonald 1995）

一八六〇年頃から――つまりイギリスにおけるジャポニスムの起源とされる、一八六二年のロンドン万国博覧会以前から――ホイッスラーはパリで日本のテキスタイルや漆器、屏風、版画など買い漁っていた。これを自宅に飾り、絵を描くとき小道具としてモデルの周囲に配したのだ。ホイッスラーは蒐集品が、日本のモノか中国のモノか、さして気に留めなかったという。「彼にとって、理論的には日本美術が東洋を代表していた。これはシノワズリのはやった一八世紀の西洋では、柿右衛門の陶器も中国趣味の一部となってしまうことの逆である」（渡辺「ホイッスラー」）と渡辺俊夫は説明する。一九世紀後半――イギリスにおける中国の理想像がアヘン戦争などの悪影響で崩壊するなか、ジャポニスムがシノワズリに取って代わり（渡辺「イギリス――ゴシック・リヴァイヴァルから日本風庭園まで」）――日本のモノも中国のモノも「日本」と十把一絡に理解されるようになったのだ。

一九世紀後半から二〇世紀初頭にかけ、ジャポニスムはヨーロッパ美術に多大な影響を与える。このジャポニスムがリーチを日本再訪へと駆り立てる一つの要因になったのは間違いないだろう。

図3-2　ホイッスラー「灰色と黒のアレンジメント――画家の母の肖像」

（出典：Spencer 2003）

静謐の構図

ホイッスラーのチェルシー時代の代表作に、「灰色と黒のアレンジメント――画家の母の肖像」（一八七一、図3-2）がある。

閑散とした部屋に母親が一人坐る。母親は画面右寄りの椅子に腰掛け、左半身のみ鑑賞者に見せている。後景の壁面左寄りに一枚の絵画、さらにその左側に、部屋の床面まで届くカーテンが配されている。

母親は白色の布製の帽子を被り、黒色の衣服を纏う。その身体は、後景の灰色の壁面にシルエットを描くかのよう。肩から胸、膝、足へと降りていく身体の曲線が、左側のカーテン右端の直線と対比され温かみを生む。帽子や、衣服の襟元の白色はやや灰色を帯び、壁面に掛けられた額縁内の紙の白色を際立たせる。小道具は、この絵画一点のみ。

装飾性を抑え、黒色が支配する画面に緊張が張り、母親の威厳がみごとに創出されている。ここに見られる左右非対称の構図――リーチがホイッスラーの特質と呼ぶ「東洋の非対称的構図」――は、当時ヨーロッパの画家が浮世絵から学んだものである。装飾性を削ぎ落とし、抑制を強く効かせるこのような作品に、リーチはホイッスラーの「類稀な趣味のよさ」を認めたに違いない。

広重、そして日本

ホイッスラー芸術を語る上で、テムズ河畔の夜景シリーズ「ノクターン」は欠かせない。中でも有名な「ノクターン　青と金色――オールド・バタシー・ブリッジ」（一八七二／七三頃、図3-3）は、広重の版画「東都名所　両国之宵月」（一八三一、図3-4）に範を得ている。しかし二作品を並列させると分かるように、ホイッスラーは広重の構図や色彩に学びながらも、橋桁の形を大きく変え、これをあえて縦長の画面に移植している。

「オールド・バタシー・ブリッジ」では、堅固で太い橋桁が一本、画面やや左寄りに描かれる。土台部から上の方へ軸が伸びている。軸の最上部に乗る、画面左端と画面右端とを結ぶ橋はあくまでも下から見上げるものとして描かれ、橋桁の力強さこそが作品の主題となっている。

図3-3　ホイッスラー「ノクターン　青と金色――オールド・バタシー・ブリッジ」

（出典：図3-2に同じ）

淡い青色が画面全体を覆う。逆光の中で橋や橋桁は黒色を帯び、深みが加わる。橋桁は川面に影を落とし、丈がいやがうえにも助長される。手前の船や船頭、向こう岸に遠く見える建物はやや濃い青色で描かれる。

空高く花火が上がる。大輪の花火がちょうど散ったところだろうか。辺り一面に夕闇が迫る。

図３－４　歌川広重「東都名所　両国之宵月」
（東京国立博物館蔵。©Image: TNM Image Archives）

リーチはこのようなテムズ河畔の夕闇迫る風景に何を見たのだろう。広重とホイッスラーの影響関係を逆にさかのぼり、ホイッスラーの「ノクターン」に「広重」を見、さらにその背後に「日本」を見たのではあるまいか。「日本に夢を抱くようになったのもホイッスラーのせいかもしれない」と語るのも、そのような理由からではないか。

春の暮れの夢……

一九〇七（明治四〇）年、イギリス留学中の高村光太郎は、ロンドン美術学校でリーチに出会う。二人はお互いの下宿を訪ね、美術や文学、日本を語り合う。高村はこの頃リーチが「版畫を集めたり、日本に關する記事を集めたりしてゐた」（高村「日本の藝術を慕ふ英國青年」）と後に述懐する。

日本の文化的劣等意識に苛まれる高村が、このロンドン時代のリーチを語る文章「日本の藝術を慕ふ英國青年」は、標題自体に皮肉が込められているといっていいだろう。高村はリーチが「一種のベイルをかけて日本を慕つてゐた」、「藝術が日本で安価に見られてゐるといふ事が「リーチ」には羨ましかつた。それは、藝術は日本にあつては本能的《インスチンクチブ》にあるから、わざわざ重んずる事をしないのだと解釋してゐた」と記す。リーチはヨーロッパで浮世絵や漆器、屏風など手軽に入手できることから、日本を芸術的桃源郷のように思い描いていたのではないか。高村がこのリーチをナイーヴと受け止めたか、あるいは警告する必要があると感じたか、彼はリーチの日本行きに賛成しなかった（Leach, *BEW*）[1]。

その後留学先をパリに移した高村のもとに、リーチから「歓喜《よろこび》に満ちた手紙」が届く。リーチが憧れの日本に到着したのだ。手紙には、「日本の景色は廣重のとほりだ。ああ廣重はまだ活きてゐる！」と記されていた。

ところが高村が日本へ帰り、二人が再会する頃、リーチは「もう日本の文明と藝術に失望してゐた。皮相の文明を口を極めて罵った」（高村「日本の藝術を慕ふ英國青年」）という。

リーチがホイッスラーの絵画や広重の浮世絵などから、日本に美の饗宴、あるいは静謐を思い描いたとすれば、彼が直面したのは「新しい日本の日常的醜悪さ」（Leach, *BEW*）だった。西洋化を急ぐ日本の日々の喧騒に辟易し、リーチは食べ物も、三味線の音も、何もかも嫌になり、「春の暮れの夢一遍に醒めました」（リーチ「日本に在りし十年間」）と、幻滅を感じたこのときの様子を後に語るのである。

二　ファン・ゴッホ騒動

鉄瓶をひっくり返す

リーチはやがて白樺派の人々の知己を得、彼らとの交流のなかでファン・ゴッホの絵画に出会う。『白樺』同人柳宗悦の文章を引用しよう。文中、「山脇」とあるのは洋画家山脇信徳、「武者」とあるのは『白樺』同人武者小路実篤を指す。

図3－5　ファン・ゴッホ「刑務所の中庭」

（出典：Reiner Metzger／Ingo F. Walther 2008）

或日リーチと山脇と自分とで武者の家を訪ねた。リーチは此時ヴァン・ゴォホに就ては何も知らなかつた。然しゴォホの畫いた「囚人」の一枚はリーチをその日から目醒した。「英國人は眠つてゐる〱。吾々は醒めなければならない」と云ひ出した……歸る途中で興奮してきて石を蹴つたり電信柱を打つたりしてゐたと山脇から後で聞いた。此日以來……ヴァン・ゴォホと云ふ名は新にリーチの口ぐせの様に話題に登つた。

（柳「リーチ」）

「囚人」とは、ファン・ゴッホが描いた油彩画「刑務所の中庭」（一八九〇、図3－5）を指すと思われる。ギュスターヴ・ドレの版画「ニューゲイト監獄——運動場」（一八七二）の模写である。原画にほぼ忠実だが、色彩が加わり、人物の輪郭線がより鮮明になっている。

画家は刑務所の中庭を見下ろす視点で捉えている。

画面後景に高い壁が三方張り巡らされ、囚人が列を組み一つの円を描くよう歩行運動を強いられている。みな頭《こうべ》を垂れ、足取りが重い。

画面前景右端の、囚人の円の外側に立つ三人は看守だろうか。一人は腕を組み、二人は談笑中。力なく歩く囚人たちと好対照を成す。

画面左上から射光が入り、前景の囚人数名を照らし出す。脚を引きずる小男や、前屈みに歩く大柄の男など、姿かたちが太い黒色の線で力強く輪郭づけられている。前景中央を歩く囚人一人一人が顔を上げ、画家・鑑賞者に淋しげな眼差しを向ける。

リーチは、武者小路が海外から取り寄せた美術書(2)にこの複製図版を見たと思われる。「線描を得意」とするリーチは、個々の囚人の身体的特徴を鷲摑みにする、ファン・ゴッホの躍動する輪郭線に驚愕したに違いない。

リーチはさらに、海外から届いたばかりのファン・ゴッホ作品の写真を見る機会を得る。『白樺』同人長與善郎は次のように述懐する。

昔始めてゴオホやポスト印象派の人々の繪の寫眞が着いた時、柳の家などに皆が寄り集まつて興奮した。リーチが興奮してゐる様を見るのが又面白かつた。ワンダフルとか、スプレンデイットとか何とか口の中で云ひ乍らあの六尺もあるリーチが室の中を歩き、鐵ビンを引つくり返へして「オ、〳〵」とあはて、ゐた様なぞが眼に殘つてゐる。

（長與「六號雑記」）

リーチはこのときドレ作品の模写などでなく、ファン・ゴッホ自身の作品の写真を見る。「馬鈴薯を食べる人たち」（一八八五）や、「ひまわり」（一八八八）、「耳を包帯でくるんだ自画像」（一八八九）など、いずれも主題が斬新、筆触が力強く、生命力に満ち溢れている。リーチは迫力に押され、足元を掬われる恐怖を覚える。

美術書掲載の図版だろうが、出来の悪いモノクロ写真だろうが、ファン・ゴッホの底力を知るに十分だった。むしろ粗悪な複製が、かえって想像力を掻き立てるのだ。「石を蹴〔り〕」、「電信柱を打〔ち〕」、「鐵ビンを引つくり返へ〔す〕」。リーチの昂奮は鎮まるところを知らない。「英國人は眠つてゐる〳〵。吾々は醒めなければならない」と口走ることばにも焦燥感が滲む。

革命に馳せ参じたい

文芸誌『白樺』は一九一〇（明治四三）年四月創刊以来、ポスト印象派の紹介にきわめて熱心だった。五月、六月と続けてポール・セザンヌを紹介、翌年二月、六月、九月には、ファン・ゴッホの手紙を翻訳。さらに一〇月には、ファン・ゴッホの「郵便配達夫」（一八八八）など四枚の挿絵を掲載している。

この一〇月号が発行された一九一一年一〇月、つまり白樺派の人々の間でファン・ゴッホ熱が高まりつつあった、ちょうどそのとき、「白樺主催泰西版画展」会場でリーチは柳と初めて親しくことばを交わす（柳「リーチ」）。このとき柳に依頼されたのか、リーチは『白樺』一一月号に「蝕鐫板に就いて」を寄稿、その後白樺の活動に積極的に加わるようになる。先に引用した柳の文章にある、リーチが武者小路宅でファン・ゴッホの複製を初めて見るエピソードも、この頃のことと思われる。

リーチはそれまで、セザンヌ以外のポスト印象派の画家を知らなかった。彼がロンドンで学んだ一九〇七年頃、イギリス美術界ではセザンヌさえ——高村光太郎のことばを借りるならば——「まだはるか遠方にある異端の鬼」、「口にする事すら或る禁斷の掟を破る心の興奮を感ぜずには居られ〔ない〕」（高村「二十六年前」）存在だった。

その後イギリスでは、一九一〇年一一月、批評家ロジャー・フライが企画展「マネとポスト印象派展」を開催、喧々諤々の議論を巻き起こす。ファン・ゴッホや、ポール・ゴーガン、アンリ・マティスなどの作品が初めて紹介されたのだ。前年イギリスを発ったリーチにこの展覧会を観る機会はなかったが、反響は日本にも伝わってくる。やがてイギリスの画家の間に革新的運動が起こったと聞き、リーチは居ても立ってもいられなくなる。

柳は一九一二（明治四五）年五月、『白樺』「編輯室にて」に、そのリーチの様子を伝える。雑誌巻末に付される「編輯室にて」は、同人が身辺雑事をごく気軽に記す、いわば雑談コーナーだ。

○リーチの話によれば近頃英國では後印象派の運動で殆ど畫界に一革命が起つて来たそうだ……リーチは先に自分達の處に來て、ゴオホ、ゴオガン、マチイス等の畫を見て非常に興奮して、早く歐羅巴に歸りたい〳〵と云つてゐたが、英國の其新しい運動を聞いて、とう〳〵もうぢき歸る事にきめたそうだ（それで下谷櫻木町の家を賣りたいと云つてゐた、アテリエがあるし中々いゝ家だから誰か畫家が買うといゝなと思つてゐる）。（柳「編輯室にて」）

リーチは帰国を決意、アトリエ付きの家を処分することにしたのだ。

だがこの帰国計画は、その後頓挫する。リーチ夫妻の長男デイヴィッドが生まれたばかりだったからか、一家に経済的余裕がなかったからか、あるいはヨーロッパ情勢が、第一次世界大戦の前兆ともいうべき不穏な状況にあったからか、計画が頓挫した理由の仔細は分からない。

滞在五年後の〈日本像〉

リーチはそもそも日本でエッチングを教えるつもりだった。だが生徒があまり集まらず、英語を教えるることで収入を得、かねてから学びたかった日本美術・文化研究に力を注ぐことにする。ところが肝心な日本美術にかつての斬新さや勢いが見られない。悶々としているとき、ポスト印象派という、ヨーロッパ美術の新しい動向を知り、帰国を願うものの、これが叶わなかったのだ。その後日本に留まったリーチは活動の場を広げていく。そしてポスト印象派に足元を掬われずに済み、かえってよかったと考えるようになる。以下、日本滞在五年後のリーチの回顧録から引用する。

［日本到着後］二年くらい経つと、日本の伝統的美術が活力を失いつつあることが私にも分かってきた。このため……日本の意気盛んな芸術家ほぼ全員が関心を寄せるヨーロッパ美術に、私も注意を向けることにした……彼らの展覧会や友情を通し、印象派やポスト印象派、さらにその後のヨーロッパ美術の動向を知ることができた。このことに感謝したい。［ポスト印象派の］美しい理念に魅了され、自己を見失うという大きな過ちを犯さずに済んだのもそのためだ。美しいとはいえ、あれはしょせん別の時代の人々が、自分たちのため創出した理念にすぎなかったのだ。

（Leach, *A Review 1909–1914*）

ここにリーチの新しい〈日本像〉が垣間見られるといえようか。彼はかつて西欧化に邁進する「新しい日本」に幻滅した。だが、ここでは、ヨーロッパ美術に熱い視線を向ける「日本の意気盛んな芸術家」を肯定的に捉えている。しかも自身彼らの恩恵に与ったと明かす。彼らのお蔭でファン・ゴッホの魅力を知り、なおかつポスト印象派の虜となり、自己を見失う過ちも犯さずに済んだと記述するのである。

ファン・ゴッホは周知のとおり、日本の美的感覚を愛する、いわばジャポニスムの画家である。浮世絵を蒐集し、模写したり、肖像画の背景に描いたり、その手法を取り入れたりした。日本訪問中のリーチは、このファン・ゴッホに、逆に、多くの日本の画家が惹き付けられるのを見る。また自身、ファン・ゴッホに一時期傾倒する。一九一三年頃のリーチのエッチングや陶器の絵付けには、ファン・ゴッホの影響が見られるのだ。

日本の美意識＝浮世絵がヨーロッパに渡り、ファン・ゴッホを経て、ポスト印象派という形で日本へ戻ってくる。それが日本で陶芸を学ぶリーチの絵付けに反映され、さらにリーチの陶芸がその後世界のスタジオ・ポタリーに影響を及ぼすなどと、ジャポニスムは様々変容し循環していくといえるかもしれない。

だが、それは後のこと。話を元に戻そう。

リーチはポスト印象派などヨーロッパ美術を次々紹介する、白樺派の人々の情熱と鑑識眼の確かさに感銘を受ける。感動・歓喜を共にする仲間をそこに見出したといってもいい。彼はもはや「広重」や「日本の伝統的美術」に拘らない。広く美を求める仲間を「新しい日本」に得、実体験に基づく〈日本像〉を構築していくのである。

三　茶碗と切通しと

二枚の肖像画

リーチは陶芸を介し、新進の洋画家岸田劉生と親しくなる。「ファン・ゴッホ騒動」と時間的に前後

図 3-6　バーナード・リーチ「男の肖像」

（東京国立近代美術館蔵。
©Photo: MOMAT/DNPartcom）

図 3-7　岸田劉生「B.L. の肖像（バーナード・リーチ像）」

（東京国立近代美術館蔵。
©Photo: MOMAT/DNPartcom）

する、その経緯を簡単に追ってみよう。

一九一一（明治四四）年二月一八日、リーチは楽焼を初体験し、その面白さを知る。同年一〇月、陶芸を学ぶべく六代乾山こと浦野繁吉に入門。翌年二月、「白樺主催第四回美術展」にエッチングや油彩などのほか、一二〇点の陶器類を出品する。ところがここで陶器の複製注文を受け、注文数の多さに途方に暮れる。このとき絵付けを手伝ったのが劉生である。劉生の記憶によると、『白樺』同人志賀直哉を通し依頼があったという。

　リーチや劉生を含む、『白樺』同人・準同人はお互いの年齢が近い。たとえばリーチよりも志賀は四歳上、武者小路は二歳上、柳が二歳下、劉生が四歳下である。いずれもこの頃二〇代、芸術・文学・哲学を熱く語る個性豊かな若者の集まりだった。

絵付け作業を通しリーチと懇意になった

劉生は、リーチから多くを学ぶ。エッチングの手ほどきを受けたり、「素描《ドロウイング》するという事の芸術的境地を知るきっかけ」を得たり、「デコラティブという事の本当の意味と、それが芸術の最も大切な要素の一つだという事を会得するきっかけ」（岸田「リーチを送るに臨みて」）を摑んだりしたと後に語っている。

一九一三（大正二）年、リーチと劉生はかねてからの約束どおり、お互いの肖像画を描く。リーチのエッチング「男の肖像」（図３－６）は、劉生の顔を右上間近に捉え、彼の強烈な個性を摑む。他方、劉生はリーチを戸外に坐らせ、彼の半身像を油彩「Ｂ・Ｌの肖像（バーナード・リーチ像）」（図３－７）に手早く収める。制作日は五月一二日。美しい日和だったに違いない。黄色い帽子を被るリーチの顔の下半分や、白色のシャツの襟、赤色のネクタイに日差しがかかり、椅子にもたれる彼は寛いだ様子だ。「男の肖像」や「Ｂ・Ｌの肖像（バーナード・リーチ像）」にファン・ゴッホの影響が垣間見られ、さらに「Ｂ・Ｌの肖像（バーナード・リーチ像）」にセザンヌの影響も見られ、二人のポスト印象派に対するこの頃の関心がうかがわれ興味深い。

絆を刻む

劉生の静物画に「湯呑と茶碗と林檎三つ」（一九一七、図３－８）がある。描かれる茶碗類は、リーチが制作し、劉生が絵付けしたものである。

静物画を見てみよう。

画面は上下に二分される。上部は灰色の壁、中央斜め縦にひび割れがある。下部は、ひび割れの入る焦げ茶色の木机、机上に湯呑と茶碗、リンゴ三個が置かれている。

図3－8　岸田劉生「静物（湯呑と茶碗と林檎三つ）」
（大阪市新美術館建設準備室蔵）

画面中央の湯呑を起点とし、その下に位置する左端のリンゴ、さらにその右に位置する右端の茶碗を経て湯呑へと戻る線は安定した三角形を形成する。これに対し、リンゴ三個を結ぶ線は、小型の逆三角形を形作る。二つの三角形と、木机が強調する横の線が相俟って、作品はバランスよい落ち着きを見せる。壁や木机のひび割れ、茶碗類の欠け具合が、アクセントを添えるといってよい。

湯呑のクリーム色の表面に、茶褐色で斜め上から下へかけ、“THE EARTH”と英字が書かれている。壁のひび割れはちょうどこの英字の斜め上に位置し、どこか幻想的様相を帯び、天から地（the earth）へ稲妻が走るかのように見える。あるいは、天から地へ啓示が下るよう、と言い換えていいかもしれない。

劉生はリーチからエッチングを学んだ一九一四（大正三）年頃、イギリス一八世紀末の詩人・画家・神秘思想家であるウィリアム・ブレイクに傾倒する。「天地創造」など一連の宗教画を制作、生命の母胎をも意味する“The Earth”という題名をエッチング作品（一九一四）や版画作品（一九一五）などにしきりに用いた。湯呑の英字“THE EARTH”は劉生のいわば自署、同時にリーチやブレイクとの絆を表わすといえるだろう。

リーチの劉生評

一九一一（明治四四）年秋、リーチは『美術月報』の記者に日本の画家について感想を求められ、「洋風の畫を描くものは新らしき研究の爲めに總てを犠牲にし昔しのトラヂシヤンを忘れてる」（リーチ「保存すべき古代日本藝術の特色」）と、日本美術の伝統を蔑《ないがしろ》にする洋画家を批判した。

しかし若い画家たちはこのような批判をものともせず、ヨーロッパ近代美術の影響下、作品を次々発表。劉生の制作意欲はなかでも目覚ましかった。

彼は一九一一年の初個展の後、「岸田の千人切り」といわれるほど知人・友人の肖像画——リーチの肖像画はその一例にすぎない——を相次いで描く。一九一四年、二回目の個展にリアリズムの色濃い「黒き帽子の自画像」など三七点を発表、一九一五年、第二回草土社展に「道路と土手と塀（切通之写生）」（一九一五、図3-9）など四点を出品する。

図3-9　岸田劉生「道路と土手と塀（切通之写生）」
（東京国立近代美術館蔵。©Photo: MOMAT/DNPartcom）

「道路と土手と塀」は彼の代表作の一つといっていいだろう。

粘土色の幅広い坂道が画面前景から中景の先まで伸びている。左端に灰色がかった白色のコンクリート塀、右端奥にやや高い土手、後景に青い空が広がり、そこに二、三、うっすらと白い雲が浮かぶ。

凡庸といってもいい道路の風景の、この力強さはどこから来るのだろう。画面大部を占める、盛り上がる土くれの勢いか。コンクリート塀の文様が添えるリズム感か。

塀沿いに逞しく生え出る雑草か。あるいは強い日差しを証明するかのように、坂道手前を横切る電信柱二本の影か。

風景の切り方が巧妙だ。

画面を左右に分けて考えてもよい。

坂道が画面から消える消滅点、土手の左端が画面から消える消滅点。この二つが交わるところで画面は左右に分かれる。そして左の画面中央に塀の頂点、右の画面中央に土手の頂点が置かれる。風景はこのように、図形上、左右対称を成すよう切り取られるものの、左の白塀（＝人工）に射光が当たり、右の土手斜面（＝自然）に影が色濃く、左右の事物の濃淡の差は激しい。これが作品に奥行きを与える。

では、画面を上下に分けるとどうだろう。

坂道が画面から消える消滅点は、画面を上下二分する中央線よりも上に位置し、既述のように、盛り上がる土くれが画面大部を占め、鑑賞者を圧倒する。劉生の関心事 "The Earth" がここに強く打ち出される。蒼穹に向かい、画面下部から上部へ向け、幅広い坂道が勢いよく伸びていく。左右の塀や土手がその坂道を奥へ奥へと押し上げる。ここに生命力漲る道路、「道」が立ち現れるのだ。

リーチは劉生を「真の洞察力を見せる」画家として後に海外に紹介、「ポスト印象派を手本にするのみならず、デューラーやウィリアム・ブレイク、さらに中国の南画からも学び、これを消化し独自の作風を創り上げた」（Leach, *BEW*）と評価した。リーチは画家劉生の成長を間近に見、日本の洋画家に対する見解を大幅に修正したのである。

二つの日本

この大皿（図3－10）を見てほしい。リーチ制作の「楽焼駆兎文皿」（一九一九）である。

野兎が風を切って駆けている。長い耳がたなびき、右耳が裏返っている。左耳を縁取る上の線に胴体を縁取る上の線が呼応し、臀部と尻尾《しっぽ》が跳ね上がる。前脚も後ろ脚も踊らんばかり。この躍動感、様式美、ユーモア感覚。画家リーチの線描が、大皿の底の丸みと巧みに結び付く瞬間といっていい。

図3－10　バーナード・リーチ「楽焼駆兎文皿」
（写真提供：日本民藝館）

リーチは楽焼初体験の日からその面白味に憑かれるものの、陶芸の道を選ぶのに長い年月を要した。一九一三（大正二）年、浦野より七代乾山として伝書を授けられてもなお、「自分は繪をかくか、陶器をやくか文章をかくか未だ解らない」（富本が引用するリーチのことば。富本「支那へ去らんとするリーチ氏に就て」）とためらい、一九一五（大正四）年、新しい教育事業を始めるべく中国大陸へ家族と共に移り住む。だが大陸で創作活動は停滞、柳に説得され、翌年末、三度目の来日を果たす。一九一七（大正六）年我孫子の柳宅隣りに窯を築き、二年後この「楽焼駆兎文皿」が生まれるのだ。

リーチはその間、一二〇〇度以上の高温で焼く炻器《せっき》や、中国明朝の染付や朝鮮王朝の陶器に倣う作品、またイギリスのスリップウェアの技法・様式を取り入れた作品などの制作に取り組み、東洋とヨーロッパの要素を併せ持つ陶磁器を生み出す。これがその後制作される大作「鉄絵組合陶板獅子」（一九三〇）や、「鉄絵魚文壺」（一九三二）、「鉄釉蠟抜巡礼者文皿」（一九六〇）などの基盤となる。

一九二〇（大正九）年、リーチはついにイギリスで陶芸家として立つべく帰国を決意する。柳や劉生が寄稿する送別文集にリーチは別れのことばを記す。

わたしは二つの日本に等しく重い心で別れを告げる。縁《ふち》を唇で愛おしんだ、香りたつ茶碗のような過去。そして未来を担う若人の君たち。真剣で、奮闘し、荒削りの君たちの只中にわたしは暮らし、兄弟のように君たちを愛した。

さようなら、魅惑する島々、

芸術の快い棲家！

（Leach, "China, Corea [sic.], Japan"）

リーチはあえて複数形を用い、「二つの日本」"two Japans" に別れを告げる。一九〇九（明治四二）年、彼はいわば〈過去の日本〉を求め再来日し、一九二〇（大正九）年、〈現在の日本〉に心を寄せつつ離日する。

一〇年近くに及ぶ日本滞在は、彼を画家・エッチャーから陶芸家へと育て上げた。芸術家が制作する絵画作品や陶磁器類はいずれも視覚に訴える。だが陶磁器は触覚でも味わうことが可能だ。濃茶の茶碗を両手に取り、掌《たなごころ》に置き、手を添え、茶を飲むとき縁に唇が触れる。リーチは〈過去の日本〉を茶碗になぞらえ、「香りたつ」、「縁を唇で愛おし［む］」などと女性性やセンシュアリティに富む表現を用い、慈しむ。

逆に〈現在の日本〉を男性的イメージで表象、「未来を担う若人」に喩え、「真剣で、奮闘し、荒削り」と、逞しさを強調する。彼が「兄弟のように」「愛した」という、その「未来を担う若人」の中に、ファン・ゴッホの作品に共に感動した柳や山脇、武者小路、また茶碗類を協働制作したり、肖像画を描き合ったりした劉生など多数の若人が含まれよう。

リーチの日本訪問はその後十数回に及び、〈日本像〉はその都度修正されていく。だが彼が三三歳でイギリスへ帰る際、日本を「魅惑する島々」「芸術の快い棲家」と呼ぶ点に注意を向けたい。彼は二二歳で再来日する前、日本が芸術的桃源郷であるかのような幻想を抱いた。夢が打ち砕かれたにもかかわらず、彼はあらためて日本を「芸術の快い棲家」と呼ぶ。

リーチが「未来を担う若人」の「只中で暮らした」と語る、その自己認識との関わりのなかで、これを理解すべきだろう。芸術的桃源郷の夢こそ破れたものの、彼は芸術を共に愛でる仲間を新たに得た。これが長期滞在の大きな実りの一つだったと考えているのではないか。「縁を唇で愛おしんだ」茶碗のような〈過去の日本〉との別れを惜しみつつも、リーチは「七代乾山」として陶芸の伝統、つまり〈過去の日本〉を――たとえ限られた範囲にせよ――自身継承する覚悟がある。そして新しく見出した「荒削り」の仲間と共に、彼が「芸術の快い棲家」と呼ぶ日本の〈未来〉とその後も密に関わる決意があったと考えられるのである。

注

（1）リーチはその後ヨーロッパ大陸を旅行中、パリ留学中の高村を訪ね、日本行きの決意を表明。高村は自分の父親、東京美術学校教授高村光雲や、その同僚岩村透など数名宛の紹介文を書き、リーチは来日時これを持参、東京美術学校関係者の人脈を早々に築くことができた。

（2）武者小路や柳は丸善などを通しヨーロッパの画集や美術雑誌、複製画などを取り寄せていた。たとえば一九一一（明治四四）年二月、『白樺』掲載の小島喜久雄の「ヴィンツエント・ヴァン・ゴオホの手紙（二）」には、ユリウス・マイヤー゠グレーフェの著書『フィンセント・ファン・ゴッホ』を近々入手できる見込みとの記述がある。この書物には、「刑務所の中庭」を含むファン・ゴッホ作品のモノクロ複製図版四一点が掲載されていた。

参考文献

Cooper, Emmanuel. *Bernard Leach: Life and Work*. Yale UP, 2003（エマニュエル・クーパー『バーナード・リーチ――生涯と作品』西マーヤ訳、ヒュース・テン、二〇一一年）.

Dorment, Richard & Margaret F. MacDonald. *James McNeill Whistler*. Harry N. Abrams, 1995.

Leach, Bernard. *A Review: 1909-1914*. Japan Advertiser, 1914.

Leach, Bernard. *Beyond East and West*. Watson-Guptill, 1978（バーナード・リーチ『東と西を超えて――自伝的回想』福田陸太郎訳、日本経済新聞社、一九八二年）.

Leach, Bernard. "China, Corea [sic.], Japan" in *An English Artist in Japan*, ed. Muneyoshi Yanagi（Matsutaro Tanaka, 1920. 柳宗悦編『リーチ　An English Artist in Japan』田中松太郎、一九二〇年）四四―四七頁。

Metzger, Reiner/Ingo F. Walther, Vincent Van Gogh. Taschen, 2008.

Olding, Simon. *The Etchings of Bernard Leach*. Crafts Study Centre, 2010.

Spencer, Robin. *James McNeill Whistler*. Tate, 2003.

乾由明「バーナード・リーチ――その芸術と思想」乾由明・諸山正則監修『東と西の出会い――生誕一二五年バーナード・リーチ展』図録、朝日新聞社、二〇一二年、六―一三頁。

小野文子『美の交流――イギリスのジャポニスム』技報堂出版、二〇〇八年。

京都文化博物館・宇都宮美術館・財団法人ひろしま美術館・神奈川県立近代美術館・読売新聞大阪本社文化事業部編『「白樺」誕生一〇〇年――白樺派の愛した美術』図録、読売新聞大阪本社、二〇〇九年。

岸田劉生「リーチを送るに臨みて」酒井忠康編『岸田劉生随筆集』岩波文庫、二〇〇七年、一一五―一二二頁。

圀府寺司編『ファン・ゴッホ神話』全国朝日放送、一九九二年。

式場隆三郎『バーナード・リーチ』建設社、一九三四年。

ジャポニスム学会編『ジャポニスム入門』思文閣出版、二〇〇〇年。

鈴木禎宏『バーナード・リーチの生涯と藝術』ミネルヴァ書房、二〇〇六年。

高村光太郎「二十六年前」『高村光太郎全集』増補版、筑摩書房、一九九五年、七巻、一六九―一七一頁。

高村光太郎「日本の藝術を慕ふ英國青年」『高村光太郎全集』七巻、一五七―一六三頁。

富本憲吉「支那へ去らんとするリーチ氏に就て」『美術新報』一四巻、一九一五年二月、一七二頁。

富山秀男「評伝・作品解説」井上靖ほか編『岸田劉生』中央公論社、一九八四年、九二―一〇一頁。

長與善郎「六號雑記」『白樺』一九二〇年五月、一二三頁。

日本民藝館学芸部編『日本民藝館所蔵バーナード・リーチ作品集』筑摩書房、二〇一二年。

バーナード・リーチ「保存すべき古代日本藝術の特色」『美術新報』一〇巻、一九一一年一〇月、三七八―三七九頁。

バーナード・リーチ「日本に在りし十年間」『美術月報』二巻、一九二〇―二一年、二―四、五五―五八、七四―七五、九二―九三頁。

便利堂編『白樺――美術への扉』調布市武者小路実篤記念館、二〇〇〇年。

柳宗悦「編輯室にて」『白樺』一九一二年五月、一三一―一三二頁。

柳宗悦「リーチ」『美術新報』一四巻、一九一四年四月、五七二―五七三頁。

湯原公浩編『岸田劉生――独りゆく画家』別冊太陽、平凡社、二〇一一年。

渡辺俊夫「イギリス――ゴシック・リヴァイヴァルから日本風庭園まで」『ジャポニスム入門』六九―八九頁。

渡辺俊夫「ホイッスラー」池上忠治責任編集『世界美術大全集　22　印象派時代』小学館、一九九三年、一五三―一六八頁、「作品解説」三九二―四〇〇頁。

第Ⅱ部

見いだされる〈日本〉

——自己の発見

古林進斎作：「うきよはんじょう穴さがし」（1877（明治10））。明治維新後に登場した新しい職業を並べた作品。中央の大きな時計，右上隅の日の丸が近代国家の登場を告げている。

（提供：セイコーミュージアム：東京都墨田区東向島 3-9-7）

第4章　幻想としての日本／イギリス

——日英博覧会（一九一〇）と庭園文化をめぐって——

木下　卓

一　日英博覧会

博覧会と展示品

一九一〇年五月一四日から一〇月二九日までロンドンのシェファーズブッシュ（Shepherd's Bush）のホワイトシティ（White City）を会場に、日英博覧会が開かれた（図4-1）。開会式直前の五月六日に国王エドワード七世が急逝したために、イギリス全土が喪に服し開催が危ぶまれたものの、開会式の中止、祝祭的な新聞記事報道の自粛などの措置がとられて、予定どおり開催にこぎつけることができたのである。五年前に終結した日露戦争で多額の出費を余儀なくされ、財政的にはかならずしも楽ではなかったものの、日本は開催に際して当時の金額で二〇八万円もの予算をつぎこみ、敷地面積二万二五五〇平方メートルにも及ぶ広大な場所を会場に博覧会は開かれた。同年、九月二四日に催された日本祭には四六万人以上もの観客がつめかけ、博覧会開催期間の入場者は合計八三五万人にのぼり、集客という点にお

図4－1　日英博オフィシャル・ガイド
（出典：Supervised and Introduction by Matsumura Masaie. *The Japan-British Exhibition of 1910: A Collection of Official Guidebooks and Miscellaneous Publications. Vol. 1.* Eureka Press, 2011）

いて成功を収めることとなったのである。当時の博覧会ブームに乗って、またそこから得られる国益に目覚め、東洋を西洋のロンドンに持ちこむことによって日本を強烈に印象づけ、売りこむことができたのである。

　日英同盟の第三次条約改正を前にして、当時の駐英大使小村寿太郎が提唱したこの博覧会は、日露戦争後の黄禍論や反日感情を和らげて、イギリスと対等の近代国家としての日本を宣伝し、前世紀末から続いていたジャポニズムの流行に乗って日本製品のイギリスへの輸出拡大を図る絶好の機会と考えられた。だが、イギリス側の開催主はイムレ・キラルフィという名の、インド帝国博覧会（一八九五）や大英帝国博覧会（一八九九）などをはじめとする帝国主義的な博覧会を商業ベースで成功させた興行主であった（Hotta-Lister 1999：40）ことからも推察できるように、イギリス側からの出品は小規模であった。一方、ジャポニズムの影響を強く受けていたイギリスの大衆向けに日本の風俗などを中心とする見世物的な興行を強調した博覧会であったため、名ばかりの日英博（the Japan-British Exhibition）となり、「イギリスにおける日本博」とでもいうべき博覧会となったのである。

　主要な展示館として建てられた歴史宮、産業宮、芸術宮などと名づけられた大きな建物の中で、当時の日本の産業技術や工芸品・美術品などが多数展示された。また、日清戦争（一八九四―九五）と日露戦争（一九〇四―〇五）に勝利を治め、一九〇二年に結ばれた日英同盟のもと、友好関係にあった日本とイギリスの新しい時代を告げるべく開かれたこの博覧会で、東洋の大国として中心的な立場を確立しつつあった日本は、三四名の軍楽隊を博覧会に参加させるとともに、赤十字展示を行って国際組織の一員としての立場を印象づけた。そればかりか、イギリスに寄港中の巡洋艦生駒の水兵八〇〇名が博覧会の記念晩餐会に出席し、近代に入ってからわずか四十年余りのあいだに急速な躍進をとげた軍事大国日本、という印象をもイギリス国民に強く焼きつけたのであった。さらに東洋宮では、日本の植民地下に置かれて間もない台湾や朝鮮、満州など各地の物産品が展示された。

こうした公式展示とは別に、観客を楽しませるための余興《アトラクション》つまり見世物空間が設けられ、伝統的な日本の姿を紹介するために造られた日本村では、古くからの生活や文化を再現するとともに、職人が作る工芸品の実演販売が行われた。また、数十名の京都相撲の力士たちが相撲を披露したほかに、男六名、女四名からなる一〇名のアイヌ民族が、日本から移築された三棟のチセ（アイヌ住居）とともに展示され、一八九五年に割譲された台湾から連れて来られた二四名のパイワン族（台湾の先住民）とともに彼らの生活の様子や民族舞踏も展示されたことには注目せざるをえない。

博覧会場または帝国主義のディスプレイ装置

博覧会の時代とは、帝国主義の時代でもあった。一九世紀半ばから二〇世紀初頭まで、地球規模で発展と増殖を続けてきた資本主義の壮大な見世物であった博覧会とは、世界に向けて帝国主義を誇示するものにほかならなかったのである。科学技術の発展を帝国の発展と拡張に結びつけて一体化させながら大衆の欲望を呑みこんでいったのが博覧会だったのである。

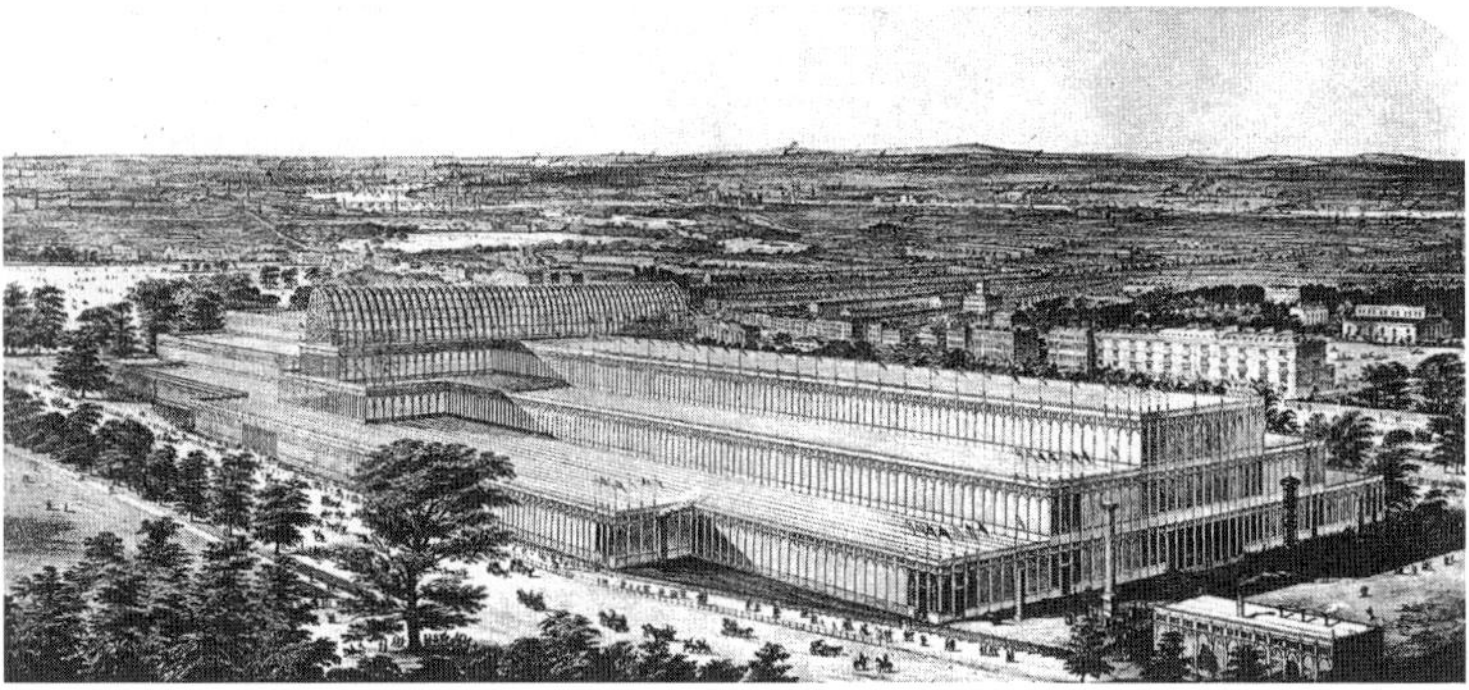

図4－2　水晶宮《クリスタル・パレス》

（出典：Hobhouse, Hermione. *The Crystal Palace and the Great Exhibition: Art, Science and Productive Industry*. London: Athlone Press, 2002）

このような博覧会と帝国主義の結びつきは、一八五一年の第一回ロンドン万国博覧会においてすでに顕著であった。最新の科学技術を駆使したガラスと鋼鉄のみで建設された博覧会場の水晶宮《クリスタル・パレス》（図4－2）の中に展示されたのは、イギリス本国はもとより植民地や自治領からの原材料や生産物であり、帝国の威信を誇示してあまりあるものであった。水晶宮を訪れた人々は、最新の科学技術によって産み出された機器類に強烈な印象を受けたのはもちろんのこと、彼らの帝国が世界中に拡がる植民地を保有していることを初めて知ったのである。植民地展示を目の当たりにすることによって、イギリス人の優越性と帝国の豊かさに気づくことになった。しかし、この万国博覧会では、植民地からの原材料や生産物は展示されたものの、文化や風俗を展示するというイデオロギー的傾向を見出すことはできず、その効果という点においては十分に注意が払われていなかったと言わざるをえない。万国博覧会において植民地展示がイデオロギー的傾向を強く帯び始めたのは、一八五五年のパリ万博からであった（吉見　一九九二：一八一）。

先住民展示

日英博覧会の余興としての見世物は、当初の日本側の計画では、パノラマ、相撲、田園模型、各種見世物芸、台湾先住民パイワン族の村落を模した風景、活動写真、奈良の大仏の模造などがあり、アイヌやパイワン族の展示計画は入っていなかった。しかし当時の日本には、海外での博覧会の余興の準備や運営、経理の面に精通した人材が育成されていなかったため、その準備のために活動するイムレ・キラルフィを中心とするイギリス人から構成されたシンジケートが組織され、日本側から出資された五万ポンドをもとに彼らによってアイヌやパイワン族の「ヒトの展示」が計画されることとなった。したがって、日本側からではなく、興行による利益を目的としてイギリス人シンジケートの側が企画し、展示が実現したものであった。しかし、この展示は朝鮮館や台湾館などの植民地経営と結びついたイデオロギー的展示とは対照的に、日本政府や人類学者によるイデオロギー的、学問的目的とはまったく次元を異にした、観客の関心や好奇心を集めるための経営上必要な余興のひとつの見世物として位置づけられたものであった（宮武 二〇一〇：一一九―一二四）。

日清・日露の戦争に勝利を治め、列強国の仲間入りを果たした当時の日本政府にとっては、自己と他者という人種の違いを文化的・倫理的基準によって差異化して支配する西欧の支配的イデオロギーを取り入れ、アイヌや台湾先住民のパイワン族ばかりでなく、台湾、満州、朝鮮に関する展示を日本の「近代化」と「文明化」を実証するための手段として利用したかったはずである。博覧会が開かれた一九一〇年といえば日韓併合の年でもあり、日本の植民地主義支配を正当化し、その完成を目指すにはこの博覧会はこのうえない絶好の機会であったはずである。しかし、日英博覧会の資料集（*The Japan-British Exhibition of 1910: A Collection of Official Guidebooks and Miscellaneous Publications.* Eureka Press, 2011）にはアイヌやパイワン族の展示に関する記述はきわめて少ないのである。その理由は、彼らの展示は、日本の植民地支配を正当化して展示するためのイデオロギー的・教育的な性格を帯びたものではなく、視覚的なスペクタクルとして観客の好奇心に直接訴えかけることを目的とした、正規の展示物とは別の余興（見世物）であったこと、そしてこの展示が経営上重要なものとしてイギリス人シンジケートによって企画されたものであったことなどがあげられよう。余興としての展示である以上、観客の目をアイヌ固有の文化や人種的な差異に向けさせることが目的であったわけではなく、ただ単に風変わりな見世物のためだけに彼らは展示されたのである（宮武 二〇一〇：一二四）。

ところで、見世物とは文化構造の境界とでもいうべきところに接触しているきわめてラディカルな娯楽だといえよう。文化がまさに崩壊せんとする瞬間に観客を立ち会わせることによって快楽や驚きを与え、また時には不安や不快感をかき立てるものである。時間の流れのなかに観客を巻き込んでゆく物語性を伴う演劇性をもったものとは異なり、時間の裂け目から突如現れてくる異質なものが、観客をカタストロフィーに引き込んでゆくのである。そのなかでもっとも強烈な見世物のひとつが「ヒトの展示」であろう。

このあまり知られていない、衰退しつつある人種の歴史は、北アメリカインディアンの歴史に似ている。日本の黎明期に彼らは次第に本州から現在の居住地である蝦夷へと駆り立てられた。日本政府は彼らの保護と保存に全力を尽くしているが、一八八二年以降人口は増加していない。

(Mutsu ed. 2010 : 42)

これは「滅びゆく人種（'A Doomed Race'）」という見出しのついた一九一〇年三月二五日付けの『デイリー・ニューズ』紙からの一節であるが、ほとんど同じ文章と内容の記事が同年四月一六日付けの『ザ・タイムズ』紙にも掲載されている（宮武 二〇一〇：一三〇）。両紙の記事はともに、アイヌが本州を含めた日本の先住民であり、日本の影響によって急速に減少しつつあることをはっきりと述べている。また、『デイリー・ニューズ』紙は博覧会閉会後間もなく、「アイヌの別れ――ロンドンは好奇心をそそった人々にどんな印象を与えたのか（'Ainus' Farewell―How London Impressed the curious people'）」と題する記事を掲載し（一九一〇年一一月二日付け）、別れに際してアイヌたちが述べたロンドンへの賛辞や親切だったイングランド人女性たちへの謝意をポーランド科学アカデミー人類学委員会の通信員が伝えている（Mutsu ed. 2010：180-81）が、その内容はアイヌの人々への愛情に満ち溢れており、たんなる一過性の見世物対象への愛着という範囲を超えたものであった。それと同時に、この博覧会で受けた感謝と感動を帰国後、子孫代々にまで伝えていきたいとアイヌの人々が語ったということは、アイヌ展示が植民地支配を誇示するという目的とは無縁のものであったことを示している。しかし、イギリスに渡ったアイヌたちの態度がいかに礼儀正しく称賛にあたいするものであったとしても、「滅びゆく人種」である彼らの姿を目の当たりにした人々の印象に残ったものは、なによりも彼らに対する驚きと憐憫の情であったことだけは確かであろう。しかし、「ヒト（アイヌ）の展示」がイギリス人に与えた印象は「滅びゆく人種」への愛情と憐憫だけではなかったと思われる。目の当たりにした彼らの礼儀正しさはアイヌの優越性、ひいては彼らを保護している（支配している）日本人の民族的優秀性をも強く印象づけることになったであろうと考えられるのである。イギリス人のこうした反応は、当時の日本政府にとっては予想外であったはずだ。

一八・一九世紀のイギリスで人気を博した見世物——非ヨーロッパ世界の珍しい動物やピグミー族、ブッシュマン、イヌイット（エスキモー）、ズールー、アメリカ先住民、精神病院の狂人、さまざまの奇形のもしくは奇形とみなされた人間（その顕著な例は、一八一〇年秋のロンドンを皮切りにイギリス各地、そしてパリで一世を風靡した「生ける野蛮」と謳われたホッテントット・ヴィーナス）、公開処刑など——は、アイヌやパイワン族の展示に相通じるものであった。

アフリカやアジアを「野蛮」とみなし、その「文明化」を支配の口実として正当化してきた近代ヨーロッパは領有したい地域の自然とそこに暮らす民族に関する知識を徹底的に収集しようとして、商人、旅人、探検家、宣教師などは、当時としては珍しかった植物、動物、鉱物を収集してヨーロッパに運ぶだけでなく、それまで目にしたことのなかった「野蛮」な民族をヨーロッパに連れて帰って展示する博物学的関心と下世話な見世物的興味の入り混じった「ヒトの展示」を目的とした収集も行われていたのである。ヨーロッパにとっての「博物学の黄金時代」（ピーター・コンラッド）とは、アフリカやアジア、大西洋上の島々の人々にとっては、自然破壊と搾取、仲間の拉致・誘拐など「受難の時代」にほかならなかったのだ。このような「ヒトの展示」は、一八・一九世紀を通じて盛んに行われていたのである。

しかし、この日英博覧会におけるアイヌの展示は日本政府の思惑を外れ、イギリス人からたんなる見世物的興味や博物学的なまなざしを投げかけられたのではなく、彼らの礼儀正しさが感銘を与えたのであった。アイヌ民族が一八・一九世紀に展示された「野蛮」な民族とはちがって、敬意をもって接すべき人々だと思われたからであろう。

それまでに東インド会社経由で東洋の文化、とくに中国の文化が数多く紹介・輸入されてはいたものの、日本の文化が公式にイギリスに紹介されたのは一八六二年の第二回目のロンドン万国博覧会であった。初代駐日公使ラザフォード・オールコック（Rutherford Alcock, 1809-97）が伝統工芸品を展示したのが最初である。当時の最新の技術を誇示する万博会場に展示された精緻な伝統美術工芸品や開会式に堂々と現れた侍姿の日本使節団は、東洋の異なる文化を人々に強く印象づけたのであった。そして一八六七年の第二回パリ万国博覧会を契機にジャポニズムと呼ばれる〈日本〉や日本文化に対する高い関心が寄せられるようになり、ヨーロッパの印象派や中流階級の生活様式に強い影響力を及ぼすようになっていった。このようなジャポニズムの影響のもとで開催された日英博覧会が観客のあいだに掻き立てた日本文化への憧憬が、博覧会のアイヌの姿や展示物から作り上げた幻想としての〈日本〉を増幅させていったとしても無理からぬことであった。

二　庭園文化の近代

無鄰菴《むりんあん》の庭園

幕末期の戦乱と明治維新による東京遷都によって、千年の歴史と文化を誇っていた京都の衰亡は激しかった。その過疎化と衰退に歯止めをかけようと、近代化と復興のためさまざまの方策が講じられた。そのひとつとして、安定した水の供給を図らんとして琵琶湖疏水事業が計画された。この事業によって日本初の発電所である蹴上《けあげ》発電所が完成し、岡崎近辺の姿が一変することとなったのである。緑の林と畑が疏水工事の残土によって一面おおいつくされたからである。京都府はこの地で一八九五（明治二八）年、第四回内国勧業博覧会を開き、その後は跡地を工場地帯にして復興の契機とするつもりであった。博覧会は開かれたものの、工場地帯にしようとする計画は京都府民の反対にあって頓挫してしまい、緑

図4－3　無鄰菴庭園

（出典：筆者撮影）

豊かで疏水の水利に恵まれたこの地には文化施設や財界・政界の著名人たちの別邸、寮などが次々と建てられていくこととなったのである。

そのひとつに、庭園に造詣の深かった山縣有朋が京都岡崎に造営した別邸、無鄰菴がある。近代日本の庭園王と称される七代目小川治兵衛《じへえ》（屋号植治）に、一八九四（明治二七）年から九六年にかけてこの別邸の庭園を造園させたのが山縣三名園のひとつと称される無鄰菴庭園である。この庭園の造園に際してはことごとく、山縣から直接の指示がなされた。たとえば、当時の日本庭園の常識的な造園材料ではなかった五尺ほどの樅《もみ》の木を五〇本ほど植えるよう指示された小川治兵衛は驚くとともに、その調達に苦労したようである（涌井 二〇〇八：一二九）。だが、五尺ほどの樅の木というところに、山縣の造園意図が透けてみえはしないだろうか。五尺の高さであっても、また成長した樅の木は、この庭園を見る者の視界から塀を完全に隠すためのものであったのではないかと思われるからである。また、この庭園には芝生が敷かれていることを考慮に入れるなら、日本の伝統的な象徴主義的な庭園とはまったく異なる庭園を山縣は造園しようとしたのではないかと思われるのである。

塀を隠された庭園の遠く背後に見える東山を借景として、そこから流れてくる水（実は琵琶湖疏水の水）が滝となって流れこむように見せる流水式自然を導入することによって、無鄰菴の庭が東山という外部の風景に連なって見えるように造園されているのである（図４－３）。無鄰菴の面積は約一〇〇〇坪（約三三〇〇平方メートル余り）にすぎず、その規模という点においては、イギリスのカントリー・ハウスの広大な庭園と比べることは到底できないが、造園法はイギリス式風景庭園に倣ったものであるといっても誤りではなかろう。

イギリス式風景庭園

一八世紀イギリスに花開いた風景庭園という様式は、中央軸をはるかに伸びてゆく直線を軸とする、左右対称が基本の整然としたそれまでの幾何学庭園（整形庭園《フォーマル・ガーデン》）とは異なり、理想的な自然の風景を造り出した庭園であった。「自然らしさ」という特徴を作り出す際のもっとも適切な表現は「不規則性（irregularity）」である。自然界には、直線も左右対称も完全な円形もありえないからだ。風景庭園の草分けであったウィリアム・ケント（William Kent, 1688?-1748）が造った庭を見て、小説家で庭園評論家のホレス・ウォルポール（Horace Walpole, 1717-97）は「自然は直線を嫌う」という有名な言葉を残した。ケントは、一七三九年にバーリントン伯爵のラウシャム庭園（Rousham Park）を完成させた造園家であった。イタリアで風景画を描いているところを見出された彼は、イギリスにイタリアの風景を超える風景を造り出そうという願望を抱いていた。しかしその風景とは、グランドツアーで訪れたイタリアで見た一七世紀の風景画に描かれた「ピクチャレスク」な風景であった。つまり、「絵に描いて美しい（picturesque）風景」という造り出された理想的な風景だったのである。

自然が直線を嫌うのならば、見る者に自然らしさを感じさせるのは、自然のなかにある不規則に蛇行

図4－4　空壕《ハーハ》

（出典：Thacker, Christopher. *The History of Garden*. Berkeley and Los Angeles: U of California Press, 1979）

する曲線であり、無限に広がる空間であろう。しかし、庭とは塀で囲われた空間であることはローマ帝国以来二〇〇〇年続いてきた常識である。この常識を覆して「開かれながら閉じ、閉じながら開く」というパラドックスのうえに危うく成り立つのが風景庭園であった。この離れ業を可能にしたのは、チャールズ・ブリッジマン（Charles Bridgeman, ?–1738?）という造園師が考案した空壕《ハーハ》（ha-ha）であった（図4－4）。これは、塀を取り払い、隣接する土地との境に空壕を掘ることによって、庭を見る者に庭園が外部の風景に連なって見えるように錯覚させる方法であった。この画期的な考案によって、庭園は果てしなく広がる光景に連なっているかのように見えることになる。この空壕を採用したケントの造った庭を見たウォルポールは、「ケントは塀を飛び越えた。そして自然界がすべて庭であると見てとった」と述べている。このような風景庭園を好んで造園したのは、経済活動を優先し海外進出に熱心だった新興勢力であるホイッグ党の政治家やその支持者たちであった。

　ここで、山縣が小川治兵衛に指示した「五尺くらいの樅の木」とは、庭園を見る者の目から塀を隠して東山へと庭が連なるよう見せるためのもので、イギリス式風景庭園の空壕と同様の役目を担わせるものであったのではないかと思われるのである。また地面に芝を敷いたのも、イギリスの風景庭園を模したからであろう。

山縣は、一八六九（明治二）年から翌年にかけて西郷従道とともに、ヨーロッパ主要国の軍制視察のためフランス、イギリス、ベルギー、ドイツ、オーストリア、ロシア、オランダの七カ国を巡遊しているが（伊藤 二〇〇九：七四―七五）、イギリスを訪れた際に風景庭園を訪ね、その造園法を学んだのではないかと思われる。椿山荘庭園、古希庵庭園、小淘庵《おゆるぎ》をはじめ、数々の庭園を営んだ彼にとってみれば、ホイッグ党やブルジョワジーを中心とする新興勢力が好んだ、理想的な自然の風景を造り出すイギリスの風景庭園とは、おのれの進むべき道を指し示してくれる異国の先人たちの思考様式に則った庭園であった。だが、山縣の脳裡に焼き付いていたピクチャレスクなイギリスの自然主義的風景庭園の祖形のひとつが、日本庭園や中国の庭園であった（Hadfield 1960：97, 176-177）ことを想い起こすならば、興味深いものがある。

象徴主義的庭園から自然主義的庭園へ

整形庭園や風景庭園のようなヨーロッパの庭園とは異なり、日本の庭園は石を立てることを基本とし、そこに象徴的な意味をこめてきた。たとえば、鶴亀石とか三尊石などは石を基本にした象徴である。水もまた、海の無限の広がりを象徴するものとして使われた。庭園に複雑な形の池を造り、どこから見ても池の全貌が眺められないように工夫することによって、池は無限の広がりをもつこととなり、世界は庭園に包含されることとなる。借景や縮景という造園手法も、庭園のなかに無限の広がりをもちこもうとするための工夫であった。したがって、狭い庭園であっても無限を宿らせることが可能となり、広い庭園はますます広がりをもつものとなっていったのである。

だが、近代の日本庭園は石を立てることによって象徴性を獲得するという伝統的な手法を捨て去り、無鄰菴のように自然を基本にすえながらのびやかな開放性を求める方向に変貌してゆくのである。石は石として置き、植栽は植栽として植えて、理想とする自然の風景を取りこんだ庭園を造り出そうとするのだ。このような庭園に比べれば、浄土庭園であれ禅宗の庭園であれ、象徴主義的庭園の範疇に入るものであった。近代の自然主義的庭園は、石であれ植栽であれ象徴主義的な意味合いをすべて剝ぎ取られ、自由でのびやかな自然を作り出すものとなったのである。

このような自然主義的庭園を生み出した庭師が、七代目小川治兵衛であった。無鄰菴では、三段の滝によって引きこまれた琵琶湖疏水の水が海という象徴性から解き放たれて庭園内をゆるやかに流れる。石は平たく伏せられて象徴的構成をとることはなく（図4－5）、植栽はこれらの石に寄り添うように刈りこまれている。塀を視界から遮るように植えられた喬木も、樅の木やヤマモモなどそれまでの日本庭園（象徴主義的庭園）には植えられることのなかった種類の木であった。

それでは、自然主義的庭園はどのような基盤のうえに成立したのであろうか。象徴主義的庭園は、それを理解するには必ずや象徴を読み解くための世界観が前提とされなければならない。禅宗の石庭（たとえば、龍安寺の枯山水の石庭）を理解するためには禅の境地に達していなければならず、浄土庭園を理解するためには浄土思想という世界観を理解していなければならないという前提が求められるであろう。これに対して自然主義的庭園は、世界観的前提を必要としない。あるいは、世界観的前提が成り立たなくなったとき、造園は象徴主義的庭園から自然主義的庭園に移行していったのだといえるだろう。明治以降に登場した新興勢力は、それまでの知識人がもっていたような世界観的前提を必要とせずに、みずからの感性に合った自然主義的庭園を造営することができたのである。日本における庭園のこうした変遷をイギリスにおける庭園様式のそれと比べてみよう。

一八世紀に開花した自然主義的庭園であるイギリス式風景庭園は、それまでヨーロッパの王侯貴族の造園した整形庭園とはまったく異なるものであった。庭園に植えた大小の樹木に過剰なまでに手を加え、左右対称の幾何学模様に刈りこんだり整形することによって自然のもつ生命力を抑圧し、人工的に矯正するという目的をもったものであった。この整形庭園は、絶対的な権力を行使しながら自然を抑圧する

図４－５　無鄰菴庭園の平石（上）と三段の滝（下）
（出典：筆者撮影）

王制の象徴とみなすことができ、王権を頂点とする世界観が前提とされるかぎりにおいて成立する庭園様式であったといえるだろう。しかし、一八世紀に入るとイギリスでは経済力を身につけた新興ブルジョワジーが台頭し、国王の力は相対的に衰えをみせてくる。風景庭園を好んで造営した新興勢力は、国王を支持する王党派と対立するホイッグ党員やその支持者が中心であり、海外への進出という野心を抱いた者たちであった。こうした新興勢力はもちろん、王権を頂点とする世界観とは無縁の存在であり、みずからの無限の可能性を信じる者たちであった。彼らがあるがままの自然の姿を肯定し、理想的な自然を造り出し、その庭園が外部の自然に無限に連なって見えるように願ったのは当然の帰結であった。このイギリス式風景庭園の造園法は、象徴主義的庭園が前提としていた従来の世界観——王権を頂点とする世界観——をしりぞけて新しい世界観に基づいた庭園様式を求めた結果であった。

日本の自然主義的庭園もまた、イギリスの庭園様式の変化と同様のものであったと考えてよかろう。明治維新によって将軍を頂点とする幕藩体制を一新し、新しい社会の中心を担った新興勢力が、従来の象徴主義的庭園が前提としていた世界観にとらわれることなく、自然主義的庭園を営むことになったのも当然の帰結であった。山縣有朋が造園した無鄰菴の庭園はイギリス式風景庭園のたんなる模倣を超えて、時代の激変によって起こった世界観の変化の当然の帰結であったと考えるべきであろう。

日英博覧会とキュー・ガーデンの日本庭園

先に述べた一九一〇年の日英博覧会では、日本庭園が造られて展示された。そのひとつの一部が現在、ハマースミス・パーク（Hammersmith Park）に残っている。この庭園は水の庭（水はほとんど流れてはいない）であるが、全体が見渡せるものとなっており、また置かれている石にも象徴的な意味合いを見出すことはできない。つまり、象徴主義的庭園の前提となる世界観からは解放された自然主義的な庭園といえるものである（図４－６）。一九一〇年六月二〇日付けの『モーニング・ポスト』紙は、ハマースミス・パークに残された小さい方の庭園について次のように述べている。

もう一つの庭はもっと詩的な概念で造られていて、水辺から岩の多い木立の丘がせり上がり、風景に向かって無類の優雅な線を描いている。このような小さな庭が与える少なからぬ驚きは、木々は小さなものであるが、比例させてみると十分に成長した木立という印象を与えてくれることである。小さな木々が占めているのはほんの数フィートの場所でしかないとは信じがたいことだろう。小で大を表す日本人の技術を正当に評価するのは難しいだろうが、きわめて効率的なやり方や思考と配慮、日本人の立派な仕事に浸透している尽きることのない趣味を誰もが高く評価すべきである。

（Mutsu ed. 2010 : 92）

図４－６　ハマースミス・パークの日本庭園
（出典：筆者撮影）

一方、現在では残されていないシェファーズブッシュに造られた「平安の庭（the Garden of Peace）」（図４－７）や六月六日付け『モーニング・ポスト』紙に掲載された「浮

図 4 − 7　「平安の庭（the Garden of Peace）」
（出典：図 4 − 1 に同じ）

図 4 − 8　「浮島の庭（the Garden of Floating Iles）」
（出典：図 4 − 1 に同じ）

島の庭（the Garden of Floating Iles）」（図 4 − 8）と称された大きい方の庭園については、「ほとんど誰もが全体性を理解することができない庭園の象徴性」（Mutsu ed. 2010 : 91）とか「伝統的な輪郭で設計された」（Mutsu ed. 2010 : 98）と述べられていることからもわかるように、象徴主義的庭園だったことがうかがえる。

近代国家として世界の舞台に躍り出た当時の日本が、ジャポニズムを掻き立てる伝統的な象徴主義的庭園を展示するとともに、規模は比較にならないほど小さいものの、イギリス式風景庭園に伍する自然主義的庭園を展示することによって新興国家としての威信を誇示しようとしたのだと推察できるのである。

現在キュー・ガーデン（正式名は the Royal Botanic Gardens, Kew）には、日英博覧会に出展された実物の五分の四の大きさの勅使門（the Japanese Gateway）が建っている（図４‐９）。実物は桃山時代に西本願寺に建立された唐門であるが、このミニチュアは日英博覧会翌年の一九一一年にキュー・ガーデンに移されて再建され、一九三六年と五七年、一九九四—九五年に修復されて現在に至っている。勅使門の周囲には日本庭園が造られているが、その傍らには一九三六年にキュー・ガーデンを訪れた高浜虚子が詠んだ句を刻んだ句碑——「雀らも人を怖れぬ国の春（Even Sparrows / Freed from all fear of man / England in Spring）」——が建立されていて、日本情緒を醸し出している（図４‐10）。

図４‐９　キュー・ガーデンの勅使門
（出典：筆者撮影）

また、勅使門周辺には三つの日本庭園が造られており、それぞれ「平安の庭（the Garden of Peace）」、「活動の庭（the Garden of Activity）」、「調和の庭（the Garden of Harmony）」と名づけられている。「平安の庭」は明らかに象徴主義的庭園を想起させる石庭であり、「活動の庭」も滝や山、そして海の壮大さを連想させる象徴主義的庭園といえるだろう。また、「調和の庭」は石や岩を露出させ、それらのあいだに日本の植物を植えて日本の山岳地帯を表現している。この庭にも「調和」という象徴的な意味合いがこめられている（図4-11）。これらの三つの庭は一九九六年に日本の庭師の組合が造ったものであるが、一九一〇年の日英博覧会の際に造られたハマースミス・パークの自然主義的庭園と比較してみると興味深いものがある。明治維新を経て近代国家へと脱皮して間もない頃の

図4-10　高浜虚子の句碑

（出典：筆者撮影）

日本がイギリスに提示してみせた庭園は，エキゾティックな象徴主義的庭園ばかりか近代的な自然主義的庭園でもあった。伝統的な庭園様式を誇りながらも，近代国家として背伸びするかのように自然主義的庭園を造った当時の日本人の精神構造には興味深いものを感じる一方で，高度成長期を経て経済大国となっていた日本が，一九九〇年代半ばになって提示した庭園は伝統を誇るかのような象徴主義的庭園であったことは興味深い。

図4-11　キュー・ガーデンの日本庭園（上「活動の庭」，中「平安の庭」，下「調和の庭」）

（出典：筆者撮影）

三　幻想としての日本／イギリス

幻想としての〈イギリス〉

日清・日露戦争後の、財政的に余裕のなかった日本が一九一〇年に日英博覧会を開いたのには、近代国家日本を宣伝しジャポニズムの影響下で日本製品の輸出を拡大せんとする願望があったはずである。しかし、その願望の背後には、七つの海を支配する陽の沈まぬ大英帝国と肩を並べうる東洋の島国日本を提示せんとする国家としての強い欲望とともに、幻想としての〈イギリス〉への憧れがあったことも見逃せないだろう。もっとも当時の日本にとって、幻想としての〈イギリス〉は幻想としての〈日本〉と表裏の関係にあったのであるが。

イギリスの繁栄は、一九世紀の末頃から凋落の気配を漂わせ始めていた。一八七〇年代から構造不況に陥って経済は停滞し、産業革命後発国アメリカとドイツの科学技術の発展によって追い上げられて工業生産力は相対的に低下し、失業者の増加にともない八〇年代に入ると社会主義団体や労働団体が相次いで結成され、社会秩序に不安定要素が加わるようになっていった。一八九七年、世界中の植民地から集まった女王陛下の軍隊とともにヴィクトリア女王即位六〇年祝典（Diamond Jubilee）を祝ったイギリス国民のなかにもこの国の行く末に不吉な兆しを感じ取っていた者もいた。

この年に発表された文学作品にブラム・ストーカー（Bram Stoker, 1847-1912）の『ドラキュラ（*Dracula*）』があったことは象徴的であるとともに、同時期に雑誌に連載され翌年に刊行されたH・G・ウェルズ（Herbert George Wells, 1866-1946）の『宇宙戦争（*The War of the Worlds*, 1898）』にも注目したい。

トランシルヴァニアという辺境の地から世界の中心であるロンドンに侵入して首都を恐怖と混乱に陥れるドラキュラ、地球外の惑星である火星からロンドンを襲撃する火星人。両者が表象するものは何であろうか。ひとことで言えば、イギリスが抱いた被侵略恐怖であろう。それまでに侵略してきた非ヨーロッパ地域の植民地とは、当時のイギリスからみれば世界の辺境、世界の中心であるヨーロッパ（イギリス）にとっては外部の世界にほかならない。その辺境の地——野蛮と未開が支配する非文明地域——から侵略されるという恐怖。侵略を続けてきた側であるがゆえにことさら強く感じる恐怖。

また、一九世紀末はロシアに始まり東欧諸国を経て西ヨーロッパに広がったユダヤ人追放と殺戮によって、大量のユダヤ人がイギリス（特にロンドンのイースト・エンド）に流れ込み、国内の失業問題を深刻化させた時期でもあった。また、一九世紀中の五度にわたるコレラの流行も、その源が辺境の地（とイギリスがみなしていた）インドの下ベンガル地域の風土病《エンデミック》が世界的流行病《パンデミック》と化してイギリスを襲い、大勢の死者を出していたのである。だとすれば、植民地政策が行き詰まり、凋落の傾向を呈し始めていた時期のイギリスに過大なる幻想を日本人は抱き、まだ学ぶべき国家とみなしていたということになるだろう。

幻想としての〈日本〉

見世物としてのアイヌ展示はイギリス人シンジケートの経営上のもくろみを逸脱し、超えてしまったことを『デイリー・ニューズ』紙の記事が伝えていることはすでに述べたとおりだが、アイヌたちの姿が、「滅びゆく人種」としての悲哀を観客たちに印象づけたのはたしかだろう。彼らの姿を初めて目にした四月一六日付けの同紙の記事には「ロンドンのアイヌ——地上でもっとも礼儀正しい人々、ドックで騒々しい歓迎を受け『天国のようだ』と語る（'Ainu in London—Politest People on Earth have a Rude Reception, "Heaven" at the Docks'）」とあり（宮武 二〇一〇：一二九）、アイヌの人々の礼儀正しさが称賛されていたがために惜別の情にあふれた内容の記事となったのであろう。当時の日本人同様に礼儀を重んじる彼らの姿が、イギリスの人々の心を打ったのであろうと推測できるからである。日清戦争を契機として植民地の領有とともに始まったアイヌ同化政策は、植民地を視野に入れた異民族統治を確立せんとするものであったはずである。しかし、博覧会で彼らは経営上の理由から「滅びゆく人種」として展示されただけであったにもかかわらず、イギリス国民からは「世界でもっとも礼儀正しい人々」として礼賛されるという想定外の反響を惹き起こしたのだ。当初、アイヌの展示を意図していなかった日本にとっては、経営上の理由からとはいえ、その展示は歓迎すべきものであったはずである。展示が決まった後、たとえ余興であったとしても、日本側にしてみれば、植民地政策を正当化し、日本の進歩、近代化、文明化を十分ではなくとも具体的に示す契機となりうるはずの展示であった。日本が博覧会に送りこんだアイヌの人々は、高い意識と使命感をもったアイヌ社会の健全で強靭な成功者というべき者たちで、行政機関が安心して推薦できる模範的日本国民であった。彼らは、文明化に成功した近代国家日本が育成したアイヌ社会を象徴する者でもあったのである。言いかえるなら、彼らは見世物展示の対象という差別された存在であると同時に、日本に同化し社会的・身体的健全性を保障された者たちであるという、日本の行政機関のアイヌに対する矛盾する課題を背負わされていたのである（宮武 二〇一〇：一二四）。しかし、アイヌの存在は同化政策の成功を示すだけでなく、文明化された健全な彼らの存在こそが、日本人と西洋人の差異を明確に示すことになったからである。アイヌ同化政策は、日清戦争を契機とした植民地領有とともに始まった（宮武 二〇一〇：一二七）。これは、日本人と同じ国民としての能力をもつことができるという文明化の発想にほかならず、ラディヤード・キプリング（Rudyard Kipling, 1865-1936）の「白人の責務（'The White Man's Burden'）」における人種差別、蔑視思想に通じるものであり、アイヌの固有文化を評価し理解しようとするものではなかった。

イギリス人には、目の当たりにした選ばれたアイヌの人々の礼儀正しさからは日本のアイヌ同化政策に含まれた人種差別や蔑視思想は不可視の領域にあったのだということは明らかだろう。植民地の有色人種に対する人種差別思想に凝り固まったイギリス人には、見世物として展示された礼儀正しいアイヌも日本人と同等の存在に映ったのである。これは、明らかに日本に対する買いかぶり、日本に対して抱いた幻想にほかならない。一方、日本側からみれば、たとえ見世物としての「アイヌ展示」であったとしても、彼らの健全性と礼儀正しさとは同化政策が成功した結果であるという自己幻想をイギリス人に誇示することによって、西欧の列強国に追いつき、追い越すことができるはずだと信じられたであろう。

この博覧会のもうひとつの目玉であった庭園について考えるなら、日本側にとってみれば、伝統的な象徴主義的庭園によって古くからの伝統様式を提示するばかりでなく、自然主義的庭園を提示することによって、古来の伝統から脱却して文明化した近代国家として生まれ変わった姿を強く押し出そうとしたのであろうと思われる。この背景には、一九〇二年に結んだ日英同盟を基盤として西欧の列強国に近代国家日本を強力にアピールせんとする願望とともに、世界観の大きな変貌があったことがあげられよう。それでは、このような日本の姿はイギリス人の目にどう映ったのだろうか。てもとにある新聞報道（*The British Press and the Japan-British Exhibition of 1910*）を見るかぎりでは、東洋のエキゾティシズムに満ち溢れた象徴主義的日本庭園に対する感嘆以外の記事は見当たらない。

いずれにせよ、一九世紀末からのジャポニズムの流行が続くなかで明治期の日本が西欧の列強国と十分に対抗できるという幻想を抱きながら、海外の博覧会に参加した一九〇四年のセントルイス博覧会と一九一〇年の日英博覧会が、伝統を重んじながらも近代国家へと発展した〈日本〉という幻想を諸外国に抱かせたことだけはたしかなことのように思われる。

明治時代の終わりに開催された（明治四三年）日英博覧会は、美しい自然にあふれ、屈託ない人々が暮らす国から、精緻な伝統工芸品技術や象徴主義的庭園を有しながらも、強力な軍事力をもつ近代国家へと発展した〈日本〉をイギリス人に強く印象づける絶好の機会であった。幕末期と明治期の日本に関する情報は、駐日公使オールコック、プラントハンターのロバート・フォーチュン（Robert Fortune, 1813-80）やレイディ・トラヴェラーのイザベラ・バード（Isabella Bird, 1831-1904）をはじめとする、日本を訪れた数多くのイギリス人たちの著作をとおして本国に伝えられ、〈日本〉への幻想が肥大化していたことは想像に難くない。それがジャポニズムとの相乗効果によって増幅された状態で迎えた日英博覧会は、イギリス国民に東洋の美しい国〈日本〉への憧れをいやがうえにも掻き立てることになったと思われるのである。

参考文献

Hadfield, Miles. *A History of British Gardening*. Penguin Books, 1960.
Hotta-Lister, Ayako. *The Japan-British Exhibition of 1910: Gateway to the Island Empire of the East*. Japan Library, 1999.
Mutsu Hirokichi, ed. *The British Press and the Japan-British Exhibition of 1910*. Routledge, 2010.
Supervised and Introduction by Matsumura Masaie. *The Japan-British Exhibition of 1910: A Collection of Official Guidebooks and Miscellaneous Publications*. Eureka Press, 2011.

The Royal Botanic Gardens Kew: Souvenir Guide. The Board of Trustees of the Royal Botanic Gardens, Kew, 2009.

伊藤之雄『山県有朋——愚直な権力者の生涯』文藝春秋、二〇〇九年。

宮武公夫『海を渡ったアイヌ——先住民展示と二つの博覧会』岩波書店、二〇一〇年。

吉見俊哉『博覧会の政治学——まなざしの近代』中央公論社、一九九二年。

涌井史郎「囲われたエデン　第二〇回　無鄰菴」『翼の王国』四七三号。'Inflight Magazine of ANA Group, November.' 2008.

第5章　自然を書く・見る

――世紀転換期における古典文化の再利用と〈日本〉――

北川扶生子

一　メディアのなかで書く

百年前のメディア革命

インターネットの普及とともに、私たちのメディア環境は大きく変化した。手軽に情報発信できるツールを手に入れたことで、ネット空間では、掲示板、ブログ、ソーシャル・ネットワーキング・サービス、ツイッターなど、さまざまなスタイルによるコミュニケーションが、日々繰り広げられている。従来のマスメディアで必要だった大がかりな装置や施設なしに、個人が直接全世界に情報発信できるインターネットは、私たちの自己像や、他者とのつながり方をどのように変えていくのだろうか。

実は、必ずしも専門家ではない幅広い人々が、メディアを舞台に書くことで、自分を表現し、会ったこともない人とつながるという事態は、およそ百年前、一九世紀から二〇世紀にかけての世紀転換期の日本にも起こっていた。明治期における教育制度の整備は、識字率を飛躍的に押し上げた。活版印刷術の導入によって、より速く、より多く印刷することが可能になり、それらの印刷物を、列島の隅々にまで伸張し続ける鉄道網が全国に運んだ。新聞や雑誌の発行部数は増加を続け、日々大量の活字を消費するライフスタイルをもたらした。文学作品を読むことを楽しみとする読者たちも、教育、テクノロジー、メディアをめぐるこのような急激な進展のなかで、その裾野を飛躍的に広げたことは言うまでもない。

「文章を書く」という楽しみ

読書や読者に関する考察はこれまで、当然ながら、「読む」という行為に焦点をあてて語られてきた。しかし、明治期のメディアと文学をめぐる状況を見ると、多くの場合「読む」人は同時に「書く」人であったことがわかる。この時代、ほとんどの雑誌は、現代よりはるかに充実した読者投稿欄を備えていた。そしてそこには、論説文や抒情文などの作文、詩や小説、俳句や短歌が、毎号掲載された。読者の投稿だけで編まれた増刊号もしばしば発行されたほか、ほぼ全頁を読者作品が埋める投稿専門誌も数多く刊行されていた。

『国立国会図書館所蔵明治期刊行図書目録　第四巻（語学・文学の部）』（一九七三、国立国会図書館）は、「作文書」の項目に二七一三点の図書を挙げている。これはこの分野でもっとも発行点数の多い「近代小説」（三〇四一点）に次ぐ数字である。テレビもラジオも映画もない時代、「文章を書く」ことは、多くの人々にとって大きな楽しみであり、同時に、かけがえのない自己表現の手段でもあった。月に一度、住む町に運ばれてくる雑誌に、自分の名前や作品が印刷されているのを見ることは、この上ない喜びでもあっただろう。雑誌というメディアを舞台に、互いに顔も知らない読者たちは、共同体を作り出した。その共同体のメンバーたちが見つめる舞台の上に、自分をめぐる物語を発表することで、みずからの輪郭を描き出す試みを、彼らは繰り返していたのだ。

帝国の勃興と自然表象

さて、職業的文筆家ではない、素人の読者たちが、自分について書くという営みが、メディアを舞台に広汎に行われていたことは、この時期の日本をめぐるイメージとどのように結びつくのだろうか。中等教育層が増大し、彼らを読者とするさまざまな雑誌が続々と創刊された日清戦争から日露戦争にかけての世紀転換期はまた、日本が天皇制国家としての基盤を確立してゆく時期でもあった。大手出版社であった博文館は、自社発行の『日本商業雑誌』『日本大家論集』『婦女雑誌』等五誌を統合して、一八九五年一月に、総合雑誌『太陽』を創刊する。その発刊の辞には、「夫《ソ》レ征清ノ盛挙ハ我ガ帝国ヲシテ一躍世界一等国ノ地位ニ登ラシメ（中略）我カ新聞雑誌モ亦タ進ンデ世界一等ノ地歩ヲ占メ、第二ノ維新ヲナサンコト蓋《ケダ》シ至当ノ順序ナリ」（傍点筆者）とあり、この時期に雑誌の創刊が相次いだ背景にあった、帝国意識の勃興を伝えている。

こうした雑誌の読者はまた、みずからの文章をしばしば投稿する、書く人々でもあったわけだが、この時期とくに流行したのが、古典的な修辞を駆使した美文と呼ばれる文章だった。美文は、当時としてはもはや古くなりかけていた文体や語彙をあえて用い、志を立ててあとにした故郷の懐かしさや、旅の興趣など、四季折々の美に溢れる自然の姿を、伝統的な美意識によって歌いあげた。このような復古的なスタイルが、なぜこの時期に流行したのだろうか。そして、読者たちのこのような書く実践は、日本をめぐる他のさまざまな表象といかなる関係を結び、どのような歴史的意義をもったのだろうか。

本章ではこの問題を、美文に用いられている古典的なレトリックと自然表象に注目して考えてみたい。

まず、美文で駆使された古典的な修辞が、その背景にある近代以前の文化における自然表象と深いつながりをもっていたことを確認する。次に、この古めかしい美文が、近代になって、立身出世をめざす明治青年たちの、自分をめぐる物語を表現する道具として転用され、新しく用い直されたことを明らかにする。そして、作文という領域が、強力な規範のもとにあったことに留意しながら、近代読者の書く営みが、視覚をめぐる諸表象と手を取り合いながら、いかにこの時期の日本像を立ち上げていったかを検討する。

二　〈文章〉というフォーマット

文というジャンル

作文という言葉を何度も用いたが、これは文字通り、文を作るという意味で、当時文と呼ばれるジャンルがあった。このジャンルを、大岡昇平は次のように説明している。

　ここで、「小説」でもなく「詩」でもなく「文」ということについて、ちょっといっておきたいことがあります。現在でいえば、「文章」とでもいうべきか。漱石自身に「永日小品」という題名があり、「小品文」の名がこの頃から、「中学世界」など投書雑誌にありました。原稿紙二、三枚の短文で、措辞が整い、音読して耳に快く、美しいのが理想でした。漱石にも中学時代から漢文、擬古文の「作文」があります。／むろん「倫敦塔」は、時評家に学者の書いた「短編小説」として受け取られたのですが、それ以前から「美文」というジャンルがあったことを忘れてはなりません。大町桂月、武島羽衣、塩井雨紅《ママ》共著『美文韻文花紅葉』（明治二十九年）とか、高山樗牛『わが袖の記』（三十年）、国木田独歩『武蔵野』（三十一年）、徳冨蘆花『自然と人生』（三十三年）などです。自然描写が主ですが、読んで耳に快いものでした。

（大岡 一九八八：四〇）

文というジャンルを考えるとき重要なのは、現代のジャンル区分とは違う意識があったという点だ。たとえば、現代ではさまざまな文章を、フィクションかノンフィクションかで分けたり、文学を韻文と散文に分類したりする。文というジャンルは、その両方を含む概念で、フィクションかノンフィクションか、韻文か散文か見分けがつかないようなものも多い。

たとえば、幸田露伴（一八六七―一九四七）、泉鏡花（一八七三―一九三九）らの作品には、短編小説か随筆か紀行文か、決めがたいものが数多くある。芥川龍之介（一八九二―一九二七）の作品にも、文の伝統の上に成り立っているものが多い。現代でも、短編小説と随筆は、その作品だけでは見分けがたい場合が少なくない。発表されるときにエッセイなどと名付けてあるので、読者はそう思って読んでいるのだ。短い枚数で、表現が工夫されていて、音読して快く、まとまった内容をもっている、そのようなものをひっくるめて文とみなす文化があり、文章家と呼ばれる人たちがいたのである。

文の種類と歴史的背景

文にはさまざまな種類があった。代表的なものは、叙事文、叙情文、叙景文、記事文、美文、写生文、紀行文、書簡文などである。これらの名称は、必ずしも明確なものではなく、分類に迷うものも実際には多い。しかし、当時の文芸雑誌、作文書、文章のアンソロジー、雑誌の投稿欄などは、こうした名称を用いて、多くの作品を分類したり、投稿を募集したり、書き方を指導したりしていた。

このようなジャンル意識の背景には、これらの領域を一元的に把握する江戸期の儒教文化があったと思われる。現代では、文学という領域はその虚構性によって枠づけられているが、江戸時代には、フィクションもノンフィクションもひっくるめて文とみなされていた。

「文学」という言葉も、現代でいうところの政治・経済・倫理・歴史などを含み込む領域の名称として、江戸時代まで使われていた。文は、江戸時代まで続いたこのような文学意識を受け継いでおり、そのような意識はおおむね戦前期までは残っていたのではないだろうか。文というジャンルと、写生文などの多くの種類分けは、こうした人文・社会科学領域の再編成プロセスのなかの現象と位置づけられる。

三　忘れられた明治青年のロマン主義――美文ブームと伝統回帰

美文ブーム

明治三〇年代を中心に活躍した文学者、高須芳次郎は、「今日美文や写生文の名称は全く忘れ去られたが、それらが流行した時分は誰れも彼れも美文または写生文に筆を着けるといふ勢で、すこし誇張していふと、文学青年を風靡したのである」（高須　一九二六：一二八）と、日清戦争から日露戦争にかけての時期、文学青年がこぞって美文や写生文に熱を上げたことを回想している。

ブームが去ったのち、写生文の方は、写実小説などで場面や人物を描写する文体として、のちの文学に受け継がれていったのに対し、古典的な修辞を駆使する美文は、乗り越えるべき過去の遺物とみなされ、泉鏡花や保田与重郎（一九一〇―八一）、三島由紀夫（一九二五―七〇）ら一部の作家の作品を除いては、文学の主流から姿を消していった。しかし、写生文はそもそも、美文を乗り越えるための文学運動として出発したのであり、幅広い人々を書く営みに巻き込んだ美文の果たした役割については、さらに考えてみる必要がある。

　美文ブームを作りだしたのは、『太陽』を発行していた博文館から刊行された『美文韻文花紅葉』（一八九六）という小さな一冊の本だった。作者は当時、東京帝国大学国文学科の学生だった、塩井雨江（一八六九―一九一三）、武島羽衣（一八七二―一九六七）、大町桂月（一八六九―一九二五）の三人。のちに羽衣は、「花」や「美しき天然」などの唱歌の作詞者として活躍し、桂月は、『太陽』ほか数多くの雑誌で投稿欄の選者や主筆を務め、とりわけ若い青年たちに人気を博した。いずれも、明治期に、国文学と詩文の権威として活躍した人々である。

　タイトルにある「韻文」は新体詩のことで、本書では美文と韻文が交互に配されている。この本が、六十数版を重ねるほど売れた。袖珍版という、現在の文庫本に近い小さなサイズを採用した、確認できるもっとも早い例のひとつでもある。これは、たとえば汽車に乗って旅行をするなど、移動のときに読まれた可能性を示唆している。

　当時中学生だった明治文学研究者の木村毅は、美文というジャンルと本書について、「『文学界』の異国趣味を解する者は、限られた少数者だったのに対し、美文韻文を解するのは天下一般の青年」であり、美文韻文は「『文学界』にまさる青年の書だった事を忘れてはならない。その事を書いていない明治文学史には大きな欠漏がある」（木村 一九七一：五）と述べている。『文学界』は、北村透谷（一八六八―一九四）や島崎藤村（一八七二―一九四三）が活躍した、明治前期の西洋的なロマン主義を代表する雑誌である。文学史から忘れ去られた明治の青年文学が、ここにはあった。

　ところが、美文はその後、現実をありのままに書くことをめざす自然主義文学の台頭によって、形式的で空疎なものとして急速に忘れられてゆく。

古典的自然表象と美文

さて、美文とはどのようなものであったのか、実際に読んでみよう。『美文韻文花紅葉』に収録された塩井雨江「笛の音」は、都会に住む青年が、秋の夕暮れにどこからともなく聞こえる笛の音によって、故郷の幼馴染みを思い出し懐かしむ作品だ。この作品では、回想する現在の孤独な自分と、回想される過去の故郷とが、春と秋という季節の対比で描かれる。

都も秋の色ふけて、はらはぬにこぼるゝ萩の上葉の露もろく、風なきにしをるゝ尾花の袖の影やせて、もの思ふとにはあらねども、何となくながめらるゝ夕暮れの宿、いずこも同じとはきけど［中略］、をりふし月かげのあかきに任せて、其処ともなく迷ひ出づれば、大空に、雁がねの三ツ四ツ二ツ［中略］はらはらと木梢にひゞく笛竹の音、きけば、あはれに忍ぶ故園のね。あな笛や、故園のねや、なつかしき故郷人は、いかにしつらむ

（傍点筆者）

萩、露、尾花、月かげ、雁がねといった、秋の歌ことばがちりばめられ、「寂しさに 宿を立ち出でて眺むれば いづこも同じ 秋の夕暮れ」という、百人一首で有名な良暹法師《りょうせんほうし》の和歌（『後拾遺和歌集』秋）も織り込まれている。

つまり、この作品は、和歌和文の修辞と発想、自然観や美意識で染め上げられているのだ。それも、斬新で個性が光るというたぐいの表現ではない。誰もが知っている和歌や歌語、典型的な秋の景物を、

ことさらにちりばめたかのようだ。紋切り型辞典とでも呼びたくなるような、わかりやすさと通俗性に、この作品の特色がある。

感性の体系――暮らしのなかの自然

このような、歌ことばを中心とする四季の表象の体系は、和歌や、謡曲・浄瑠璃などの言語芸術だけでなく、絵画、工芸、建築など、視覚芸術にも広く見られる。秋の表象のなかでも、とくに有名な、紅葉と川の流れを描いた龍田川の文様の場合を紹介しよう。図５－１は、龍田川文様を用いた器だが、外側に桜咲き乱れる春、内側に紅葉の秋が配されている。図５－２の刀のつばも、紅葉と水の流れを単純化した図案だ。こうした日々の用具にも、紅葉と水の龍田川文様は広く用いられた。根付けと並んで、刀のつばのデザインは、欧米におけるジャポニスムの源泉のひとつとなっている。着物もまた表現の場

図５－１　色絵桜楓文鉢　尾形乾山作（江戸時代）

（出典：吉岡幸雄編『日本の意匠 第11巻 菊・紅葉』京都書院）

図５－２　龍田川透鐔　長州萩住友清作（江戸時代）

（出典：図５－１に同じ）

図5－3　扇面散し流水紅葉文様小袖（江戸時代）
（出典：図5－1に同じ）

だった。図5－3では、扇に散らされた花々の下部を、紅葉の水の流れが彩り、季節の重なりやモチーフの重なりを楽しむ心が感じられる。

このように、非常に広く見られる紅葉と水の意匠は、「ちはやぶる　神代もきかず龍田川　からくれないに　水くくるとは」という、平安時代の歌人・在原業平の有名な和歌にもとづいている。「千年の時を経た神々の時代にも聞いたことがないほど珍しいことだ、この龍田川が紅葉に埋め尽くされて、くれない色の（唐織の）くくり染めになっているとは」という意味で、小倉百人一首によって広く知られている。器や着物などに用いられた龍田川の意匠の背景には、業平のこの歌があり、そのことは、これらの品々を用いる人々に十分理解されていた。自然の視覚的表現が、和歌・物語などの言葉に深く依存していたともいえる。こうした品を用いた人々の生活では、音曲を身につけることや古典文学に親しむことは、必須の教養だった。これらは江戸時代までは、生活に根差した美意識であり、感性の体系でもあったのだ。

生活美学としてのレトリック

ここで近代以前の言葉と視覚芸術の関係についてまとめておきたい。龍田川の意匠を検討したが、近代以前においては、文学作品で用いられる歌枕や歌ことば、縁語、掛け言葉、枕詞などのレトリックにもとづく発想と美意識は、ほとんどその文化の総体を覆っていたといっても過言ではない。平安時代の貴族文化である和歌において体系化された、四季の自然美を軸とする連想の網目や物語は、江戸文化のなかで通俗化し、庶民の生活に浸透した。日々用いる器や道具類、身にまとう着物にまで、人々は歌や物語をちりばめた。自分の目の前の現実に、フィクションの世界を重ね合わせることで、暮らしに奥行きや遊び、豊かさを与えたのだ。

業平の和歌をパロディにした「ちはやふる」という落語の演目があるが、ふまえられている和歌を知らないと笑えない。有名な和歌は、常識として、教養として、また生活のなかの美意識として、深く人々の意識に浸透した。四季をめぐる感性や美意識は、名所図会、月次《つきなみ》絵、歳時記や季語というかたちで、さらに体系化され、現代人の感覚にまで大きな影響力をもっている。これを視覚と言語という面から考えると、近代以前には視覚芸術やデザインが文学に依存しており、絵画そのものだけでは鑑賞できないという特色があったともいえるだろう。

四　古典文化の転用と近代人の誕生

近代化によるレトリックの変化

さて、日本の近代化は、以上のような古典文化における美意識と連想の体系に、どのような影響を与えたのだろうか。これを日本語の変化という面から考えてみたい。言語の性質を、意味、音、形という三つの面から見ると、言文一致体という近代的な文体の創造は、とくに、小説に用いられる言葉の機能を、現実世界に存在するモノを指示する機能に特化していくことであったと要約できる。そのプロセスにおいて、言葉がほかの言葉を指示する機能や、音の類似による言葉の結びつき、独特の漢字の当て方による意味作用など、伝統的なレトリックは、すべて排除されていく。

このような日本語の変化は、ファッションや工芸品、調度品や絵画など、古典文化の総体を覆っていた連想の体系を切り捨てることにもつながった。同時に、視覚芸術の文学からの自立も、平行して進んだ。和歌にもとづくデザインや名所図会など、特定の地名や歌枕と結びついた景色は、次第に固有名をもたない風景になっていく。

〈私〉を支える物語

さて、このように美文のレトリックの背景には、視覚芸術や生活文化にまで広がる、古典的な連想体系があった。これらを切り捨てることをめざした明治時代に、一種の反動として、あえて用いられたレトロな文体が美文である。

美文では、志を立てて故郷を出た青年の孤独と、故郷の美しさ懐かしさが、伝統的な和歌和文のレトリックと自然観によって歌い上げられる。故郷は、その不在によって、美しくかけがえのないものとなり、都会で奮闘する青年を支える内面的な価値にまで高まる。今はそこから隔てられているけれど、美しい自然と温かい人々が迎えてくれる故郷が自分にはある。そのような思いを心のもっとも深い部分において握りしめることで、青年たちは、資本主義経済下の過酷な競争に参入して行く自分を、形づくったのではないだろうか。

つまりここでは、伝統的な和歌和文の修辞と連想体系とが、立志青年の自己物語《アイデンティティ》形成という目的に、転用され、再利用されている。古典文化を再活用することによって、近代的な個人が立ちあげられているのだ。

五　お手本がつくる私——作文と規範

古典の通俗化と再生産

さらに重要なのは、このような復古的で自己陶酔的な文章が、この時代の青年たちの作文の典型をなしたこと、そしてそれが、当時の社会規範と深く結びついていた点である。

美文は、プロだけでなく、素人読者たちの投稿作文にも大きな影響を与えた。『美文韻文花紅葉』に収められた文章とよく似た作文が、当時の雑誌投稿欄に溢れたのである。ここで、投稿欄のしくみを詳しく見てみよう。たとえば、投稿専門雑誌『女子文壇』の美文投稿欄（図５－４）は、塩井雨江による選評を付し、投稿作文が天地人などとランク付けされている。投稿欄はこのように、権威ある評者によるランク付けによって成り立っている。投稿欄は、よりよい評価を得て、雑誌に大きく掲載されたいという読者の欲望をあおり、自分とよく似た人たちとの競争の場に参加していくレッスンになっていたのだ。

27　美　文

美文

塩井雨江先生選

天

美しい水、清い水

秋田縣神宮寺濱　佐々木きく代子

遠い遠い奥山の細谷川を、チヨロ〳〵と流れ出て、そして、今自分の足下を、さゝやく様にうたふ様に、やさしき聲をたてゝ、又水の神が小鈴でも振るやうに涼しい音をのこして流れ行くのである。あゝ、此の美しい水は、深い夏草に包まれて、誰れくむ人も無い山の井に湧き出たのであらう。幾んの星かげに、汀の白百合に置きならべた、その露の玉が、はら〳〵とこぼれて、流れ来たのであらう。せまき岩間にせかれては別れ、別れてはまた合うてくるうちには、たき木とる賤の男の手にむすばれたこともあらう。青き淵となつて、色濃いつゝじを映した事もあらう。春の名残の花びらを、此里に誘うて、さて、それを今何處に送る。あゝ清い水。自分は我知らず兩手にむすんだのである。

（雨評）幼けれど、可憐の限りなきものあり。短けれど韻致の遠くひゞくものあり。

地

初春

駒込追分町二〇　鴨野みさ子

去にし一年をあだに過しゝことの口惜しうて、除夜の鐘聞くも、何となく悲しう淋しう、われと吾が心の解しがてに、枕とりしは、たゞ今しがたと思ひてし、それもはや去年のもの思ひや。目覺めて、鶏の高うほがらかに啼くこゑきけば、希望の光りみちわたりて、新玉の幸ある日をぞ告ぐるがごと。心さはやかに起きいでゝ、はゝき目淸き庭見れば、心地よげなる大路小路の松竹や、げに千年とぞ、つるも舞ひ来ん。日のみ旗

図５－４　『女子文壇』投稿欄（1905年）

こうした雑誌投稿欄に掲載された美文を、実際に読んでみよう。これは代表的な投稿作文雑誌のひとつ、『文章世界』に掲載された、伊勢に住む男性の「痛める鶯」という作品である。

> わが鶯がこの初旅を思ひ立ちけるはじめ、親鳥は「吾子よ思ひとどまれかし……」／「親鳥のいましめをゆめ疎かになしそ」とおし止めたるを／常春の郷を遁れ出でつ／友に後れず声を限りにこの恋しき春日を歌ひ暮らさむものを／身をいたはりつつ羨まむばかりのうら悲しさよ／ああ鶯は遂に砕けぬ／ただ罪の犠牲となりてぞもろくもここに斃れける／白梅二ひら三ひらそのほとりにこぼれたるは此の物かげに斃れたる美しき亡骸を哀れみて、せめては彼が香魂を弔はむとのやさし心にや
>
> （『文章世界』一九〇六年一月、丙賞作文より）

故郷の親から離れた作者自身の、孤独、病気による挫折、親の戒めを守らず志を遂げられない罪悪感などを、春のこずえに鳴く鶯の巣立ちと死とに重ねて、描き出している。鶯、梅といった古典文化における典型的な春の景物に仮託しながら、出郷した青年の内面を、感傷的な和文調で歌いあげるスタイルは、こちらの方がより通俗的で稚拙であるという点を除けば、さきに見た『美文韻文花紅葉』とほぼ共通している。

競争社会への参入と感性のマニュアル化

このような作文が投稿欄に溢れたのは、どんな理由によるのだろうか。当時数多く発行された作文指南書は、「名文をまねることがよい文章への近道である」という文範主義をとっており、充実した名文アンソロジーを備えていた。こうしたアンソロジーによって、作文指南書は、何が読むべき文章か、何

が身につけるべき教養かということも示していた。

美文の書き方を指南する美文作法書のたぐいも、数多く出版された。図５－５の『美文熟語資料』はその一例だが、表紙に龍田川の意匠が用いられている。こうした美文作法書は、文章を作るために利用できる語彙やフレーズ、手本とすべき文章などを、四季、人事等、勅撰和歌集の部立てとほぼ同じ項目に分類して掲載していた。このような名文集や作文マニュアルによって、読者は、四季美をめぐる連想体系や表現に馴染み、手本とすべき例は何かを要領よく知ることができた。こうした情報の流通によって、格調高い詩文を、誰もがやさしく書くことができたのである。

そして、さらに重要なのは、「文章の訓練はそのまま人格の鍛錬であり、それは社会的な成功につながる」という、この時代の文章観の背景にあった人格主義的かつ功利主義的な考え方だ。

図５－５　中島静斉編『美文熟語資料』表紙（1900年，矢島誠進堂）

芸術が反社会的なものであるというイメージは、明治時代後半から大正期にかけて、文壇を中心に徐々に広がった見方であり、明治期の一般読者の意識においては、「うまく書くこと」と「社会的地位を得ること」は、分かちがたく絡み合っていた。このような実用的な文章観のもと、同性同年代の人たちが集まる雑誌投稿欄という舞台で、高潔な自分の姿を格調高く描き出すことによって、明治の青年たちは、ライバルたちとの競争に参加してゆく自分の輪郭を作り出したのではないだろうか。古典

図5－6　「昭憲皇后」『女学世界』創刊号口絵（1901年1月）

的自然表象を再利用して「書く」ことによって、近代的な個人としての〈私〉が見いだされ、定着していったのである。

女性国民の形成と「教養」

「書く」ことをめぐる規範がいかに体系化され根強かったか、女性をめぐる規範性についても、代表的な女学生向け雑誌のひとつを例に検討してみよう。一九〇一年に創刊された『女学世界』の創刊号をめくると、はじめに三越呉服店の広告があり、さらに、バイオリン、ピアノ、本の広告が掲載されている。『家庭文庫』という書籍の広告に掲載された各巻の構成を見ると、この時代、女学生が身につけるべきとされていたものが、よくわかる。料理、手芸、母親の心得などとともに、「女子書簡文」「詠歌の栞」「普通文典」「作文の栞」などのタイトルが並んでおり、歌を詠み、ちゃんとした手紙や文章を書けることが、女性の教養のひとつとみなされていたことがわかる。

広告頁のあとには、グラビアが数点掲載されている。はじめに昭憲皇后の肖像があり（図5－6）、そのあと公爵夫人などの女性華族の肖像が並んでいる。さらにめくると、華族女学校の集合写真があり、手習いの手本も掲載されている。文章の書き方といっても、筆跡もふくめたものとみなされており、女性らしい文章を、立派な筆跡で書けることがめざされた。書の手本と並んで、絵の手本も掲載されているが、風景や植物などが多い。自然を対象とした趣ある画を、さらりと書けることも、女性のたしなみのひとつだったようだ。東洋では、文字も絵も筆という同じ道具で書いたが、道具から見ても、文字と絵画の近さが指摘できるだろう。

こうした女学生向けの雑誌では、何をお手本にするべきかが、あからさまなくらい明白に示されていて、それは読者投稿欄にまで浸透していた。皇后を頂点とする天皇制国家体制に、良妻賢母として組み込まれてゆくこと、消費の担い手となることなどと並んで、女性国民の役割のひとつに、女性にふさわしい文章を書くことが含まれていた。それは、筆跡なども含めて、和歌和文を基盤とする伝統文化を身につけることであり、花鳥風月的自然観とそれを表現する雅な語彙を使いこなせるようになることでもあった。

六　見いだされる〈帝国日本〉の文化

前節で女学生向け雑誌の場合をみたが、文章の書き方の指導は、『海軍軍人文範』（一九〇八年、海軍兵書協会）とか、『女学生日記文範』（一九〇八年、金港堂）のように、社会階層とジャンルで細分化していた。書くことをめぐるこのような区分は、ある社会階層にはそれにふさわしい書き方があるという考え方を反映するとともに、書く実践によって人々を特定の社会階層に分化させてゆく機能も果たしたのではないだろうか。(1)

美文は、江戸時代までの文化に根付いていた言葉と美意識の体系をもう一度呼び起こすとともに、新しい時代を切り拓こうとする立志青年のアイデンティティ形成の道具に転用された。古典的な文章を書くことで、宗教や地縁や血縁や身分などの、従来の帰属集団から切り離され、新たな社会階層に位置づけられてゆく、近代的な個人の輪郭が作られていったのである。

図５－７　「松島勝景　VIEWS OF MATSUSHIMA.」『太陽』（1895年８月）

図５－８　「勧進帳演戯　KANZINCHŌ, A JAPANESE PLAY.」『太陽』（1895年８月）

そしてそれは、美文のあとに登場する、言文一致体による小説で描かれる、名前のない風景や無名の人間の表現を準備した。風景は、名所としての名前と物語を失うことで、内面の反映となり、孤独でありながらも互いによく似た内面をもつ、近代的な〈私〉が作られた。

ここまで、読者が文章を書いて雑誌に投稿するという行為の歴史的役割を見てきたが、古典芸術の再編成と転用とが、近代的な個人と国家をめぐる意識を立ち上げてゆくという事情は、文章のみならず、

図5－9　「京都博覧会出品　野口小蘋筆山水図屏風　A MOUNTAIN SCENERY: A SCREEN PAINTING BY SHŌHIN NOGUCHI, NOW ON EXHIBITION AT KYOTO.」『太陽』（1895年6月）

景観や絵画などの視覚の領域でも同様に観察できる。

冒頭で触れた、この時期を代表する総合雑誌『太陽』には、桑港《サンフランシスコ》市街、インドの古蹟、スイスの湖などと並んで、松島、京都、日光などの国内の名所の写真が、英語表記とともに掲げられている（図5－7）。和歌や芝居、浮世絵など、さまざまな表象によって彩られてきた名所はここで、世界の名勝旧蹟や、文明の精華たる近代都市の景観と並ぶ価値をもつものとして、捉え直されている。さまざまな言葉と図像で親しまれてきた名所は今や、諸外国に向かって誇るべき帝国日本の文化遺産なのだ。

ときに淫猥野卑な芝居も、日々の暮らしに馴染んだ屏風も、「一等国」からのまなざしを受けて、国外に向けてアピールしてゆくべき自国の伝統的芸術文化に編入される（図5-8）。これら「芸術品」の写真にはしばしば、お墨付きのごとく博覧会出品作であることが明記されている（図5-9）。欧米先進国のまなざしによって発見された〈日本〉を内面化し、列強と肩を並べる帝国にふさわしい〈伝統文化〉が立ち上げられてゆくプロセスを、ここに見ることができる。書くことと見ることをめぐって、古典文化は再編成されるとともに、幅広い階層に通俗化して浸透した。その道筋はまた、欧米列強によって見出された〈日本〉を、みずからの起源として構築してゆく過程でもあった。メディアの受け手たちの自発的な営みによって、古典文化は再利用され、〈帝国日本〉の文化が立ち上げられたのである。

注

（1）　北川（二〇一二）において、軍人文範等の例を検討した。

参考文献

大岡昇平『小説家夏目漱石』筑摩書房、一九八八年。

北川扶生子『漱石の文法』水声社、二〇一二年。

木村毅「連載・明治文学余話——（二十一）——漱石初読——」『明治文学全集94』月報、筑摩書房、一九七四年。

高須芳次郎「美文及写生文流行時代」『早稲田文学』一九二六年四月。

『明治文学全集41　塩井雨江・武島羽衣・大町桂月・久保天随・笹川臨風・樋口龍峡集』筑摩書房、一九七一年。

第6章　本土「幻想」の結末
――山之口貘の「沖縄よどこへ行く」をめぐって――

仲程昌徳

一　「復帰」願望

一九六八年、夏、五〇年代に学生生活を送った者たちによって、五〇年代から六〇年代にかけての沖縄の情況をめぐる大切な討議がなされていた（伊礼ほか 一九六八）。沖縄に生きる者たちが避けて通れなかった「復帰」問題を論じるなかで、アメリカの強権的な支配に対する敵意が「日本への接近という形で」現れたといった発言や「閉鎖された状態のなかでの暗中模索、それをとおしての遙かなる本土への幻想があった」という発言があり、それを受けて「そう、幻想ですね」と相づちを打つといった場面が見られた。

座談会では、また、そのような「幻想」応答がなされる前に、同窓の者が本土へ行くのを那覇港で見送った時のことが、「『理想の国』へ行くみたいな気負いのようなもの、憧憬のようなものが、行く者にも、見送る者にもあった」といったことが語られていた。

異民族支配下の人権も何もない「閉鎖された状態」が「本土への幻想」をかき立てたとされる五〇年代初期、そのことをよく示すかのような詩が書かれていた。山之口貘《やまのくちばく》の「沖縄よどこへ行く」である。「沖縄よどこへ行く」は、一九六四年、貘の死後発刊された『鮪に鰯』に収録される。

『鮪に鰯』に収録された「沖縄よどこへ行く」は、「蛇皮線の島／泡盛の島／詩の島／踊りの島／唐手の島／パパイヤにバナナに／九年母などの生る島／蘇鉄や竜舌蘭や榕樹の島／仏桑花や梯梧の深紅の花々の／焰のように燃えさかる島」と沖縄の風物を列挙することからはじめ、「いま　こうして郷愁に誘われるまま／途方に暮れては／また一行づつ／この詩を綴るこのぼくを生んだ島／いまでは琉球とはその名ばかりのように／むかしの姿はひとつとしてとどめるところもなく／島には島とおなじくらいの／舗装道路が這っているという／その舗装道路を歩いて／琉球よ／沖縄よ／こんどはどこへ行くというのだ」と、地上戦であらゆるものが吹き飛ばされてしまったばかりか、その後異民族の統治下で自治を奪われた生活を余儀なくされている沖縄への呼びかけに始まる一篇は、続けて、その帰属をめぐってかつて中国と日本とが争った歴史を概括し、「それからまもなく／廃藩置県のもとに／ついに琉球は生れかわり／その名を沖縄県と呼ばれながら／三府四十三県の一員として／日本の道をまっすぐに踏み出したのだ／ところで日本の道をまっすぐに行くのには／沖縄県の持って生れたところの／沖縄語によっては不便で歩けなかった／したがって日本語を勉強したり／あるいは機会あるごとに／日本語を生活してみるというふうにして／沖縄県は日本の道を歩いて来たのだ／おもえば廃藩置県この方／七十余年を歩いてきたので／おかげさまでぼくみたいなものまでも／生活の隅々まで日本語になり／めしを食うにも詩を書くにも泣いたり笑ったり怒ったりするにも／人生のすべてを日本語で生きてきたのだが／戦争なんてつまらぬことなど／日本の国はしたものだ／それにしても／蛇皮線の島／泡盛の島／沖縄よ／傷はひどく深いときいているのだが／元気になって帰って来ることだ／蛇皮線を忘れずに／泡盛を忘れずに／日本語の」と、終わっていた(1)。

『鮪に鰯』に収録された、この七連八二行からなる長詩の最後は、「日本語の」で終わっていて、未完成の感じを与えるものとなっていたが、実は「日本語の」あとにあと一行あって、その部分が脱落していたのである。

貘は、一九六二年九月号『政界往来』に同題になるエッセイを発表していた。貘は、そこで「講和条約が結ばれたのは、昭和二六年の九月であった。その直前であったが、僕は一篇の詩を書かずにはいられなかった。その詩は、敗戦後、日本の本土から切り離された沖縄におもいを馳せたもので、いわばぼくの望郷をうたったものである」と書き起こし、「沖縄よどこへ行く」を引いているのだが、そこには「日本語の」あとに「日本に帰って来ることなのだ(2)」とある。

「沖縄よどこへ行く」が書かれたのは、講和条約の締結される「直前」の一九五一年だった、ということからして、貘にも、一九六八年の座談会での発言に見られるような「本土への幻想」が共有されていたことは間違いない。

貘が、「沖縄よどこへ行く」に託したのは、いうまでもなく「復帰」への強い願望であった。貘が、積極的に琉球・沖縄を語るようになるのは、たぶん対日講和の問題が浮上し、条約が締結される一九五一年あたりからであった。それは、新聞、雑誌が、貘に琉球、沖縄についての寄稿を求めたことにもよるだろうが、「一九五一年の講和条約会議のころには、民族運動として全沖縄の日本復帰運動が表面化した。記録によると当時、三カ月に亙って署名運動が沖縄全島で行われ、選挙権者のうち七二％が署名し、また宮古島では、八八・五％が署名し、それぞれ講和会議直前に、ダレス大使と吉田首相宛てに送ったとのことである。思想観念や利益関係などを超えたものであることはいまさらぼくなどがいうまでもないことなのである。在京の沖縄人の間にも、日本復帰の熱は強烈で、署名運動が展開された（3）」といった情況が現出していて、貘も、そのような情況に後押しされるようにして、次々と沖縄について書くようになるのである。

五三年になると、貘は、映画『姫百合の塔』の上映にふれて「沖縄の日本帰属を願う立場から、できるだけ多くの人に見てもらいたい」（山之口　一九五三ａｂ）と訴え、避暑について問われたことから、その方法について沖縄では木陰に涼むといった想い出を語ったあと「一杯の泡盛、一本のがじまる、一本のでいごのためにも、一日も早く、琉球の日本への復帰を祈ってやまない次第でありますが、人間のことについて考えれば考えるほど、なおさら、一日も早く、復帰を祈らずにはいられないのであります」（山之口　一九五五ｂ）、と訴え、五五年になると「沖縄の悩みはすべてが、本質的には日本への復帰によって解決されなければならないのだ」（山之口　一九五六ｂ）と強い調子で断じていた。

貘は、そのように、復帰を訴える文章を繰り返し書いていくが、ただ書いて訴えたばかりではない。第三日曜日には、「沖縄舞踊を本土の人達に紹介し、鑑賞してもらうことによって、本土の人達の胸のなかに、少しでも沖縄への関心を呼び覚ますことが出来れば、祖国復帰の悲願のためにその一助にもなるのではあるまいかとおもった」（山之口　一九五六ａ）ことから、泡盛屋で踊りを披露するほどになる。

『鮪に鰯』に収められた「沖縄よどこへ行く」の最後の行の脱落が、単純なミスであったことは、そのような文章からいよいよ明らかであり、貘が、「日本語の」のあとの結びを空白にするはずはなかったのである。

「日本に帰ってくることなのだ」の脱落は、そのように単純なミスであったが、貘が「ぼくの望郷をうたったもの」だという「沖縄よどこへ行く」は、貘のなかにあった「本土への幻想」を見ていく上で、大切なテキストとなりえる一篇であった。

二 「郷愁」の色調

「沖縄よどこへ行く」は、沖縄の特性とされる文化や自然の植生を一つひとつ列挙し[4]、「郷愁」をさそうものとして懐かしんでいるが、その「郷愁」は、かつて次のように歌われていた。

港からはらばひのぼる夕暮れをながめてゐる夜烏ども
縁側に腰をおろしてゐて
軒端を見あげながら守宮の鳴声に微笑する阿呆ども
空模様でも気づかつてゐるかのやうに
生活の遠景をながめる詩的な凡人ども
錘を吊したやうに静かに胡坐をかいてゐて

酒にぬれてはうすびかりする唇にみとれ合つてゐる家畜ども
僕は僕の生れ国を徘徊してゐたのか
身のまはりのうすぎたない郷愁を振りはらひながら

動物園の出口にさしかゝてゐる

「動物園」と題された一篇である。また「賑やかな生活である」では、次のように歌われていた。

誰も居なかつたので
ひもじい、と一声出してみたのである
その声のリズムが呼吸のやうにひゞいておもしろいので
私はねころんで思ひ出し笑ひをしたのである
しかし私は
しんけんな自分を嘲つてしまふた私を気の毒になつたのである
私は大福屋の小僧を愛嬌でおだてゝやつて大福を食つたのである
たとへ私は
友達にふきげんな顔をされても、侮蔑をうけても私は、メシツブでさへあればそれを食べるごとに、
市長や郵便局長でもかまはないから長の字のある人達に私の満腹を報告したくなるのである。

メシツブのことで賑やかな私の頭である
頭のむかふには、晴天だと言つてやりたいほど無茶に、曇天のやうな郷愁がある
あつちの方でも今頃は
痩せたり煙草を喫つたり咳をしたりして、父も忙がしからうとおもふのである
妹だつてもう年頃だらう
をとこのことなど忙がしいおもひをしてゐるだらう
遠距離ながらも
お互いさまである
みんな賑やかな生活である

貘の第一詩集『思弁の苑』に見られる詩篇には、そのようなかたちで「郷愁」は表現されていた。また「喰人種」には「郷愁」ではなく「旅愁」になっているが、「うすぐもる旅愁」といった表現もみられる。

「動物園」は、『思弁の苑』の巻尾から数えて二番目に置かれたもので、もっとも早い時期に作られた一編である。(5)

上京直前の貘には、沖縄が「動物園」のように見えていた。そのような沖縄は、思うだけでも嫌悪が先だつだけで、「郷愁」が「うすぎたない」ものになっていくのも当然だったといえようし、また上京後の不如意な生活を送っているなかでは「郷愁」も「曇天のやうな」ものになっていかざるをえなかったであろう。

貘のなかにあった「うすぎたない郷愁」や、「曇天のやうな郷愁」が、では、いつ頃から「沖縄などこへ行く」に見られるような「郷愁」へと変わっていったのだろうか。

金子光晴は「貘さんのこと」[6]（金子　一九六八）で「貘さんは僕が知ってからも、始終、故里の琉球の夢をみていた。琉球の海の青さを語るとき、琉球の怪談をきかせるとき、貘さんのことばは熱を帯び、貘さんの眼はかがやく」と、書いていた。金子はそこで、「昭和八年頃」外国から帰ってきて「なにかのかかわりで、南千住の国吉真善という琉球の人がやっている泡盛の会へ僕は出かけていった。そこではじめて若い琉球詩人の山之口貘と出会った」といい、その後、貘との交友がはじまったと書いていることからして、貘が、眼を輝かせて「故里」のことを語るようになるのは「昭和八年頃」からであったように思える。[7]

「昭和八年頃」といえば、佐藤春夫が「山之口貘の詩稿に題す」を書いた年で、貘は、詩集を出す準備をしていた。それは、一九三八年に『思弁の苑』として刊行されるが、そこに収められた詩編には、金子の言葉を鵜呑みにさせるようなものは何もないどころか、琉球、沖縄という言葉すら出てこない。

貘の第二詩集『山之口貘詩集』が刊行されたのは一九四〇年一二月。『山之口貘詩集』は、『思弁の苑』に収めた五九編に、一二編を加えて出されたもので、そこに初めて琉球、沖縄という言葉があらわれてくる。そして、「郷愁」の文字が出てくるのが二編ある。五九編中「郷愁」の文字の使用例は二編しかなかった『思弁の苑』からすると、『山之口貘詩集』で新たに加わった一二編の中二編にその文字の使用例が見られるということは、沖縄への「郷愁」の色合いが変わりはじめていたことを思わせるが、しかしその一編は「文明どもはいつのまに／生まれかはりの出来る仕掛けの新肉体を発明したのであらうか／神は郷愁におびえて起きあがり／地球のうへに頬杖をついた」（「夢を見る神」）というものであり、あとの一編も「ばくと呼ばれては詩人になり／さぶろうと呼ばれては弟になつたりして／旅はそこらに郷愁を脱ぎ棄てゝ／雪の斑点模様を身にまとひ／やがてもと来た道に揺られてゐた」（「上り列車」）といったもので、直接、郷里・沖縄と関係して歌われたものではなかった。しかもそれは「おびえて」しまうものであったり、「脱ぎ棄てゝ」しまえるものとしてあった。

貘が、「郷愁」について『思弁の苑』や『山之口貘詩集』とは異なるかたちで表現するようになるのは、戦後になってからであったといっていい。そして「沖縄よどこへ行く」をはじめ、戦後のエッセイには「郷愁」が満ちあふれていく。

貘は「第三日曜日」で「敗戦と同時に、沖縄が、日本から切り離されたということは、戦前にもまして、在京の沖縄人の郷愁をかき立てないではおかないものがあるのだ」と書いていたように、「郷愁」は、貘だけにあったものではないが、貘には一段とその思いが強かったようにもみえる。

自作の絵画を「解説」した「山原船」のなかで、貘は「時に、郷愁に襲われて、一度は沖縄へ帰ってみたいとおもいながら、今日まで、まだ果たせないのである。絵に対しても、時にまた、郷愁に襲われて、描きたくなるのであるが、絵の方が、帰省に先立って、ここにその一端を果たすことが出来たわけなのである」と書いていた。ことあるごとに「郷愁」で、貘の胸はいっぱいになっていたことがわかるのだが、「帰ってみたい」と思っていた沖縄の地に向かったのが一九五八年一〇月末。那覇の港では、旧友たちが「バクさんおいで」の幟をおしたてて、待っていた(8)。

その時のことを歌ったのが「弾を浴びた島」である。

島の土を踏んだとたんに

ガンジューイ[1]とあいさつしたところ
はいおかげさまで元気ですとか言って
島の人は日本語できたのだ
郷愁はいささか戸惑いしてしまって
ウチナーグチマディン　ムル[2]
イクサニ　サッタルバスイ[3]と言うと
島の人は苦笑したのだが
沖縄語は上手ですねと来たのだ

カタカナ表記にはそれぞれ注記がなされていて(1)には「お元気か」、(2)には「沖縄方言までもすべて」、(3)には「戦争でやられたのか」とある。

あふれんばかりの懐かしさを込めて発した「ウチナーグチ」に、返ってきたのは「日本語」であった。貘は、立ち往生する。

貘の「郷愁」の帰結が、これであった。

三　輝く「日本語」

貘を「戸惑い」させた「日本語」、その「日本語」という語句が、また「沖縄よどこへ行く」には目立つが、貘の詩に「日本語」は、最初、次のように現れていた。

その男は
戸をひらくやうな音を立て、笑ひながら
——ボクントコヘアソビニオイデヨ
と言ふのであつた

僕もまた考へ考へ
東京の言葉を拾ひあげるのであつた
——キミントコハドコナンダ

少し鼻にかゝたその発音が気に入つて
コマツチヤヤツタのチヤツタなど
拾ひのこしたやうなかんじにさへなつて
晴れ渡つた空を見あげながら

しばらくは輝く言葉の街にイずんでゐた

「晴天」と題された一編で、「東京の言葉」を聞いた高ぶる気持ちが歌われたものである。

貘が、上京したのは、一九二二年、秋。しかし、翌二三年関東大震災で、帰郷。二五年再び上京。貘は、『思弁の苑』に収録された最初の詩「ものもらひの話」について、「上京当時につくったものである(9)」といい、当時のことを回想しているが、それを読むと、「上京当時」は、二度目のことを指していることがわかる。

「晴天」は、巻尾の「ものもらひの話」の次の次、三番目に置かれていることからして当然二度目の上京後に書かれているはずだが、その体験は、最初上京した時のものであったに違いない。

貘は、上京して、「男」の「東京の言葉」を耳にし、反芻し、心弾む思いをするとともに、そこを「輝く言葉の街」だと言《こと》挙《あ》げする。

「晴天」に見られる「東京の言葉」という言い方は、単に、東京で使われていた言葉を指していたのではない。外間守善は「明治以降になって入ってくる日本的共通語の受け止め方を沖縄の側からみて」いくと、明治一二年から三〇年頃までを「東京ノ言葉時代」、明治三〇年頃から昭和一〇年頃までを「普通語時代」、昭和一〇年頃から三〇年頃までを「標準語時代」、その後を「共通語時代」というように四区分できると言う（外間　一九七一：五二）。「東京の言葉」というのは、沖縄が「日本語」への道を歩み出していった時代の「日本的共通語」を指す言い方だった。

外間の区分からすると、貘は「普通語時代」にいたわけだが、貘は「普通語」と言わず、「東京の言葉」という言い方をしていた。「東京の言葉」という言い方には、琉球処分以降の沖縄の人々がたどった言語の歴史と、貘自身が、大正一一年、初めての東京で聞いた、東京で使われている言葉とが重ねられていたといえるし、貘は、そのような言葉の行き交う場を「輝く言葉の街」とみたのである。

貘は、なぜ、そのように感じたのだろうか。

外間の論考を見ていくと、明治三三年、県立一中の自治組織である学友会は「校内ニテ、一切方言ヲ使用セザルコト」という規約を作って共通語普及に力を入れ、明治四〇年頃になると、学校教育のなかで方言札・罰札制度が登場し、厳しい手段を講じて言語教育を徹底していく。しかし、大正の初め頃には、共通語使用を奨励した当の学友会が、方言札・罰札制度の出現に抵抗し、「校内ですら、おおっぴらに方言が通用していた」という現象が見られるようになっていく。そして大正六年になると、校内で方言が使われていることに業を煮やした「学校当局は、方言取締令を下し、再び罰札制度を強化」していくことになる。(10)「その方法として、横一寸に縦二寸位の木札を、罰札として渡し、一日一札で操行点二点引、という酷罰でのぞんだため、学業よりも操行点による落第者が続出」したといわれる。その操行点による落第者の一人に山之口貘がいた。

貘は、そのことについて「当時の中学には、『罰札』というのがあって、小さな木の札に墨書してあったが、普通語（ヤマトグチ）を励行させるために、沖縄語（ウチナーグチ）を罰したのである。生徒は、つとめて、ヤマトグチを使ったが、持って生まれたウチナーグチが、ふと、口をついて出ると、罰札である。／しかし、注意人物のぼくなどは、意識的にウチナーグチを使ったりして、左右のポケットに罰札を集め、それを便所のなかへ棄てたりした」(11)と回想していた。

貘の回想を疑う必要はないだろう。なぜなら、貘が抵抗したのは、方言札＝罰札制度に対してであって、「東京の言葉」＝「普通語」使用の推進、奨励に対してではなかったからである。

貘のこの回想と関わって、井谷泰彦は、「方言札の存在が誇り高き名門校の優等生たちの Identity をいたく傷つけたことが見て取れる。この時、彼（貘）の Identity はわざと方言札を引き受けるエネルギーとして発現した」といい、「『普通語時代』と言っても、この大正期と昭和に入ってからとでは沖縄人の自意識がかなり変化してくる。後になればなるほど、人々は琉球語や伝統的な沖縄文化を恥じるようになっていくのだが、山之口貘の姿には微塵もそのような要素はない。これは、彼の個性のようにも見えるがそうではない。彼等の世代は、まだ日本本土語への健全な反感を併せ持っていた」[12]（井谷 二〇〇六）と論じていた。

井谷が論じているように、貘をはじめとする「彼等の世代」は、本当に「日本本土語への健全な反感」をもっていたのだろうか。彼等がもっていた「健全な反感」は、強制的な制度といえる方言札・罰札制度に対するものであって「日本本土語」に対してではなかったのではないか。その「反感」について、貘は「寄り合い所帯の島」で「罰札を一手に引き受けたり、まとめて便所に棄てたりしたぼくなどにしても、日本語の奨励に異議があったのではなくて、日本語を奨励するために方言を否定しそれを罰することに反感を抱かずにはいられなかったからなのである」と書いているのである。

「彼等の世代」はともかく、貘は「日本語の奨励に異議があったのではない」と述べているように、「日本本土語」に対しては、むしろ憧れの気持ちが強かった。少なくとも、「沖縄語によっては不便で歩けなかった」という思いが強くあった。そうでなければ、上京して「日本本土語」を耳にしたとき、その言葉が話されているというだけで、そこを「輝く言葉の街」などといった言い方はしなかったのではないか。

四　「習俗」の差異

上京した貘を驚かせたのは「言葉」だけではなかった。

柔毛のやうな叢のなかの

蹲まつてゐる男と女
べんちの上の男と女
あつちこつちが男と女
なんと
男と女の流行る季節であらう
友よ
僕らは、
きみはやつぱり男で
ぼくもあひにく男だ

「散歩スケッチ」と題された詩である。上京したばかりの貘が出会った東京風景を歌ったものであることは、その作品が四番目に置かれていることからわかる。昼日中から男女が一緒にいることに衝撃を受けた貘がそこにはいる。男女の自由な交際をうらやましいものとしてみている貘がいる。

明治三四年五月二二日、夏目漱石は日記に「晩に池田氏と Common に至る、男女の対、此所彼所に

Bench に腰をかけたり、草原に坐したり、中には抱合って kiss したり、妙な国なり」（夏目 一九六六）と記していた。貘は、漱石の日記に近似した詩を残していたが、日本からイギリスに渡った明治三四年の漱石と同様の思いをほぼ二〇年後の大正一一年、沖縄から日本へ渡った貘は体験したのである。

貘が、「散歩スケッチ」のような作品を書いたのは、沖縄には恋愛の自由がなかったということであろう。貘は、「私の青年時代」のなかで、「遊ぶにも勉強するにも、男は男同士、女は女同士の習慣に従っていた時代なので」彼女の家にいっても、周囲の人たちに悟られないようにしたといい、「未だ男女別の時代であった大正の中期では、密会の機会をつくらないことには男女が共にあそぶことは気のひけることとなのであった。世間の眼にふれない場所を探し求めて、そこでひそかに語り、あそぶのである」と書いていた。

青年男女が共に遊ぶことに関して、南島はわりに自由であったといわれ、その一例として「毛遊び」が挙げられる。「毛遊び」というのは、一種の歌垣・嬥歌《かがい》で、農作業を終えた男女が、夜になって海辺や野原に集まって歌い遊び、それぞれに相手を探したといわれる習俗であるが、しかし、それも明治の中期になると、「風俗改良」ということで取り締まりの対象になっていったことが、次のような文章からうかがえる。

　毛遊と称するものは田舎の若者間に行はる、ものにて彼等が村内若くは他村との交際は多く此場所にてす　是れ見るさへ忌まわしき蛮風にして田舎青年の精神を腐すものは是れより甚しきものなし然れども個は今日既に其弊害を悟り各間切共矯風会又は風俗改良会杯の設けあれば此蛮風を撲滅するも益々近きにあるべし太田朝敷が明治三四年「新沖縄の建設」と題して『琉球新報』に連載した随想に見られるものである（比屋根・伊佐 一九九三）。太田は、置県後の第一回の留学生の一人で、「新沖縄の建設」を発表する前の年、明治三三年には「女子教育と沖縄県」のなかで「沖縄今日の急務は何であるかと云へば、一から十まで他府県に似せる事であります。極端にいへば、クシャミする事まで他府県の通りにすると云ふ事でありますす」（比屋根・伊佐 一九九五）といったよく知られた言葉を残しているように「風俗と言語とを改善すること、特に尤も急務たり」と呼号し続けた言論人の一人で、そのような「風俗」の撲滅、「言語」の改善の主張がやがて、「沖縄文化の総否定」という極端な現象をもたらすことになるのである。

太田らによって領導された「風俗」「言語」の「他府県」並みへが、いつしか「他府県・内地」を理想とする「本土への幻想」を生んだことは充分に考えられることである。模範とすべきすべてがそこにはあるという思いが若者たちに上京を促したに違いないし、貘も、その一人であった(13)。上京したばかりの貘には、そこが憧れていたのと寸分違わないかたちで実在しているように見えたのである。「輝く言葉の街」も「べんちの上の男と女」も、そのような思いから出てきたもので、それはまさに、五〇年代学生たちが抱いた「理想の国」のように思えたに違いない。

それだけに「弾を浴びた島」の「沖縄語」と「日本語」とのやりとりは痛々しいものとなっていた。

五　沖縄の風物たち

「沖縄よどこへ行く」には、「郷愁」「日本語」とともに、あと一つ、目を引く事象が歌われていた。沖縄の風物である。

「沖縄よどこへ行く」は、「蛇皮線の島／泡盛の島／詩の島／踊りの島／唐手の島／パパイヤにバナナに／九年母などの生る島／蘇鉄や竜舌蘭や榕樹の島／仏桑花や梯梧の深紅の花々の／焰のように燃えさかる島」と、歌い出されていた。そして「それにしても／蛇皮線の島／泡盛の島／沖縄よ／傷はひどく深いときいているのだが／元気になって帰って来ることだ／蛇皮線を忘れずに／泡盛を忘れずに／日本語の／日本に帰って来ることだ」と結ばれていた。

山之口貘の詩は、対句、対語的であり、さらには同一語の反復といった特質が見られるが、「沖縄よどこへ行く」も、その特質のよく現れた一篇である。その特色をもっともよく発揮したのが「会話」で、それは次のように歌われていた。

お国は？　と女が言つた
さて、僕の国はどこなんだか、とにかく僕は煙草に火をつけるんだが、刺青と蛇皮線などの連想を染めて、図案のやうな風俗をしてゐるあの僕の国か！
ずつとむかふ

ずつとむかふとは？　と女が言つた
それはずつとむかふ、日本列島の南端の一寸手前なんだが、頭上に豚をのせる女がゐるとか素足で歩くとかいふような、憂鬱な方角を習慣してゐるあの僕の国か！
南方

南方とは？　と女が言つた
南方は南方、濃藍の海に住んでゐるあの常夏の地帯、竜舌蘭と梯梧と阿旦《あだん》とパパイヤなどの植物達が、白い季節を被つて寄り添ふてゐるんだが、あれは日本人ではないとか日本語は通じるかなど、談じ合ひながら、世間の既成概念達が寄留するあの僕の国か！
亜熱帯

アネッタイ！　と女は言つた
亜熱帯なんだが、僕の女よ、眼の前に見える亜熱帯が見えないのか！この僕のやうに、日本語の通じる日本人が、即ち亜熱帯に生れた僕らなんだと僕はおもふんだが、酋長だの土人だの唐手だの泡盛だの、同義語でも眺めるかのやうに、世間の偏見達が眺めるあの僕の国か！
赤道直下のあの近所

「会話」には、沖縄の習俗とともに沖縄の風物が歌い込まれていた。その風物は、「沖縄よどこへ行く」を彩るものとして、再度取り上げられていくが、前者と後者とでは、その取り上げ方に違いが見られた。前者は「既成観念」や「偏見」を生み出すものとして取り上げられていたが、後者では、それらは忘れてはならないものとして呼び起こされていた。それは、沖縄への向かい方に大きな変化が起こっていたことを示すものであった。

貘は「沖縄悲歌」のなかで「ぼくの知っている限りでは、現在の若い沖縄人に、劣等感らしいものを見かけたことはないが、ぼくらの先輩やぼくらの時代あたりまでは、沖縄人であることに劣等感を抱いたりするものも少くはなかった。ぼく自身の生活の上にも、劣等感が作用したことがあって、そこから発想した詩『会話』というのを書いたこともある」といい、続けて「その詩には、沖縄人としての、世間に対する抵抗の精神が、にじみ出ていたとぼくはおもっているが、そのあらわれ方が、消極的であることは、沖縄人としての性格的な半面を物語っているのかも知れない」と回想していた。

貘の言葉を借りると、「会話」と「沖縄よどこへ行く」に見られる同じような風物の取り上げ方の変化は、「消極的」なかたちから「積極的」なかたちへの変化であったといえよう。貘は、その風物たち、ことばたちに会いたくて「三十四年ぶり」に海を渡る。しかし、貘が見たものは、「どこにもあったはずのあの大喬木」（山之口 一九六二）が無くなっていた風景であり、「沖縄語」が消えてしまっている沖縄であった。

東京に戻った貘は、「暫くすると、何だかぼんやりしている姿が目につくようになった」といい、「父のどこかで風船のように何かがわれたという風にも見えた」[14]（山之口 一九八五）という。五〇年代の学生たちが抱いた「遙かなる本土への幻想」は、復帰後、いよいよ無念の思いを強くさせていった[15]が、三四年ぶりに帰省した貘は、「沖縄」が、貘自身が望んだ「日本語の」日本へと「帰る」ことに一途で「沖縄語」を話さなくなっていたばかりか、「全く別の沖縄みたいな姿」（山之口 一九五六）になっていたことに戸惑う。貘の無念さが際だつが、それもまた「本土への幻想」のもたらした一つの帰結であったといっていいのではなかろうか。

注

（1）『山之口貘全集　第一巻全詩集』（思潮社　一九七五年七月一九日）に収録された「沖縄よどこへ行く」も

（2）『鮪に鰯』版を踏襲している。
（3）山之口（一九五五b）でも引いている。
（4）注（2）に同じ。
（5）沖縄の風物を列挙していくかたちは「不沈母艦沖縄」等にも見られる。
（6）『思弁の苑』は「作品の配列を、巻尾から巻頭へと製作順にして置いた」と「後記」に記している。
（7）同詩集に収録されている「沖縄よどこへ行く」は、「日本語の／日本に帰ってくることなのだ」となっている。
（8）山之口（一九五五c）によると、国吉真善のやっていた泡盛店で「琉球料理を味う会」（「泡盛の会」）があったのは「一九三二年六月二十八日の夜であった」という。それからすると「昭和八年頃」は、「昭和七年頃」ということになるが、「僕の半生記」には「金子光晴を知ったのは、昭和九年ごろであった」とあり、まちまちである。
（9）「沖縄帰郷始末記」（『産経新聞』一九五九年二月二七日付）で、貘はその時のことを「那覇の泊港に船が横づけになったとき、岸壁の群衆は大きな幟までおし立てて迎えてくれたものである。紺地に白で『バクさんおいで』と大書されたもので、中学のころの旧友がすでに白髪の頭をして、その幟を両手でかかえているのである」と書いている。
（10）山之口（一九五一、一九五七）等で「ものもらひの話」についてふれた文章からも推測できるが、「ぼくの半生記」に「M子のことを断念して、二度目の上京をしたが、その時の詩に『ものもらひの話』がある」と書いていた。
（11）近藤健一郎は近藤（二〇〇八）のなかで、外間の論にふれて、「昭和十四年に方言札が復活したとされる点は、それ以前においても継続的に方言札が存在しており、『復活』でないことがすでに明らかとなっている」としている。
（12）山之口（一九五五d、一九五七、一九六二）等で、繰り返し書いている。

(12)　井谷は同書の「付論1　山之口貘と『方言札』」では「貘ら県立一中生徒の『方言札』制度への反抗は、自らの自然な『発語』を『悪』と規定されてしまうことへの、生理的（身体的）反抗であり、直感に基づく根源的なものであった」と書いていた。それについては、まったく同感である。

(13)　一九五八年一一月二五日―一二月一四日付けに、貘は「東京へのあこがれは胸からあふれた」と書いていた。

(14)　泉は、貘のそのような変化を必ずしも「沖縄の変わりようを目の当りに見たショック」によるとはしていない。

(15)　伊礼孝は、のちになって、一九六八年の座談会を踏まえ「いま思えば、『日本復帰』そのものが幻想であり、社会党、総評が反体制勢力から日本革命へと突き進む革命勢力になるであろうから、還るべき祖国があるとすると、そこしかないと自認したことも、まさに幻想であり、先見性の全くない錯誤であった」（いれいたかし遺稿『ちゃあすが沖縄（うちなあ）』Mugen　二〇一〇年六月）と書いている。

参考文献

井谷泰彦『沖縄の方言札——さまよえる沖縄の言葉をめぐる論考』ボーダーインク、二〇〇六年。

伊礼孝・川満信一・中里友豪・真栄城啓介・嶺井政和「討論　沖縄にとって「本土」とは何か」吉原公一郎編著『沖縄　本土復帰の幻想』三一書房、一九六八年。

金子光晴編『世界の詩60　山之口貘詩集』弥生書房、一九六八年。

近藤健一郎編「近代沖縄における方言札の出現」『方言札　ことばと身体』社会評論社、二〇〇八年八月一〇日。

夏目漱石『漱石全集　第十三巻　日記及断片』岩波書店、一九六六年。

比屋根照夫・伊佐真一編『大田朝敷全集　上巻』第一書房、一九九三年。

比屋根照夫・伊佐真一編『大田朝敷全集　中巻』第一書房、一九九五年。

外間守善「沖縄の言語教育史」『沖縄の言語史』法政大学出版局、一九七一年。

山之口泉『父・山之口貘』思潮社、一九八五年。

山之口貘「沖縄と日の丸」『日曜新聞』一九五五年b九月号。
山之口貘「がじまるの木陰」『おきなわ』一三号、一九五三年b九月号。
山之口貘「金子光晴　心の友」『新潮』一九五五年c一〇月号。
山之口貘「自作詩鑑賞」『中学生のための現代詩鑑賞』宝文館、一九五一年。
山之口貘「第三日曜日」『新潮』一九五六年a九月号。
山之口貘「チャンプルー」『食生活』一九五六年b一〇月号。
山之口貘「初恋のやり直し」『東京新聞』一九五五年d二月九日付。
山之口貘「バランスを求めるために」『現代詩入門』創元社、一九五七年。
山之口貘「「ひめゆりの塔」と沖縄調」『内外タイムス』一九五三年a一月二三日。
山之口貘「仏桑花と梯梧」『園芸随筆』一九六二年一〇月号。
山之口貘「ふるさとを思う」『女学生の友』一九五五年b一一月号。
山之口貘「方言のこと」『高校コース』一九五七年三月号。
山之口貘「僕の半生記」『沖縄タイムス』一九五八年一一月二五日―一二月一四日付。
山之口貘「寄り合い所帯の島」『友愛』一九六二年八月号。

第Ⅲ部

交錯する日本幻想——反表象の力学

Plonk & Replonk Éditeurs 制作：「リヨンもしくは理性の神秘」（2009）。フランス，リヨン市街の彼方にアルプス連峰が見え，さらにその向こうに富士山が姿を現している。フォトモンタージュ作品。

（提供：Plonk & Replonk Éditeurs，スイス）

第7章　弱さと正義、力と不正義
――琉球・沖縄、日本、アメリカをめぐる〈幻想〉試論――

山里勝己

一　琉球・沖縄、日本、アメリカ――錯綜する幻想

〈幻想〉の淵源

三・一一以降のフクシマは、二一世紀冒頭の日本が抱える国際的にもっとも知られた問題であろう。大地震と大津波がもたらした巨大災害という当初の論点は、いまや原子力発電とエネルギー政策という、現代文明の中核をなす問題へと議論が発展してきた。沖縄の海兵隊普天間飛行場の名護市辺野古移設をめぐる問題は、グローバル・ミリタリズムとそれが浸食する「人の生きる場所」という、根源的な問題として議論が深化され、これもまた国際的な注目を浴びる日本の主要な問題の一つとなった。フクシマの問題も根源的には文明と「場所」の問題であるが、普天間移設の問題は日本ではいまだ全国的な議論にさえなり得ていない。

本章の目的は、前述の二一世紀の日本が直面する問題について直接的な分析をおこなうことではない。

それよりも、一九世紀の琉球（そして二〇世紀の沖縄）、日本、アメリカをめぐる関係性に現代のわれわれが抱える問題の淵源を求め、その関係性がどのように認識され、どのような認識論的なダイナミズムが作用して現在の状況が生成されるに至ったかということを、〈幻想〉という概念を導入しつつ整理することに私の関心がある。そして、それはまた、太平洋を越えて東から西へと進んできたひとつの文明が、それが行き着いた先でどのような振る舞いをしたか、そこに生きる者たちの社会と人生にどのような変容をもたらしたかということを理解しようとする試みでもある。それはまた、そのような歴史の先端で生きる者たちが誰であるかということをみきわめようとすることを意味する。現代のわれわれの生は、このような問題とその背後に横たわる関係性を解明することなしにはけっして理解し得ないだろう。

「アメリカ」——文明と未開

まずは、図7-1の分析から始めよう。よく知られているように、コロンブスの後にアメリゴ・ヴェスプッチ（Amerigo Vespucci, 1454-1512）がアメリカ大陸と遭遇した。遭遇したこの新しい土地は、ヨーロッパから見たら、じつは新しい大陸ではないかということを最初にこの人物が認識したということで、ドイツの地理学者マルティン・ヴァルトゼーミュラー（Martin Waldseemüller, c. 1470-1520）が、アメリゴの名前のラテン形から〈アメリカ〉という名称を発明したということは周知のことである。この絵には、「アメリカ」というタイトルがついていて、「新しい」世界に遭遇するアメリゴ・ヴェスプッチが描かれている。これは、オランダの画家ヨハネス・ストラダヌス（Johannes Stradanus, 1523-1605）が一五八〇年に描いたものである。

私は本章の後半でこの絵画を沖縄の歴史に関連づけて語りたい。そのために、まず「アメリカ」について分析しておく必要がある。この絵の左側と右側の世界は明らかに異なる。左側は文明の世界であり、ここには大西洋という大海原を横断してきた船が見える。立っている男がヴェスプッチ、そしてこの人物が手に持っているのは羅針盤、それからキリスト教のシンボルである十字架である。彼は鎧を着ていて、その下には刀が見える。このような〈力〉が文明に付随して、世界に浸透していったということが透けて見えるだろう。ハンモックに座っているのはネイティヴ・アメリカンの女性である。彼女は生身の人間だが、同時に〈アメリカ〉という土地の象徴でもある。〈アメリカ〉という名称は、先述したように、アメリゴのラテン語の名前 Americus に、女性語尾 -a をつけて生成された名称である。土地を表象する際に、ヨーロッパ語では女性形で表象されるのである。たとえば、もう一つの有名な例はヴァージニア（Virginia）であり、これは生涯独身であったエリザベス一世にちなんで発明された地名である。

図７－１　ヨハネス・ストラダヌス「アメリカ」
（出典：Merchant 2003：120）

ハンモックに座っている女性は、いままさに征服されようとしている。ヴェスプッチのまなざしは、「文明」が「未開」を見つめる厳しいまなざしとして表象されている。この女性の手の位置は微妙だ。抵抗しているのか、あるいは招いているのか、にわかには判断できない。つまり、ルネサンス以降のヨーロッパ人にとって、アメリカ大陸はヨーロッパ人を誘惑する存在であった、とストラダヌスは考えていた。あるいはヨーロッパに浸透していたそのような大衆的なイメージをストラダヌスは表象したにすぎない、というような言い方もできるだろう。

また、この女性がほとんど裸でありその両足がすこし開いていることに注目して、エコフェミニズム研究者のキャロリン・マーチャント（Carolyn Merchant, 1936- ）は、この姿勢は未開の〈アメリカ〉がこれからレイプされるということを示唆しているのだということまで読み込む（一二〇頁）。右側は未開の世界。後景にはカニバリズムに耽るネイティブ・アメリカンの姿が描かれている。ヨーロッパで流布していたアメリカ像がどのようなものであったかということがうかがい知れる作品である。

「アメリカン・プログレス」の行方

コロンブスが一四九二年にアメリカ先住民と遭遇し、それに続いてヴェスプッチや他の航海者たちが遭遇をかさねて、先住民とヨーロッパ人が相互に他者を「発見」していく。一六二〇年には宗教的な弾圧を逃れた難民のようなピューリタンたちがやってくる。メイフラワー号から清教徒が上陸するシーンは平和的に描かれた絵が多いが、じつは弓矢を放ったり鉄砲を撃ったりして、先住民との間にはその出会い頭から激しい葛藤があった。

それからヨーロッパ人たちが続々と移動してきて、現在の北米大陸を東から西へと移動していく西漸運動が始まる。図7-2はジョン・ガスト（John Gast, 1842-96）が描いた「アメリカン・プログレス」（*American Progress*, 1872）である。このよく知られた絵画をあらためて分析してみよう。中央の女性は白いローブを身にまとい金髪で白人。いうまでもなく、ヨーロッパ文明の象徴である。作品全体は「明白なる天命」のアレゴリーでもある。手に持っているのは学校で使用される教科書（あるいは聖書であろうか）、左手には電信用の電線を持っている。その背後にはすでに都市が形成されていて、川には船が浮かんでいる。その前方ではヨーロッパ人たちが西へと進んでいく。左側に見えるのはおそらくロッキー山脈あたりか。川はミシシッピ川であろうか。汽車が走っている。それから幌馬車隊がやってくる。「パイオニア」たちが絵の下の中央に見える。絵の左端で闇の中に追い込まれていくのはネイティヴ・アメリカンであり、バッファローであり、熊である。つまり「未開」の世界、「野獣」の世界が文明に駆逐されていくという構図がこの絵にも見られる。

図7－2　ジョン・ガスト「アメリカン・プログレス」
（出典：Merchant 2003：128）

ストラダヌスの作品では、「文明」と「未開」の世界が非対称的に描かれているが、ここでも世界は光の世界と闇の世界に分割されている。つまり、文明＝光の世界、未開・非文明＝闇の世界という、キリスト教的な二分法がガストの作品にも露呈している。このような文明観を有するユーロ・アメリカンの「開拓」が進んでいく先には西海岸があり、太平洋が茫漠と広がり、その果てるところに日本や琉球や中国があった。

しかし、〈アメリカ〉は西海岸でその「プログレス」をやめるわけではない。メルヴィルの『白鯨』（*Moby-Dick*）に描かれているように、〈アメリカ〉は太平洋に進出し、一九世紀の捕鯨船が太平洋で躍動する。マッコウ鯨油がその目的であり、それは機械の潤滑油として、あるいはロウソクの原料として使用された油である。遅れてやってきたアメリカの産業革命がこういう動きの後押しにもなっていた。このような歴史的文脈の中で、エイハブ船長のピークォド号はモービィ・ディックを追って大西洋を横断し、太平洋まで進出したあげくにあの白い巨大なクジラに沈められてしまう。ユーロ・アメリカン文化に内在する神話から放射される想像力のエネルギーが、彼ら・彼女らを突き動かし、大陸を横断し未知の世界に進出し始めたということが、ピークォド号の航跡を地図で再現するとよくわかるはずである。

二　帝国化するアメリカと琉球

ユーロ・アメリカンの世界像

『白鯨』は変容しつつあるアメリカを描く作品である。このような変容＝帝国化しつつあるアメリカと太平洋の関係は、ハワイ、サモア、ポリネシア、マリアナ諸島、パプアニューギニア、フィリピン、台湾、日本、沖縄の歴史をみたら、一目瞭然である。

図7－3はペリーに随行したドイツ生まれの画家ウィリアム・ハイネ（William Heine, 1827-85）の手になるもので、一八五三年の那覇港沖のペリー提督の艦隊を描いている。ユーロ・アメリカンの船は、大西洋や太平洋を越える長い航海による腐食を防ぐためにタールを塗っていたから「黒船」になるのだが、これはペリー率いる艦隊が江戸に向かう前に琉球の那覇港沖に停泊している光景である。冒頭で述べたように、この絵とアメリゴ・ヴェスプッチを描いた「アメリカ」を比較してみたい。「アメリカ」

が製作されたのは一五七九年、描かれている遭遇の場面は一五〇〇年代のことである。それから約三五〇年後、一八五三年には那覇にペリーの東インド艦隊が来航する。琉球では文明は前触れもなく海から到来した。陸側の景色は明確に描かれていない。中央にある大きい岩石はおそらく波の上宮あたりであろう。那覇も左奥に描かれているが、茫漠とした姿を見せているにすぎない。もちろんこの絵画の構図にも、文明と非文明の二項対立がある。

図7-3　ウィリアム・ハイネ「那覇沖に停泊するペリー艦隊」
（出典：オーシェリ・上原 1987：140）

このような構図が二〇世紀まで続いていることを確認するために、すこし先を急いで一九五〇年まで進んでみたい。次の文章は、一九五〇年、琉球・沖縄史上初めて創立された高等教育機関、琉球大学の第一期生用の『大学便覧』に書かれているものである。

わたしたちは、この大学のすべての学科を高度に実用的なものにし、その結果として大学が琉球諸島の村々に新しい力と光を送り込む文化的発電機となることを願っている。
（琉球大学　一九五〇：二）

これはアメリカ人が書いたといわれる。ジョン・グリフィン・チャプマン（John Griffin Chapman, 生没年不詳）は、アメリカ南部バプテスト教会から日本に派遣されてきた人物であったが、沖縄を統治していた米軍政府に雇われ、自らを「琉球大学顧問」と称して赴任してきた。沖縄史上初の大学の最初の『学生便覧』の序文は、この人物が書いたものであった（山里 二〇一〇：一三五―一三八）。この文章を読むとさまざまなことが理解される。「琉球大学は琉球諸島の村々に新しい力と光を送り込む文化的発電機」になるということだが、もちろん新しい光（new light）と新しい力（new force）というのは文明の力である。また、この光は啓蒙の力、すなわちキリスト教文明の力でもある。アメリカの多くの大学のロゴには、旧約聖書「創世記」の冒頭にある“Let there be light”（光あれ）というよく知られた言葉が刻印されている。琉球大学の理念を述べた序文の言葉は、キリスト教的な光と闇のメタファーが基調となっている。なにが言いたいかというと、ヨーロッパ文明が大西洋を越えて現在のアメリカに到達し、西漸運動で大陸を東西に横切り（同時に南北軸の移動もかさねながら）、太平洋を横断して太平洋の西の果てに細く横たわる沖縄に到達するまで、一貫してユーロ・アメリカンの想像力を支配していたのは、キリスト教文明の優越性、文明と未開の二項対立、あるいは文明と文明化されるべき場所の弁別であったということである。つまり、このような想像力が移動を続けるユーロ・アメリカンの思考を支配し続けていたのであり、ストラダヌス、ガスト、ハイネ、そしてチャプマンに共通して見られるものは、一つの神話から放射される変わることのない世界の構図であったということである。

琉球とベイジル・ホール

ペリー艦隊が来航する前に、沖縄に到達した外国人についてすこし見ておこう。なぜこういうことを話題にするのかというと、来航した外国人と接触した琉球人たちは英語を勉強した。ここは、本章の主題である〈幻想〉と関係するので、琉球人たちが来航者に対してどういう振る舞いをしたのかを確認しておきたいのである。

一八一六年にイギリス人のベイジル・ホール（Basil Hall, 1788-1844）が琉球に来航した。アルセスト号とライアラ号（ライラ号とも書かれるが、ライアラのほうが原音に近い）が、那覇港に四〇日滞留する。それから一八一七年、ホールはイギリスへの帰途セントヘレナ島に立ち寄り、あの有名なナポレオンとの会見があった。ホールは、平和な島である琉球には武器がない、貨幣がないなどと、きわめて牧歌的でパストラルでも読むような琉球像を伝えた。それを聞いたナポレオンが大笑いしたという話はよく知られていることである（ホール 一九八六：三三二）。これが〈琉球幻想〉となってヨーロッパに広がっていく。当時の新聞や雑誌にはホールに影響されたロマンティックな琉球像がしばしば登場した。しかし、後でやってきた現実主義者でヤンキーのペリーは、琉球はそのようなところではないと、ホールの「高貴な野蛮人」像を厳しく批判した。

ホールが来航してきたときの琉球側の主席通事は真栄平房昭《まえひらぼうしょう》であった。真栄平は『英語会話集』という本を著したが、残念ながらこの本は現存しない。一八一一（文化八）年、長崎で本木正栄らによって書かれた『暗厄利亜興学小筌』に次ぐ英会話集であったという（亀川 一九七二：一〇九）。

そのときの次席通事は安仁屋政輔《あにやせいほ》という人物で、彼は真栄平房昭と同時期に英語を学んだ。彼らはベイジル・ホールの部下たちと接触して英語の語彙を集め、文章の書き方を習った。後にペリーが来航した時に王国の通事として活躍するのが牧志朝忠《まきしちょうちゅう》、または板良敷朝忠《いたらしきちょうちゅう》という人物である。牧志は安仁屋の弟子で、もともとは中国語が堪能な人物であるが、英語も話せた。一八五四年、ペリーが去った後でロシア艦隊が那覇に来航した。そのときに、英語で事情聴取をしたのが牧志であった。高良倉吉によれば、当時の琉球には英語を話す人物が数人いたが、牧志はもっとも優れた通事であったという（高良 一九八

図7‐4　牧志朝忠の銀盤写真
（出典：オーシェリー・上原 1987：140）

四・七八）。牧志は後に薩摩の意を受けてフランスとの外交交渉もする。それゆえ一九世紀の琉球は多言語世界であり、琉球王国の通事たちは北京や那覇で異邦人と中国語や英語で交渉することができたコスモポリタンたちであった。牧志は、一八四〇年代に北京に留学し、同じく留学していたロシア人たちと知り合うが、この時代に知り合ったロシア人の友人たちが一八五四年に琉球に来航したロシア艦隊に乗り組んでいた。思いがけない再会であった（高良 一九八四：七五）。琉球ではこのような人物たちが英語を学び、ここに端を発する知の伝統が二〇世紀までつながっていくのである。本章の主題である〈幻想〉という概念から見れば、琉球の通事の中では牧志がもっとも重要な人物である。彼はペリーの遠征記や他の本には「イチラジチ」あるいは、「イタラジチ」などと表記されたりする。図7‐4の銀盤写真は、ペリーに随行した写真技師エリファレット・M・ブラウン・ジュニア（Eliphalet M. Brown, Jr. 1816–86）が撮った板良敷朝忠である（Kerr n.pag.）。

　牧志は眼光鋭い人間であった。「イチラジチ」という名でペリー遠征記においてしばしば言及されているが（Perry 2000：192）、「イチラジチ」または「イタラジチ」というのは、板良敷の琉球語発音をそのまま表記したものである。

ペリーの琉球観

ペリーは那覇に入ってくるときに、ホールとは異なり、琉球に厳しいまなざしを向けていた。いった い琉球王国というのはどういう国なのだ、どこに所属しているのだ――。その言葉、習慣、法律、着て いるものはどのように理解したらいいのか、というようなことをペリーは書いている。しかし、ペリー はホールとは違い、琉球を支配していたのは薩摩であったことを鋭く見抜いていた。

ペリーは一八五三年に琉球に到着するが、このときに彼の部下たちは自由に沖縄島に上陸して測量や スケッチをし、那覇を歩きまわった。また、琉球に到着する前にペリーはアメリカ海軍長官に手紙を書 き、琉球の島々の主要な港湾を占拠することはアメリカの軍艦や商船のために有益なことなのではない かと進言する（Kerr 1958 : 305）。それから、アメリカがこの島を占領することは、じつはここに住んで いる「ネイティヴ」たちのためにもいいことであり、われわれが占領することで彼らの生活は良くなる だろうとも書いた。ただし、占領するということは彼らの生活の改善にはつながるだろうが、文明に付 随する有害なことに彼らを晒すことにもなるだろうとペリーは書いた（Kerr 1958 : 305）。先述したよう に、太平洋に浸透してくるユーロ・アメリカンの意識には〈文明と非文明の世界〉という二項対立が存 在し、自らは文明を運ぶ者だという〈幻想〉が彼らを駆り立てていたのである。

このような意識はほぼ百年後まで継続する。一九四五年に沖縄に上陸したアメリカ軍は、その前に詳 細な沖縄研究を行い、占領に資するためのガイドブックを刊行していた。それには沖縄の歴史、言語、 習慣に関する説明があり、さらには多様な沖縄人の顔写真が印刷されている。じつはその中にペリー遠 征記からの引用があり、琉球人の人種的特徴に関するペリーの言葉が引用されているのである（沖縄県 教育委員会 一九九六：二一九）。ペリーはアメリカ合衆国の軍人であったから、彼の遠征記は一種の軍事報告書でもある。それはトラベル・ライティングでもあると同時に、西太平洋に関する軍事報告書としてアメリカ海軍の中で受け継がれていたのであった。そしてペリーの琉球観あるいは琉球人観が、軍事情報あるいは文化情報として、一九四五年以降沖縄にやってきたアメリカの軍人たちに受け継がれたのである。

アメリカの第一次琉球占領と牧志朝忠

一八五三年のペリー来航を「アメリカによる琉球の第一次占領」あるいは「アメリカによる第一次沖縄占領」であると指摘したのは、先述したアメリカの歴史家ジョージ・H・カー（George H. Kerr, 1911–92,「ケア」とも読む）であった（*Okinawa: The History of an Island People* 3）。このペリーの「第一次占領」の際に通事として活躍したのが牧志朝忠である。

その牧志に一八五三年五月三〇日に何が起こったか。当時の外交官同士の共通語（リングアフランカ）は中国語であった。ペリー側の通訳はサミュエル・ウェルズ・ウィリアムズ（Samuel Wells Williams, 1812–84）という人物で、マカオで中国研究をしていたアメリカ人であった。先述したように、牧志朝忠は北京に留学していて中国語が堪能であった。ウィリアムズもマカオに長く滞在していたので中国語が堪能であった。だから牧志とウィリアムズは中国語で交渉したのである。ところが、ある交渉の席で、アメリカ側の要求があまりにも理不尽で高圧的なものになってくると、牧志が突然椅子から立ち上がり、座っていたペリーの将校たちに歩み寄って彼らに英語で話しかけたのである。それまでは（琉球王国の常套手段であったが）できるだけ下手に出て、相手を刺激しないで丸く収めようと努力していたのであるが、牧志は中国語を話す通事としての自らの役割を投げ捨て、ウィリアムズを仲介させずにいきなり英語でこう言ってペリーの将校たちを驚かせた。ペリーは、これは「通訳」の発言をほぼ正確に再現したものだと書いて『遠征記』に引用している。彼と彼の将校たちにとってよほど印象に残った出来事であったのだろう。

Gentlemen, Doo Choo man very small. American man not very small. I have read of America in books of Washington—very good man, very good. Doo Choo good friend American. Doo Choo man give American all provision he wants. American no can have house on shore.

紳士諸君、琉球人はとても小さい。アメリカ人はとても小さくない。アメリカについてはワシントンに関する本で読みました。立派な方です、非常に立派な方です。琉球はアメリカの良き友人、琉球はアメリカが必要としている食料や水はすべて準備しましょう。しかしアメリカは陸上に家を所有することはできません。

（Perry 2000：159）

ペリー遠征記ではこのときの通訳がだれであったか明記されていないが、ウィリアムズの日録には通訳は Adjirashi＝牧志であったことがはっきりと書かれている（Williams 2002：13）。Doo Choo という綴りを見るとこの当時の発音がよくわかる。ペリーはすでにベイジル・ホールの来航記を読んでいた。ホールは流麗な文章を書く作家であったが、歴とした軍人でもあり、来航時に陸上に「家」を確保していた。イギリス海軍が陸上に「家《ハウス》」（物資貯蔵庫）を確保することができたのであれば、なぜわれわれもそうすることができないのか、とペリーの将校たちは琉球側に迫った。これに対して、琉球側はのらりくらりと対応していたが、ついに苛立った牧志が英語で直接に琉球側の意志を表明したのであった。牧志は、表層では、「琉球人はとても小さいが、アメリカ人はとても小さくはない」というような「拙い」言い方をする。しかし、彼はまた provision という言葉も使っている。これは食糧や水などを意味する言葉で food よりも堅い言葉であり、特に長期間の旅行に必要な食料や飲料水を意味する。アメリカ人が欲しいものは全部用意しようではないか、その代わり早く出て行って欲しい、という思いも滲み出ている。provision という言葉を知っているのであれば tall や food のような言葉は当然知っているはずだが、彼は故意に堅い言葉を使っているのであろう。そういう言葉の選択に、牧志朝忠の外交官としての戦略を感じるのである。当時の通事は、現代の「通訳」のようなニュートラルな存在ではなく、最先端の世界情勢を理解し、到来する異邦人と接触していた知識人であり、一国の運命を大きく左右する外交官としての重みを備えていた。

　このような戦略的な言辞に加えて興味深いのは、自分はアメリカを知っているという牧志の発言である。ワシントンに関する本でアメリカのことを学んだ、ワシントンというのは立派な人物である、と言ってペリーの将校たちに迫っていく。ジョージ・ワシントンの名前が琉球の「ネイティヴ」の口から出ることを、彼らはまったく予想していなかったはずである。このように相手の意表を突きながら、Doo Choo good friend American と外交辞令を述べ、provision を準備しましょうと懐柔しつつ、最後は American no can have house on shore と断固として相手の要求を拒否する。アメリカの狙いはすべて見通しているのである。要するに、アメリカは陸上に橋頭堡を築こうと目論んでいるわけで、そこに両者のせめぎ合いがある。しかし、そういうことは琉球側としては絶対に避けたい。それを避けるために牧志の英語による戦略的な言説がある。ここには国の存亡を賭けた交渉の最前線で英語を話す者の声と姿が刻印されている。

ペリーは、牧志はベッテルハイム（Bernard Jean Bettelheim, 1811-70）から英語を習ったのだろうと書いている。安仁屋の弟子であった牧志の英語ははじめからイギリス英語の響きがあったことだろう。ベッテルハイムはキリスト教に転向したユダヤ人で、ベイジル・ホールがイギリス帰国後に、キリスト教を布教するという名目で別の船で強引に那覇に上陸させた宣教師であった。彼は初めて琉球へ派遣されたプロテスタントの宣教師で、医師でもあった（照屋 二〇〇四：一）。最近刊行された『ベッテルハイム日記』（二巻）を読むと、ペリーが観察したとおり、牧志は幽閉に近い状態にあったベッテルハイムから英語を学んでいたことがわかる（Jenkins, Bettelheim, 資料編 21, 22）。彼から英語を習ったのであれば、牧志はアメリカ人に向かってイギリス英語を話したのであろう。この辺りは、一九世紀半ばのアメリカとイギリスの文化的な関係を考えると興味深い。ブリティッシュ・イングリッシュを聞いてアメリカ人将校たちはなにを感じたか。『遠征記』にはそこまでは書いていない。

三　弱さと正義、力と不正義

軍事と倫理

ペリーに随行したウィリアムズは秘密の日録をつけていた。ペリーは自身の日誌をつけていて、それに加えて彼に随行した者たちが書いた資料を使って公式の『遠征記』がまとめられた。『遠征記』はアメリカ政府の公式文書として出版されていて、当時は随行者たちの記録も合衆国の財産として扱われたから、そのような記録は提出義務があった。しかし、ウェルズは自らの日録をペリーに提出せず秘匿した。彼は軍人ではなく、マカオで通訳として雇われた学者であったから、軍人のペリーに対してそれほど忠誠心があったわけではない。その彼がひそかに記録していた随行記（*A Journal of the Perry Expedition to Japan*）が一九一〇年に出版された。

ペリーは鎖国している日本をこじ開けようという強い意志で来航したため，彼にはホールのような柔軟さと，英国の臣民としての品格を気にするような慎みは一切ない。まさに「ヤンキー」そのもので，ときにはきわめて粗野で傲慢，強引な砲艦外交をやった。このようなペリーの琉球への対応を見ていてウィリアムズはペリーから距離を置くようになる。われわれがウィリアムズに注目するのは彼がこのような人物だからである。アメリカ側の傲岸な振る舞いに対して，牧志はくり返し抗議するしかないが，ペリーの強引さと牧志の粘り強い交渉を観察していたウィリアムズは次のように書く。

それはいわば弱さと正義，力と不正義との闘い（the struggle between weakness and right and power and wrong）であった。これまでこのような高圧的な侵略を行った者はいなかった。私はこのような行動の一端を担う者であることを恥じ入るばかりであった。そしてただ拒否することしかできない哀れで無力な島人たちに同情したのである。（Williams 2002：13）

ウィリアムズは醒めた観察者であり，彼には深い省察がある。軍人ではないということも関係していたのだろう。彼はペリーたちが来ることによって，琉球側に多くの変化が出てきたと書く。また，ペリーは琉球滞在中に小笠原諸島の探検にも行くが，六月二三日のウィリアムズの日録には，琉球人にはいくら説明してもそれがどこにあるかわからないだろうと書いてある。さらに，一二月二六日には，牧志朝忠に王国側のスパイ（密偵）について抗議をしたりする。ペリーの来航後，琉球側は密偵を放って彼らと琉球人を接触させないように厳重に取り締まっている。これがペリーやウィリアムズの気に入らないところでもあった。だから、ウィリアムズにも、文明と未開という、非対称の〈琉球幻想〉があった。しかし、ここでなによりも重要なことは、ウィリアムズのこのような〈自己幻想〉が、琉球の現実と琉球人に対するアメリカ側の態度を観察しているうちに自らの内部で動揺し、新たなアメリカ人像＝アイデンティティが形成される契機になっていることである。「弱さと正義、力と不正義との闘い」とは、換言すれば、「軍事と倫理」の問題に収斂するだろう。これが、ウィリアムズの学者としての良心に突き刺さってきた問題であり、やがて勃発するアメリカの国内戦争＝南北戦争や、アメリカの帝国主義的な拡張の中でおそらく多くのアメリカ人が心の奥深く感じた衝動であっただろう。そしてこれは二一世紀冒頭のいまなお、アメリカの〈自己幻想〉を揺さぶる要因となっているものである。また、「くり返し抗議するしかない」状況は、一八五三年から今日に至るまで、琉球人・沖縄人の主要な抵抗の手段となっており、やがてそれが〈弱さと正義〉を超えたものに変容していく。これは、いうまでもなく、ほぼ一六〇年の間にアメリカ・日本・琉球・沖縄が経験した〈自己幻想〉の変容を指し示すものでもある。

牧志朝忠のアメリカ観

興味深いことに、ウィリアムズは牧志朝忠にアメリカへの関心があることに気づく。ペリーは江戸幕府との交渉がうまくいかないと、いったん沖縄に戻ってくる。つまり、沖縄は一九世紀中葉からアメリカの前線基地になっていたのである。これは二一世紀の冒頭の状況と基本的に変わらない。

江戸から戻ったウィリアムズに牧志がいろいろと質問をする場面がある。通事（＝外交官）としては当然の任務であろうが、これについて記した七月二七日のウイリアムズの日誌が興味深い。以下、引用する。

イチラジはそれから我々の江戸訪問について幾つか質問をした。〔中略〕彼は今朝入港した船はプリマス号であったか、そして蒸気船ミシシッピ号はミシシッピ州にちなんで命名されたものなのか、また我が国の国旗の星の数はいま幾つあるのかと尋ねた。これらの質問から、牧志が彼に与えられたアメリカ合衆国史を読んでいることがわかった。それから私は彼に二、三の名前について質問をし、来年はぜひアメリカに行って、自分の目で実際に確かめるべきだと言った。すると、彼は航海の長さを口にし、ためらうような素振りを見せたが、おそらくこの考えは彼にとっては不愉快なものではなかっただろう。（Williams 2002：72）

牧志はアメリカ合衆国史を読み、アメリカについてある程度の知識を有していた。ワシントンを立派な人物と評したときの牧志の発言の背景には、どのような知識の蓄積があったのであろうか。それについては知る由もないが、おそらく琉球王国と沖縄におけるアメリカ研究はこのあたりに胎動があるとみていいだろう。

このやりとりの後半は重要である。長い航海をしないといけないからと言い訳をして、牧志はためらったとウィリアムズは書いているが、彼が実際に何を言ったかということをわれわれは知ることができない。しかしながら、航海の長さだけを考えて牧志はためらったのではなかっただろう。そのとき、彼の脳裏を駆けめぐった想念はどのようなものであったか。そして「しかしながらアメリカに行くという考えは彼にとっては不愉快なものではなかっただろう」と書いたとき、ウィリアムズはどのような表情や身振りを目撃したのか。このあたりから、ウィリアムズと牧志との関係、そして琉球人である牧志やアメリカとの関係が変容し、牧志が抱いた「アメリカ幻想」のようなものが示唆される。

牧志と比較するために、イギリスと接触した琉球人たちについて確認しておこう。ベイジル・ホールの『朝鮮・琉球航海記』には、先述の真栄平や安仁屋がイギリス人にいろいろと質問をする様子が書かれている。彼らは英語について熱心に質問をし、イギリスについても好奇心を隠すことがなかった。これを見て、ホールたちはとうとう真栄平にイギリスに行ってみないかと言う。この提案を聞くと、彼はしばらく考えこみ、首を振ってこう言う――「私がイギリスへ行くと、――父や母や子どもたちや妻だけでなく、家中みんな泣く！　いや、行かない。だめだ、だめだ、皆が泣いてしまう！（I go Ingeree, ― father, mother, childs, wife, house, all cry! not go, no, no, all cry!"）」（ホール　一九八六：二一三）。真栄平の英語のシンタックスは初歩的なものだ。しかし、初めてイギリス人と接触し、単語帳やメモ帳を持ち歩いて熱心に英語を学んでいるうちに、短期間で上達した。

このように初めはきわめて手探りの異文化との接触があり、そのうちに好奇心が知的なものへと高まり、やがてイギリスやアメリカへの憧憬／幻想が生まれてくる。イギリスやアメリカへ向かおうとするベクトルがどのような状況で萌芽したか、そして時代的にはどのあたりから始まったかということが『朝鮮・琉球航海記』を読むとよくわかる。琉球の一九世紀初頭に始まった英米への関心は、二〇世紀初頭に顕著になり、沖縄の二一世紀初頭まで繋がってくるということになる。

通事という存在

真栄平の明快な口調と口籠る牧志の口調には明らかな差異がある。誘惑に晒されたときの真栄平と牧志の反応が違うのである。ウィリアムズがほのめかしているように、牧志には含むところがある。そして、それが、牧志の〈自己幻想〉であり、〈アメリカ幻想〉であったとしたらどうだろう。もちろん、このときの牧志は〈日本幻想〉からも自由ではない。

当時の「通訳」というのがいったいどういう役割をもっていたかということを考えてみよう。「通事」は他者の考えを伝えるだけの「通訳」ではなく、真栄平房昭や安仁屋政輔や牧志朝忠のような一九世紀の人物たちは、世界の最先端の知識を受けとめる琉球側の外交を担当する知識人であった。この人物たちはそれゆえ大きな苦悩を抱えざるを得ない立場にあった。われわれはそれをいま牧志朝忠に焦点をあててみようとしているわけだが、牧志は琉球を代表する「通事」として、通訳をし、外交交渉も担う。その当時は、薩摩が琉球を支配していた。島津斉彬が薩摩藩主で、傑出した開国思想の持ち主であり、欧米の近代工業文明の衝撃を一身に感じていたモダニストであった。琉球では、牧志朝忠が斉彬の意を受けて薩摩藩の将来計画や戦略に伴う圧力を一身に受けざるを得ない立場に立たされていた。彼が単なる「通事」の役割を超えた、国際的な交渉能力を有する、稀有な才能を有する人物であったからだ。

薩摩は琉球王国の人事や政策に圧倒的な（＝コロニアルな）権力で介入した。斉彬の意を受けて牧志朝忠は異例の昇進を遂げていく。琉球王国における人事制度を無視した薩摩の強権的介入もあって、彼は短期間に高級官僚に昇進した。そして多くの人間に恨まれ妬まれながら、薩摩の政策を琉球側で進めていく。彼はまた薩摩藩士に英語教育も行った。薩摩から有望な青年たちが藩の命で琉球へやってきて、牧志の下で英語を学習したりしている。

それからもう一つ、これは秘密の仕事なのだが、薩摩藩がフランス政府から黒船（＝軍艦）と武器を買おうとする。その交渉を担当したのが牧志であり、それを彼に命じたのは島津斉彬であった。しかし、斉彬が一九五八年に急死すると、薩摩藩の政策が変わってしまう。そうすると、異例の昇進にからんで王国の秩序を乱したということで牧志の運命も一変する。薩摩の政変は、近世の琉球史の一大疑獄といわれる一八五九年の「牧志・恩河事件」として琉球に波及したのである。疑獄というのは、現代ではふつうは贈収賄事件を意味するが、証拠のない、または証拠がはっきりしない事件も疑獄という。牧志・恩河事件というのは疑獄であった。証拠がはっきりしないのに彼らは投獄されてしまった。残酷な拷問もあった。これは薩摩派、あるいは「開国派」＝近代を志向する者への王国の主流がおこなった「粛正」であっただろう。牧志は久米島への一〇年の流刑を言い渡されるが、首里の牢獄から出されない。

一八六二年、薩摩藩が突然引き渡し要求をして強引に牧志を牢獄から解放する。薩摩の外交交渉を担当させたい、英語教師として迎えたい、ということで彼を薩摩に連れて行こうとしたのである。薩英戦争や生麦事件が起こったので、薩摩としては牧志のような国際的な交渉力のある人間が必要になったという説もある。海音寺潮五郎は「生麦事件が切迫したため、朝忠の英語力が必要だったのだ」と書いている（海音寺　一九六九：三八五）。

しかし、四五歳の牧志は、薩摩に向かう途中、伊平屋島沖で海中に身を投じてしまう。牧志の死については、さまざまな反応が見られる。現存する資料に従って、「身を投じた」という事実を述べながら、その死ついては堅実な学術的記述にとどまることが一般的である。たとえば、伊波普猷は、「牧志は薩藩の命によって鹿児島に護送される途中、七島灘で入水した」と簡潔に述べるだけである（一六三頁）。牧志の通事としての活動に関して、琉球王国側の史料を駆使して詳細な修士論文を書いた松川莉奈も通説を踏襲しつつ、「薩摩行きの船中において、船が伊平屋沖にさしかかったとき、海中に身を投じてこの世を去った」と書いている（松川 二〇一〇：六）。しかし、それだけにとどまらず、牧志の死について、可能な限りの情報を根拠に最終的には想像力で歴史に分け入ろうとする反応もある。これは作家や文学者の仕事である。たとえば、琉球王府が延命策のために牧志を生け贄にしたという説がある（嶋 一九九七：三二一）。これは他殺説である。あるいは、海音寺は、牧志を中心人物とするその小説の中で、「心弱くも挫折してしまった朝忠がいきどおろしかった。かと思うと、何もかもいやになって自殺せずにいられなかった心もわかる」と登場人物の一人に語らせている（海音寺 一九六九：三八四）。沖縄の作家長堂英吉は、波間に浮かぶ恩河や斉彬の幻影に惹かれ、錯乱したように波に呑まれていく牧志の最後を描いている。牧志は、疑惑と恐怖に満ちた人生に自ら終止符をうつ（長堂 二〇一〇：二四七）。これは自殺説である。これらの記述は歴史学や文学理論を超えてフィクションの世界に踏み込んだものである。牧志に関する史料や情報はきわめて限られたものでしかない。

牧志朝忠の日本幻想とアメリカ幻想

ここからは、〈幻想〉という概念を軸に牧志朝忠について考えてみることにしたい。これ以降、本章も従来の学術的な（＝「客観的」な）記述の方法だけにとどまらず、フィクションに傾斜した要素をも孕みながら想像力で歴史に分け入り、古い制度の崩壊と近代の夢の中でもがいた人物について語ってみたいと思う。本章は、このような方法で議論を進めながら結論に到達することをめざしていることを、まずはお断りしておきたい。

琉球王国では、牧志は西洋近代思想の衝撃を一身に受けた最先端に位置する知識人であったから、アメリカ合衆国史も読んでいた。だとすれば、独立宣言やアメリカ革命やアメリカ民主主義のこともおそらく知っていただろう。前述したように、牧志はそのアメリカへと向かう衝動をウィリアムズに見透かされ、誘惑されそうになった。そういうアメリカの歴史やアメリカ文化を学んだ者の苦悩のようなものが、近代への憧憬を伴いながら、錯綜しつつ彼の中で渦巻いていたのではなかったか。

また同時に牧志には〈日本〉あるいは〈大和〉に対する幻想があった。大きな枠組みの中でいえることは、牧志は拒否することさえ許されない薩摩の政策に従い、それに加担した。これはいわゆる「開国思想」に与するものであった。あるいは、近代を志向する薩摩の政策に従い加担することと、琉球に距離を置くことに対する苦悩や煩悶が、牧志になかったかどうか。薩摩藩主がもたらした「近代幻想」は、牧志の視点からいえば「日本《ヤマト》幻想」になった。日本（＝薩摩）幻想＝近代幻想と、琉球の現実との落差に対する複雑な思いが、牧志の心の内にすくなからず萌芽していたはずである。このような葛藤は一九世紀から二〇世紀、さらに二〇世紀から二一世紀へと継続される日本と沖縄をめぐる関係性へとつながっていく。そのようなアイデンティティの転換をもたらす近代幻想を抱いたという意味で、牧志は覚醒者であった。そして、いうまでもなく、牧志は、日本とアメリカと琉球・沖縄の関係性を呪縛する「弱さと正義、力と不正義」という硬直した構図の中で、もがき続けながら生きようとした先駆者でもあった。

このような構造の中で、一九世紀半ばから琉球の知識人たちはアメリカや日本を巻き込んだ関係性の苦悩を体験し始める。同時に（意識的であろうとなかろうと）牧志がやったことは、琉球でアメリカ研究を始めたということである。イギリスについてはベッテルハイムから学んだことであろうが、これはすでにホールが来航した四〇年前に真栄平や安仁屋たちが始めていたことであった。だから、おそらく琉球・沖縄におけるアメリカ研究は、牧志朝忠のアメリカをもってその嚆矢とすべきであろう。

「研究」は当然のことながら「軍事」と絡んでいる。ベイジル・ホールは、表面上は琉球に対して穏やかな対応をしたが、上陸して沖縄島の測量を行った。それは対抗する武力を持たない者に対する、暴力を伴う占領行為だといってもいいだろう。ホールは地図を作成し、地名の上書きを行った。ペリーはその地図を使い、さらなる地名の上書きをかさねた。要するに、ホールもペリーも恣意的に沖縄島の土地や場所に名前をつけたが、これはコロンブス以降、ヨーロッパが「非文明」に対してやってきたコロニアルな「地名の政治」でもある。コロンブスにとって、名前をつけることは土地の占有を意味し、その後からやってきたユーロ・アメリカンたちも同様のことをした（山里 二〇一一：二一―二二）。ペリーは、土地を占有することはしなかったが、（空砲の）大砲を引っ張っていき、首里城に向かってブラフをかけて歓会門（城門）を開かせ、欧米人として初めて首里城入城を果たした。これもウィリアムズが指摘した「弱さと正義」「力と不正義」という構図を示す一例である。そして、これは、牧志が体験し、二一世紀のいまに至るまで、沖縄が継承した変わることのない関係性である。

四　ペリー百年の夢と琉球・沖縄の自己幻想

コンタクトゾーンのアイデンティティ

さて、一九四五年のアメリカの沖縄占領以降、一九四〇年代後半あたりから真栄平房昭や牧志朝忠の末裔たちが歴史に登場してくる。近代工業文明を総動員した日米の凄惨な地上戦の結果、ペリー百年の夢（図7‐5）が現実となり、アメリカによる沖縄占領のヴィジョンが過酷な社会体制を伴ってその姿を現してくる。一九四五年以降、沖縄島、あるいは琉球諸島は一種の「コンタクトゾーン」に変容した。コンタクトゾーンは植民地的な文化接触のありようを意味する言葉であるが、要するに、単純に異なる文化と文化が遭遇するのではなく、強力で支配的な文化と支配される文化が接触するところがコンタクトゾーンである（Pratt 1992：4）。しかし、「被支配文化」の有するエイジェンシーもコンタクトゾーンには存在する。一九四五年以降の琉球諸島に出現したコンタクトゾーンは英語が支配する空間であり、そのような状況で高等教育創設の必要性が提唱された。そうすると研究者に対する需要が出てきて、戦後沖縄で多くの研究者が誕生してくる。つまり、沖縄の米国民政府による米国留学制度で、沖縄の青年たちがアメリカの大学院で本格的に研究するということが一九四〇年代後半に始まった。ウィリアムズが牧志朝忠にアメリカへ行って自らの眼で確認すべきだと言ったことが現実になったのである。

図７－５　ペリー100年の夢――1945年の黒船

（出典：Appleman, et al. 1991：82）

〈幻想〉という概念を、他者に対するまなざし（他者表象）が自らを逆照射することで自らのアイデンティティ（自己表象）に変容を迫るものであるとするならば、沖縄の幻想は、日本とアメリカと琉球・沖縄が絡んだ、複雑な幻想として理解されなければならない。すなわち、琉球・沖縄のアイデンティティは、日本とアメリカをめぐる〈他者表象〉との関連を無視しては語れないということにわれわれは気づくのである。そして、そのようなアイデンティティは、三者の関係の中で変容し続けるということも、〈幻想〉という概念は示唆するのである。

戦後沖縄の〈自己幻想〉と〈反表象〉の生成

沖縄文化の大きな特徴の一つはそのアンデンティティの模索にある。特に（アメリカ研究者の立場からいえば）、一九四五年以降は、アイデンティティを模索して沖縄人が煩悶し、もがき続けるという状況があった。近現代沖縄文学の根底にあるのはこのような主題である。私はいったい誰であろう——。シェイクスピアのリア王は、判断を誤り、国を分裂させたあげく、八〇歳の老齢でヒースの荒野を彷徨いながら、死ぬ直前に“Who am I?”と呻くように呟く。人間は人生の最後には「私はいったい誰であろう」という基本的な問題と折り合いをつけないといけないのだろうが、一九四五年以降の沖縄人はこのような意識から自由になり得なかった。あるいは、一九世紀において、牧志朝忠のような琉球の知識人は、アイデンティティの定位を求めてもがきながら、煩悶と錯乱の中で身を投げていったのかもしれない。

本章は、文明史的な枠組みの中で日本とアメリカを絡めながら沖縄の〈自己幻想〉の変遷の検証を試みたものである。より具体的には、従来、琉球・沖縄については〈力の不在〉あるいは〈力が顕在化しない状態〉だけが語られてきたが、ある種の思考の反転が戦後沖縄で萌芽し、そのような反転した状況が二一世紀冒頭で顕現してきたといいたいのである。つまり、経験に根ざした直感を基盤として、沖縄の古い〈自己幻想〉の崩壊が目撃されてきているのではないか、ということを書いてみたかったのである。

現代沖縄でアメリカ研究をするということは、日本をも視野に入れた〈幻想〉研究にならざるを得ず、このような視点は、一九四五年に日本を中心とした権力構造が崩壊した戦後沖縄の早い段階で萌芽した。このような「研究」は、また、アメリカや日本や沖縄の有する〈他者幻想〉に関する記述も含むものである。沖縄で見るアメリカと、日本で見るアメリカは同一ではない。アメリカでアメリカ人が見ている〈アメリカ〉は〈幻想のアメリカ〉でしかない。あるいは、大西洋に向けたアメリカの相貌と、太平洋に向けたアメリカの相貌は著しく異なるものになっていて、太平洋に向けたアメリカの相貌はじつは沖縄でもっとも赤裸々に露呈しているのではないか。〈アメリカ〉とはいったいなにか。一八五三年以来、アメリカからのまなざしに照射され続けてきたのであれば、われわれはそのまなざしを反転させることによって、〈アメリカ〉を逆照射することができるはずである――。〈幻想〉はつねに二重性を有する。相互の他者像は交差することはなく、焦点も結ばない。そういうことに覚醒しながら、自己像または自己幻想というものの呪縛から解き放たれた空間を獲得することを、近世から継続して琉球・沖縄は希求してきたともいえるだろう。

ジョージ・H・カーが一九五八年に次のようなことを書いている――「このような群島はあまりにも貧しく小さく平和な時には誰も注意をはらわない」「ところが危機的な状況になってくると世界の覇権を有する者たちの注目を集めてくる」(Kerr 1958 : 3)。ジョージ・H・カーに問いたいのは、このような危機的状況（クライシス）というのは、じつは一九世紀（あるいはそれ以前）から二一世紀にかけてずっと継続されていることではないか、「平和な時」というのはいつのことであったのだろう。沖縄はいまも世界が注視する〈危機的な状況〉のまっただ中にある。

カーは、沖縄は「フロンティア」であるとも指摘した（Kerr 1958 : 3）が、これは負のイメージにまみれている。確かに沖縄には負の歴史がある。しかし、ハワイのオキナワ系ディアスポラの指導者であった湧川清栄《わくかわせいえい》の言葉を借りれば、そのような「歴史に恵まれない沖縄」（山里 二〇一〇：二八）を反転させる運動、そのような自己幻想を超越していく歴史を沖縄人は想像しようとしてきた。カリブの体験は力強い理論と思想を生み出してきた。リュウキュウ・オキナワの体験は、いまなにを生み出そうとしているのか。

「クライシス」というのは演劇の用語でもある。この言葉には「転換期」「転回点」あるいは「分岐点」という意味がある。沖縄の二一世紀冒頭は、その自己幻想の転換（あるいは破壊）が目撃され、アメリカや日本との遭遇の中で生起してきた〈弱さと正義、力と不正義〉という関係性を反転させ、〈軍事〉という暴力に〈倫理〉という非暴力の力をもって対称的なバランスを獲得しようとする時代となった。牧志朝忠が身を投げる瞬間に、そのまなざしでおぼろげに捉えた未来があったとすれば、それはどのようなものであったか。それは、たとえば、アメリカと日本と琉球をめぐるそれぞれの自己幻想とその反表象が絡まり合う中で、一瞬の光芒を放った新たな自己幻想＝アイデンティティであったかもしれない。

＊　本章は、英文学on沖縄シンポジウム報告書『英文学研究ネットワークの再構築』（浜川仁編、二〇一一年）に収録された講演「アメリカをめぐる軌跡――沖縄のアメリカ文学研究について」（一―一三頁）と一部重複する部分があることをお断りしておきたい。

引用文献

Appleman, Roy, et al. *Okinawa: The Last Battle*. Washington, D.C.: Center of Military History, United States Army, 1991.

Kerr, George H. *Okinawa: The History of an Island People.* Rutland, VT: Charles E. Tuttle, 1958.

Merchant, Carolyn. *Reinventing Eden: The Fate of Nature in Western Culture.* New York: Routledge, 2003.

Perry, Commodore M.C. *Narrative of the Expedition to the China Seas and Japan, 1852–1854.* 1856. Mineola, NY: Dover Publications, 2000.

Pratt, Louise Mary. *Imperial Eyes: Travel Writing and Transculturation.* London: Routledge, 1992.

Williams, Samuel Wells. "A Journal of the Perry Expedition to Japan" (1910). *Ryukyu Studies since 1854: Western Encounter Part 2.* Ed. Patrick Beillevaire. Richmond: Cuzon Press, 2002. 本書はアンソロジーとなっているが、通しの頁番号がなく、収録された作品にはそれぞれ独自の頁番号が付されている。本章で記した頁番号は、ウィリアムズの日誌の初出となった *Transaction of the Asiatic Society of Japan*, Vol. XXXVII の頁番号である。ウィリアムズ日記の邦訳は、洞富雄訳『ペリー日本遠征随行記』雄松堂出版、一九七〇年。

伊波普猷『沖縄歴史物語――日本の縮図』平凡社、一九九八年。

沖縄県教育委員会『沖縄県史　資料編２　琉球列島の沖縄人・他』沖縄県立図書館史料編集所編、瀬名波榮喜・山里勝己・他監修、一九九六年。

沖縄県教育委員会『沖縄県史　資料編21　*The Journal and Official Correspondence of Bernard Jean Bettelheim 1845-54 Part I (1845-51)*』近世２　A.P. Jenkins 翻刻・編、二〇〇五年。

沖縄県教育委員会『沖縄県史　資料編22　*The Journal and Official Correspondence of Bernard Jean Bettelheim 1845-54 Part II (1852-54)*』近世３　A.P. Jenkins 翻刻・編、二〇〇五年。

海音寺潮五郎『鷲の歌』朝日新聞社、一九六九年。

亀川正東『沖縄の英学』研究社、一九七二年。

高良倉吉『おきなわ歴史物語』ひるぎ社、一九八四年。

嶋津与志『琉球王国衰亡史』平凡社ライブラリー　二〇〇一、平凡社、一九九七年。

長堂英吉「通詞・牧志朝忠の生涯」『南濤文学』第二五号、二〇一〇年、一五一―二四九頁。

照屋善彦『英宣教医ベッテルハイム——琉球伝道の九年間』山口栄鉄・新川右好訳、人文書院、二〇〇四年（*Bernard J. Bettelheim and Okinawa: A Study of the First Protestant Missionary to the Island Kingdom, 1846-1854*）。

ベイジル・ホール『朝鮮・琉球航海記』春名徹訳、岩波文庫、一九八六年。

松川莉奈「異国通事牧志朝忠の「外交官」的活動——ペリー艦隊来航を中心に」琉球大学法文学部人文社会科学研究科、修士論文、二〇一二年。

山里勝己「地名の詩学——『アメリカ』の地理表象をめぐって」野田研一編著『〈風景〉のアメリカ文化学』ミネルヴァ書房、二〇一一年、一九—三八頁。

山里勝己『琉大物語　1947-1972』琉球新報社、二〇一〇年。

ラブ・オーシェリ・上原正稔編／照屋善彦監修『青い目が見た『大琉球』』（*Great Lewchew Discovered: 19th Century Ryukyu in Western Art and Illustration*）ニライ社、一九八七年。

琉球大学『大学便覧』一九五〇年。

第8章　乱反射する日本幻想、オリエンタリズム小論
――小島信夫の小説を手がかりに――

笹田直人

一　オリエンタリズムとオクシデンタリズム

合わせ鏡の日本幻想、内なる日本幻想

日本幻想が、どのような生成過程を経たかの検討には、サイードのオリエンタリズム概念の検討が必須だ。周知のように、サイードは、オクシデントがおのれを定位するにあたってオリエントという他者をオクシデントならざる対立項として定位し、支配者としてのおのれを彫琢してきた思考様式をオリエンタリズムと呼んだ。そして、それが近代史のなかで、いかに連綿とオクシデント＝優越・支配／オリエント＝劣等・被支配の基底をなしてきたかを詳らかにした。

オクシデントはオクシデントであるという自同律は、オクシデントはオリエントでないところのオクシデントであるという思考の積み重ねによって一層強固なものに、疑いを容れない自明のものになっていったわけだが、まず日本幻想の研究は、そうしたオクシデントの思考様式が完成されていく過程で、

オクシデントがどのような日本幻想を産出していったかを第一段階として取り上げることになるだろう。そして、第二段階としては、そうしたオクシデントの産出した日本幻想に触れたオリエントの側でどのような反応・受容がなされ、どのような思考が練り上げられていったかについての解明が為されねばならない。つまりオリエントの側でのコンタクトゾーンにおけるオート・オリエンタリズム生成、それからオクシデンタリズム生成の解明である。本章では、この第二段階のヴァリエーションについて、小島信夫の小説を手がかりに小論を組み立ててみようとするものである。

畢竟、日本幻想とは他者幻想である。欧米がいだいた日本幻想のなかに見出された自己の鏡像に対して日本人がどのように関わるか、さらにはまた、日本がいだいた欧米幻想のなかで欧米人の対他関係の対象として見出した自己の鏡像と日本人がどのような距離を取るかなど、まるで合わせ鏡につぎつぎと反映させるがごとき過程を通じて、日本の側で二次的に産まれてくる日本幻想、いわば内なる日本幻想とでも呼ぶべきものにも日本人は向き合うことになる。かくして、他者幻想同士が作用しあうダイナミクスは、どのように葛藤しあう乱反射の関係を作り上げるのか。

国際間の他者に匹敵するような関係、アメリカではそれが国内に存在した。あるいは今でも程度の差こそあれ、存在していると言えるかもしれない。デュボイスはかつて次のように書いた。

この二重の意識、自己を他者の目でつねに見ているというこの感覚、軽蔑と憐みでおもしろがって傍観している世界の巻尺でおのれの精神を計測しているというこの感覚は、奇妙な気持ちである。絶えず自分の二重性（two-ness）――アメリカ人であって黒人であるということ、二つの精神、二つの思考、二つの和解しえぬ葛藤、一つの黒い肉体に二つの観念――が闘争しており、黒い肉体の不屈の

力によってのみ黒人が真っ二つに引き裂かれることを防いでいる。（Dubois 1903：2-3）

デュボイスは、アメリカの黒人が、未媒介で直接的な自己意識をもつことがいかに不可能かを語った。不断に白人の侮蔑的な目を通して自己認識をし、かつ白人のなかに見出した自己の鏡像とたえず同一化を迫られているという二重意識の呪縛を語った。対他関係は所与のものであり、いったん認識されてしまったからには他者の意識からは、もう逃れようがない。それと同じように、日本人は、オクシデントの目を通して自己を眺めるとともに、オクシデントのいだく日本幻想のなかの自己の鏡像と距離を測って行かねばならないように運命づけられたのである。オリエンタリズムが作られたあとの世界認識のなかで、黒人の二重意識に相同するような呪縛的関係をつくってしまったのである。そしてオクシデンタリズム出現後は、合わせ鏡の反映といういっそう輻輳した経過を辿ることになった。

オリエンタリズム出現前のオリエンタリズムの痕跡

オリエンタリズム出現後の近代化の過程で、オリエントのなかでもオクシデントを強烈に意識し、オクシデントへの猛烈な追走を志向したのは日本であった。その前段にあった注目すべきことは、オリエントのなかでの日本の自意識が対中国を通じて形成された経緯である。そこにはオクシデントの行使したオリエンタリズムを想起させるような思考の痕跡を見ることができる。

子安宣邦は、日本の近代化の基調を一八世紀の日本の中国との対峙に求めて、以下のように書いている。

日本は［一九世紀の欧米侵入まで、中華文明世界が支配するところの――筆者注］東アジアの文明論的な国際関係に包括されながらも、しかし中国中心的な華夷秩序から相対的な自立性を保っていた。それは日本の地理的な条件によって幸運にも保ちえた自立性である。七世紀における日本の古代天皇制的国家としての成立以来、日本は大帝国中国に対して、小帝国日本の意識をもって周辺地域に対してきた。歴史家は一七世紀以来の徳川日本による海禁政策は、日本を中心とした小華夷秩序を作ることを可能にしたといっている。中国中心的な華夷秩序からの日本の相対的な自立は、「国風」と称される文化の形成を促したが、しかし一八世紀にいたるまで、すなわち日本が中国との明確な異質化を理念的に遂行する時期にいたるまで、日本は文化的意識の上で中華文明的世界に包括されていたといっていい。［中略］この中国中心的な文化的意識に変化が生じ、反中国的な言説さえ現れるようになるのは一八世紀にいたってである。

日本文化の固有性を主張しながら、中国文化からみずからを区別し、日本の文化的な自己同一性を確立しようとするような言説が一八世紀中期に出現する。すなわち賀茂真淵（一六九七―一七六九）や本居宣長（一七三〇―一八〇一）らによる国学的な言説の登場である。この国学的な自文化への認識衝動の生起は、日本のどのような対他関係の変化によるのだろうか。自己同一性に強く関心づけられた言説は自他関係の変容・動揺のなかで成立するものとすれば、そうした言説の成立をうながすような日本をめぐるどのような対他関係の変化があったのだろうか。私は一七世紀における中国の明から清への王朝の交代と、それがもたらした日本における対中国認識の変容が、国学的言説成立の有力な対外的な要因だと見ている。中国における異民族王朝としての清朝の成立が東アジアに与えた政治的波動についてはなお歴史家の究明をまたねばならないが、中国における異民族王朝の成立が中華帝国の伝統的な権威を低下させたことはたしかだろう。清朝の成立は中国周辺地域における自文化への自覚とその独自性の主張をもたらしていく。国学者たちは漢字文化から日本のかな文字文化を区別し、漢字を日本外部から借り入れた単なる表記記号とみなしていこうとした。近代日本の国語意識にも大きく影響した「漢字借り物」観の出現である。漢字とその文化に外部性を規定することは、かな文字とその文化の側に日本の内部性を構成していくことである。ここに近代日本を貫き、現代の歴史修正主義者による教科書にまでその痕跡をなおとどめるような日本の自文化意識が成立する。

（子安 二〇〇三：一五五―一五八）

ここで語られている経緯、漢字を外部の表象として定位することで中国を異質な他者として構成し、同時に日本のオリジナルな文化意識の目覚めを確立するに至った一八世紀中期からの経緯には、明らかに対中国へのオリエンタリズム的な視線が認められる。子安は、その契機として清による王朝交代を挙げている。子安の指摘通り、異民族による王朝交代、これは中国において万世一系が崩壊したという点でたしかに衝撃的出来事であり、中国を貶める契機を生み、ひいては中国に対してオリエンタリズム的思考が営まれていく契機を生んだと言えるだろう。逆に言えば、大国中国に対して小国日本が誇れるもの、すなわち神武天皇以来の純血王朝をますます護持していかねばならないという主張を強固なものにしたということにもなる。オリエンタリズム出現以前のオリエンタリズム的思潮の根源に万世一系の天皇統治国家像があるが、これはオクシデントのいだく日本幻想にも神秘化の度を一層強めて胚胎し、太平洋戦争に向かう過程で日本人の内なる日本幻想がそれにさらに拍車をかけた。

もちろん日本がおのれをオクシデントに対するオリエントであると認識するようになったのは、一九世紀になってからの欧米列強のオリエント侵略の先触れ、すなわちアヘン戦争や黒船来航を経てからのことであろう。オクシデント世界からオリエントへ向かって黒船がやってきた、これによって、彌永信美が『幻想の東洋』（一九八七）で述べたように、南蛮や支那や朝鮮など断片化され多極的だった世界認識からオリエントとオクシデントという統合的に完結された世界表象が生まれ、日本は、オリエントの一番はずれに位置する国であるという強烈な意識を迫りくる脅威とともに植え付けられた。中国はアヘン戦争があったにもかかわらず、中華思想が災いしてか、オクシデントを対処すべき脅威とみなさないとともに、オリエントとオクシデントの対立する世界観をもつには至らなかったようだ。

そのように、日本にオリエンタリズムが胚胎するのは一九世紀からであろうが、しかし、一八世紀半ばには、子安が推量するように、満州族による漢民族征服によって統治のレジティマシィが揺らいだことがきっかけであるにしても、自文化確立のために他文化を否定的な他者として対立させ言説生産を行うことが始まっており、それは、オリエンタリズムの流儀と軌を一にするものであるとみることができるだろう。

オクシデンタリズムの出現

そして一九世紀、日本の思考にもオリエンタリズムの刻印がいよいよ明瞭に刻まれるようになると、同時にオクシデンタリズムの勃興が見られた。彌永信美は、次のように述べている。

ヨーロッパにとっての「東洋人」が自らを「東洋人」であると自覚し始めた時から、オリエンタリズムはまったく新しい時代に突入したのである。オリエンタリズムはオクシデントの独占物ではなくなった。それは全世界規模に普遍化され、それによって、あるローカルな人々の頭の中のひとつの観念（幻想）であったものが、全世界の人間が認める一種の「現実」になり変わっていったのである。オリエンタリズムの主体は、この時以後、ヨーロッパ人だけではなくなり、全世界の人間になった。そしてそれは当然「オクシデンタリズム」の発生の時でもあった。ヨーロッパを（「自分＝オリエント」に対立する）「オクシデント」として外から見る眼が生まれたのである。「オリエンタリズム」ということばが、その主体としてあくまでも「オクシデント」を想起させるものならば、この時代以後のオリエンタリズムについては、「オリエンタロ‐オクシデンタリズム」とでもいう造語を用いた方が好ましいかもしれない。（彌永　一九八七：四二）

かくして日本人にはオリエンタリズムという呪縛的観念に加え、オクシデンタリズムという厄介な観念も働き掛けてくるようになったのである。合わせ鏡に映る自己の鏡像の作る内なる日本幻想により日本人の自我はいっそう分裂含みになっただけではない。国家の近代化に決定的な影響が及ぼされていく。一八八五年、福澤諭吉の唱道したとされる「脱亜論」は、その嚆矢であろう。脱亜の果てにあるオクシデントは、はるかなる憧憬の対象、目指されるべき目標となり、オクシデントの価値体系は有難く受容されていった。彌永が言うように、オリエンタリズムがオクシデントの独占物ではなくなり全世界規模で普遍化された観念となったからには、オリエンタリズム行使の主体はもはやオクシデントのみではなくなった。先に見たように、そもそもオリエンタリズムという観念が日本に侵入する前から、日本でオリエンタリズムの思考はなされていた形跡があるわけだが、オリエントがおのれをオリエントとして自覚するようになり、オクシデントが外部から対象化されることになったからには、オリエントがオリエンタリズム（＝オリエンタロ－オクシデンタリズム）行使をより意識的に作為的に為すことは必然の成り行きとなったに違いない。

そうしてこそ、脱亜論をはじめとするオクシデンタリズムが、欧米への同一化願望だけでなく、さらに第二段階としてオリエンタリズムの乱反射を輻輳《ふくそう》するかたちで受けながら、大東亜共栄圏、八紘一宇などのスローガンへ派生していくことになっていくが、その経緯については後述する。

さて、このようなオクシデンタリズム／オリエンタリズムは、二つの大戦をくぐり抜け戦後はどのような異種を生んでいったのだろうか。そしてもはや戦後ではないといわれてからまた歳月を閲した今日、どのようになっているのだろうか。

二　劣等複合の幻影

打ち切りになったCF

二〇一四年一月中旬から、羽田空港国際線大増便を宣伝するANAのCFがTV放映された。おそらくは日本に住む日本人に向けて制作され発信されたものだろうが、日本に住む外国人から人種差別的で不愉快であるという少なからぬ数の苦情が寄せられた結果、その放映は一月末に打ち切りとなった。

CFのあらましを記してみよう。

二人の日本人が空港の窓越しに英語で会話している。羽田の国際便が大増発されたことを二人して喜んでいるのだ。タレントのバカリズムと俳優の西島秀俊が、流暢な英語を駆使して演じている。

バカリズム：Exciting isn't it?

西島：Do you want a hug?

西島の唐突な問いかけに、一瞬、思わず息をのみ対応に困るバカリズムに、西島が畳みかける。

西島：Such a Japanese reaction.

西島の決めつけに対して、バカリズムは平然と答える、

バカリズム：Because I Am a Japanese.

一本取られたというふうな表情の西島が言う、

西島：I see. Let's change the image of Japanese people.

すると、

バカリズム：Sure.

そう言った瞬間、画面は切り替わり、バカリズムはいつのまにか高い付け鼻と金髪で仮装している。

放送打ち切りになった経緯について日本のマスコミで簡単な報道がなされた。非難を寄せた外国人の容姿と人種についての情報はもちろん報道されなかったが、苦情の多くは大きく高い鼻と金髪のコーケジアンたちから寄せられたものであろうことは想像に難くない。

というのも、私がネット上で見ることのできた数々の非難の典型的なものは、高い鼻、金髪のステレオタイプ誇張表現そのものに対するいわば政治的正しさ《ポリティカル・コレクトネス》の観点からの批判というよりも、高い鼻、金髪の容姿のコーケジアンをステレオタイプ表現を通じて蔑視し侮辱しようとするかのような、その意図の不快さに対して非難断罪を行うものが多かったように思う。

しかし、そうであるなら、彼らコーケジアンたちは日本で圧倒的マイノリティである彼らに浴びせられている視線を誤解しているのではないか。彼らは、おそらくは少なからぬ数の日本人が、どれほどそ

れらの属性を羨望し渇望しているのかを知らないのかもしれない。

いくら淀みなく自然に英会話できても、とどのつまりガイジンにはなれない。ここで金髪隆鼻の典型的ガイジンの扮装を通じて嘲笑されているのは、程度の差こそあれガイジンになりたくて仕方がない（はずだとガイジンには察知されているに違いない）日本人の心根なのである。ANAのCFスタッフは、寄せられた苦情や非難に驚き意外の念に打たれただろう。実際のところ、驚きの声が制作者のみならず、航空会社サイドからもあがったという。そもそも最初から問題ありと認識されていれば、放映されることもなかっただろうから。もとより彼らは、ガイジン向けにはこのCFを制作してはいないだろう。しかし、ガイジンがこれを視聴する可能性については予測していたとしても、まさか、非難や苦情の声が寄せられるであろうとはつゆほども疑わなかったに違いない。つまり、ガイジンは、ガイジンになりたくて仕方がない日本人の卑小な願望を察知しているはずだと彼らは思いこんでいたのである。その思い込みは、自分たちのガイジン願望が強ければ強いほど、確固たるかたちを取るのかもしれない。内なる日本幻想の乱反射がここにも覗けている。

ガイジンが〈日本人は、欧米人の高い鼻や金髪に憧れるあまりにおのれの相対的に低い鼻、黒髪に劣等感をいだいており、欧米人になりたがっているものだ〉というふうに見抜いているに違いないという想像は、実はそれほど大多数のガイジンに共有されているものではなく思い込みの域を出ないものなのだろうが、それは制作者たちにはあきらかに確固たる暗黙の前提になっている。つまり、このCFのパンチラインは、欧米人の容姿の誇張表現を通じて日本人のガイジン蔑視を喚起するというのではなく、ガイジンになりたくて仕方がない自分の心の内を高い鼻と金髪の扮装によって笑いのめそうとしているところにあるわけだ。ここには、極力、自己卑下や自虐につながらないようなユーモラスな工夫を施しつつ、日本人が欧米人の抱いている日本人観がつくる日本幻想への同化をパロディとして演じることで、おのれのガイジン・ワナビーの心的傾向を笑いのめそうというかなり高度な笑いがあるように思われる。さらに言うなら、ガイジンたちからの予想もしなかった多くの非難から分かったように、自ら同化しようとした日本幻想は実は日本人が幻視したにすぎない蜃気楼でありうることが判明したわけで、放送打ち切りにあたり、放送打切り騒動にはまた別の興味深い余韻が残されることになったのである。

日本人の複雑な憧憬

ガイジンのように完全な英語を自然に流暢に話したい、この国の英会話熱は、とどまるところを知らないようである。そしてガイジンの容姿に対する憧れも相変わらず高く、テレビ、紙媒体、ネット画面に溢れるガイジンの姿を見れば、直截的にガイジンになりたいという切実な願望がそここに底流していることがわかる。こうした願望は、どのような歴史を経て醸成されてきたのだろうか。その発端には、オクシデントを憧憬し、その価値体系や美的基準を受け容れるといったようなオクシデンタリズムの勃興があることはまちがいない。だが、事情は、それだけをもって詳らかにはならないだろう。

一九世紀末、日清戦争に至る緊張の時代には、中国や東南アジアはすでに欧米諸国の植民地化が進行していたが、この段階では、日本は西洋崇拝のオクシデンタリズムを推進力に列強に並び立つことを主眼としており、日露戦争まで同じ状況が続いていたと言えよう。しかし、大韓帝国併合、そして第一次世界大戦と推移すると、やがて欧米への同一化願望とその階層的秩序のもとアジア制圧をはかるオリエンタリズム（＝オリエンタロ－オクシデンタリズム）ばかりでなく、都合に応じて欧米をも否定的な他者として差異化をはかる反西洋のオクシデンタリズムをあらためて織り込むような趨勢が次第に孕まれるようになり、日本は満州事変を経てついには大東亜共栄圏のスローガンをかかげ太平洋戦争に突き進むことになった。

そうした同一性と差異性をめぐってのこみ入ったご都合主義の観念操作とも見える経緯を経て、戦後、連合国軍最高司令官マッカーサー占領下の日本で、西洋崇拝、反西洋の両様あるオクシデンタリズムの行方はどのようになったのだろうか。いかなる新たな批判的展開があったのだろうか。占領下日本を舞台にした小島信夫の小説『アメリカン・スクール』（一九五四）を通じて考えてみよう。ここでは、戦中のオクシデンタリズムやオリエンタリズムの輻輳するなかで自己形成を行った英語教師の三人三様の精神が、戦後、新たに生まれた特殊な状況下で、どのような特異な振る舞いをみせるか、戯画的に描かれているのである。

三　すれちがう他者幻想

伊佐の煩悶

『アメリカン・スクール』の主人公の伊佐は英語教師として敗戦を迎えた。連合国軍占領下で、英語教師であるがゆえ、英会話にまつわる用事で駆り出される機会が折々あるが、彼は英語を喋らなければならないことに大変な苦痛を感じている。それは、彼の英会話を交わした実体験の乏しさに由来することは間違いないだろうが、ただそれだけでは説明がつかないほどの尋常でない嫌悪感や苦痛が、英語を喋らねばならない状況になったとき、彼を襲うのだ。

占領軍の監督下で行われた選挙のとき、伊佐は通訳に駆り出される。ジープに黒人兵と二人きりで乗り合わさねばならなくなり、英会話の経験の無い彼は、日本語で言えば、「お待たせいたしましてまことに相すみませんでございました」（小島 一九六七：二三一）と日常英会話には不自然な恐らくは極端に文語的な言い回しで黒人兵に話しかけてしまっていた。それは「余りにもオーソドックスな、ていねいな」（小島 一九六七：二三二）英語だったので、黒人兵には理解できなかった。それが発端となり、ますます気まずくなった彼はゴー、ストップ以外の英語を発しなくなる。彼にとってジープに黒人兵と乗り合うのは、「拷問」（小島 一九六七：二四六）とまで表現されるほどだ。しまいには、彼はジープから逃げ出してしまう。ジープから逃げ出した伊佐を追跡してきた黒人兵に向かって、伊佐は日本語でふりしぼるように言う。

「おい」と日本語でいった。「お前に日本語を話さしてだな。話せなかったら容赦しないといったら、どうなるんだ」（小島 一九六七：二三三）

これは、外国語で話すことを強要されたら、どんな気持ちになるかお前に分かるか、という趣旨の訴えであり、これはこれで筋の通ったものである。だが、黒人兵の理解しない日本語でこのようになされた発言は、相手に説明して理解や共感を求めるものではもちろんあり得ず、英語への二重の否認である。断じて英語を話さないという決意表明を、あえて英語で行わないのであるから。英語を解するのにもかかわらず英語で発話することを拒む不可解な日本人像は、そのメッセージを伝達するのにもあえて英語を使わないという意味で、二重に不可解であり謎を含んでいる。

さらに、先の不自然に文語的な言い回しがあったため、事態は一層やっかいになる。日常英語では使わないような馬鹿丁寧な言葉づかい（作中に原語表記は与えられていないので実のところは不明なのだが、文語的な英語表現なのだろうと思われる）で話しかけられたことによって、黒人はおのれの教養の低さをからかわれたのだとでも思ったのにちがいない。相手の黒人は、自分への侮蔑ゆえに、相手が英語で話しかけてこないのだと思っている。実際、あとから黒人兵は、「怠慢な通訳ぶりを自分に対する軽蔑と、それからイヤガラセだととった」「経歴を調べた結果、伊佐が英語を話せない理由を認めなかった」（小島 一九六七：二五七）と作中で述べられる。文語表現のような高級な英語力をもっているのに、英語を喋ろうとしない日本人、いっそう不可解さは深まっていく。

敵性語の反動

先にも述べたように、伊佐が英会話に嫌悪感を覚えるのは、ただ能力の低さからくるわけではない。それよりはむしろ、占領軍の言いなりになって指示や命令に従うことを強制されねばならないことへの怒りや鬱屈が、嫌悪の主要因であろう。

実際、占領下で伊佐のみならず日本人教師たちが感じている抑圧感は大きなものがある。「笛を吹くのはうまくないですね。そういうところを外人に見られると、われわれがまだミリタリズムを信奉していると思われますよ。われわれは集合するだけで並んではいけないはずです」「承知、笛はいいんですよ。みなさん！　並ばないで、並ばないで」（小島 一九六七：二三八）。このようにアメリカン・スクールを視察に行く日本人英語教師の一団が警笛を吹いたり、整列したりといったことすら自己規制の対象となりアメリカ人に目撃されないように神経質に気遣われるのは、何よりそうした振る舞いが「ミリタリズム」の発露と占領軍にみなされてしまうがゆえなのである。

「われわれは英語をたいへん愛好しています。われわれは英語の教育に熱心です」（小島　一九六七：二三四）。アメリカ兵に向かってこう自ら自己宣伝するように、日本人英語教師たちは軍国主義に染め上げられた意識から解放されて、英語を進んで操り、英会話を布教し、英米人の流儀に親しませる先兵とならねばならないと自覚しているかのようである。伊佐を除いては。出世したいという野心に駆られて悲壮なまでの覚悟をもってこうした人物像に同一化しようと奮起するのは山田である。

「私たちはただ見学をするだけですか」
「というと？」
「私たちがオーラル・メソッド（日本語を使わないでやる英語の授業）をやってみせるというようなことはないのですか」（小島　一九六七：二二九）

「われわれはその日は一日中なるべく日本語を使わぬようにし、われわれの英語の力を彼らに示しましょう」（小島　一九六七：二三〇）

占領軍のいだいてきた日本幻想を打破し、修正することこそが彼らの至上命題になる。英語を喋り民主主義を奉じるアメリカ人をお手本にさせたいアメリカ人と、容姿や豊かな生活水準などからアメリカ人に憧れる日本人、その利害は相反しないはずだという前提があるかのようだ。『アメリカン・スクール』でこうした状況に真っ向から抵抗するのは伊佐だけである。

伊佐は、英語それ自体に嫌悪感をいだいているわけではない。むしろ、その逆である。アメリカン・

スクールの女子中学生たちがお喋りしているのを聞く伊佐は涙する。

　なぜ眼をつぶっていると涙が出てきたのか彼には分からなかったが、それは何か悲しいまでの快さが彼の涙をさそったことは確かであった。彼はなおも眼を閉じたまま座りこんでしまったが、その快さは、小川の囁きのような清潔な美しい言葉の流れであることがわかってきた。

（小島　一九六七：二五八）

おそらくは、英語の美しさに初めて覚醒した瞬間なのだろう。しかし、思い直す瞬間が訪れる。

彼はこのような美しい声の流れである話というものを、なぜおそれ、忌みきらってきたのかと思った。しかしこう思うとたんに、彼の中でささやくものがあった。

（日本人が外人みたいに英語を話すなんて、バカな。外人みたいに話せば外人になってしまう。そんな恥しいことが……）

彼は山田が会話をする時の身ぶりを思い出していたのだ。

（完全な外人の調子で話すのは恥だ。不完全な調子で話すのも恥だ）

（小島　一九六七：二五九）

伊佐にとって、外人になりきるのも、はたまた中途半端に外人の真似をするのも、恥かしい。なぜ恥かしいのだろうか。

伊佐は、同じ人間とは思えないほど美しいアメリカ人女性教師に息を呑む。「アメリカ映画に出てくるような長身の美しい婦人」「その婦人の食糧や物資や人種に恵まれた表情を見て、そのまぶしさに、これがおんなじにんげんであり、教師であろうか、と彼は足のすくむようなかんじになり、ただ頷くことができるだけだった」（小島 一九六七：二六〇）。伊佐にとって、アメリカ人を手本にして模倣しようと試みることは「恥」であると感受される。恥とは、典拠がおのれとかけ離れていると、それに倣おうとすることすら恥であるという意識からきているのだろう。彼には苦い恥かしい経験があった。

彼はグッド・モーニング、エブリボディと生徒に向かって思いきって二、三回は授業の初めに云ったことはあった。血がすーとのぼってその時ほんとに彼は谷底へおちて行くような気がしたのだ。（おれが別のにんげんになってしまう。おれはそれだけはいやだ！）（小島 一九六七：二五九）

「別のにんげん」とは外人のことだろう。ここに伊佐の脱オリエンタロ－オクシデンタリズムを志向していこうとする契機が覗けて見えているかもしれない。大東亜戦争の虚妄のあとには、所詮ニセ外人になるだけのこととはいっても、それを目指すことはいつか来た道へ踏み出すことにもなりうると、伊佐には受け止められているのかもしれない。英語教師であった彼には軍隊経験があったらしいことがそれとなく示唆されている（国防色の服、兵隊カバン）が、太平洋戦争中、敵性語排斥運動が激しくなるなか、どんなふうに考え過ごしてきたのか、あるいは英語教師という職業ゆえのどんな体験があったのか、作品はいっさいふれてはいない。ちなみに作者の小島信夫は、日中戦争、太平洋戦争のさなかに英米文学を学び、徴兵前の数か月には中学校英語教師の経験があった。

時局の趨勢に真っ向から逆行するような分野で知性の陶冶に励まなければならなかった小島信夫はも

ちろん、戦時中に中学校英語教師の職にあった伊佐が、戦時中に叫ばれた「鬼畜米英」はオクシデンタリズムであり欧米幻想を操作するイデオロギーであることに気が付いていなかったとは思えない。そして、「鬼畜米英」を叫びながら一方では実は仰ぎ見ていた欧米を手本にしつつオリエンタリズムを行使してアジア諸国を蔑視するという、欺瞞に満ちた大東亜共栄圏構想を掲げる大日本帝国に伊佐が深い絶望をいだいていたというのも容易に想像できる。

占領政策とオリエンタリズム／オクシデンタリズム

伊佐はアメリカの期待する人物像への同一化や、占領軍の同化政策に対して頑迷なまでに抵抗する。占領軍にとって、日本人に英語を達意のものとさせたいのは、軍国主義や全体主義に毒された日本人をそれらの教義が教え込まれた媒体である日本語から解き放ち「民主主義」の福音を適性のある英語によってもたらさんというところにあっただろう。何しろアメリカ人には、先住民族に無理やり英語を教え込み先住民族のことばを絶滅させた前歴があり、そのような同化政策が日本人にも向けられたことは想像に難くない。

そしてまた、オクシデンタリズムに則っていた日本も大韓帝国併合にあたっては、そう違わない同化政策を採用し、第一次世界大戦後は南太平洋（内南洋）諸島に対して日本領土の一部とみなし同様の同化政策をとり委任統治を行った。それらの島々について、日本は何を知っていたか。

姜尚中は次のように述べている。

西洋との同一性と差異性のなかで発見、創造された「東洋」と、その中の朝鮮・満州（「満鮮」）および「支那」の心象地理と歴史、そしてそれらとの関係性のなかで確定される日本のアイデンティティ。これらの構図のなかに近代化のなかで反復される日本のアポリアがあるのだ。（姜 一九九六：一三二）

島そのものについては何も知ろうとはしなかった。同一性と差異性の観念操作から想像しうる島の実態に則って行われる委任統治政策とは、同化政策とそう変りない。植民地政策の偽装とすら言えるかもしれない。日本語教育がおこなわれ皇民化教育がおこなわれた。委任統治される地域が自治能力があり早期に独立するにふさわしいのか、その独自の宗教や文化ゆえに介入が慎まれるべきなのかの認定は曖昧でしかない基準で受任国の裁量が許される。このときもまた受任国・日本のアイデンティティは、西洋と並び委任統治しなければならない地域を受任国が認定する振る舞いの尊大さによって、問い質されることなく、ますますアポリアにはまりこんでいった。

ＧＨＱの占領政策はそのアポリアをさらにどう掘ったのか。伊佐の抵抗は、過去の大日本帝国軍のオクシデンタリズムだけでなくＧＨＱのオリエンタリズムへの抵抗をも含めて示唆しているように思われる。またそれらの遷移のなかで、日本人はおのれのアイデンティティをどのように定めてきて、今後どう定めていくか、激動期を生きた伊佐の苦悩は深まらざるをえない。そうしたオクシデンタリズム、オリエンタリズム、アイデンティティの絡み合うメッセージを作品は示唆的に投げかけようとしているように思われる。

作品の控え目なメッセージは、伊佐の対局にある山田を通じて見えてくる。先述したように、山田は、誰よりも率先してアメリカの同化政策に迎合している。しかし、彼のアメリカ幻想は、ありきたりの陳腐なオクシデンタリズムの域を出ない。

「ごらんなさい。これだけの物量を誇っているくせに、子供の絵は下手くそで見られないから、ドンチュー・シンク・ソー?」（小島 一九六七：二七五）

これが大戦中のオクシデンタリズムの物質／精神の二項対立であることは勿論である。そしてまた、剣道二段の腕前である山田は戦時中、将校だったとき、二〇人近くのアメリカ人や支那人を「試し斬り」したと豪語している。「どうです、支那人とアメリカ人では」と問われると、「それゃあなた、殺される態度がちがいますね。やはり精神は東洋精神というところですな」（小島 一九六七：二四九）と答えるのも、同様のオクシデンタリズムに則っていることが理解できるだろう。こうして、英語の響きに接して、その美を発見し涙することのできた伊佐とは違い、山田は実は戦時中のオリエンタロ－オクシデンタリズムを反復していることが分かる。

さて、アメリカン・スクール視察の際にはハイ・ヒールを履き流暢に英会話をこなした女性英語教師のミチ子は、そのような山田の考えに一部は同感しつつもそこに「卑屈な日本人の悪さ」（小島 一九六七：二七五）を見出さないではおかない。だがミチ子にも、そうした陥穽が待ち構えていることは言うを俟たない。彼女にとっては、アメリカン・スクールの周辺はまさしく天国のように見える。「参観者たちにはその日本人の小娘まで、まるで天国の住人のように思われる。ミチ子はそっと眼頭をおさえた。日本人であって自分のように英語をこなせるにんげんと此所に住んでいる米人とは教養の点ではおそらく遥かに自分の方が上である。それなのに私はこの六キロの道を歩きながら、ここでハイ・ヒールをはくことをひそかに楽しんできた」（小島 一九六七：二六八）という具合に、アメリカ住民に対して羨望した分だけ軽蔑し、最終的には自己卑下に辿り着くという悪循環をもて余してしまう。

箸とハイ・ヒール

一見したところ、卑屈にしか見えない伊佐の振る舞いには「卑屈な日本人の悪さ」を見ずにどこか魅かれてしまうミチ子だが、彼女は、「山田と伊佐のことを同時に思うのだ」（小島 一九六七：二七〇）というように、相対立する双方に目が行ってしまい、伊佐の抵抗がどこに繋がるのかを彼女がどこまで展望できているかについて、作品は皮肉な見方をしているように思われる。それは、伊佐の箸をミチ子が受け取りそこなうといった象徴的場面を通じて見えてくる。

伊佐は、捨て鉢な気持ちのあまり、弁当を開き唐突な食事を始めてしまう。実際、「彼は飯さえ食べていたら、いかなる要求も彼に対しては出来ないというようなふうに直観したのだ」（小島 一九六七：二三六―二三七）とあるように、箸を使っている時間は、誰にとってもプライベートな時間であり不可侵であることが許される。というより、箸はオリエントの食生活や食文化の象徴であると同時に、神と人の「はしわたし」というように祭礼や儀式において祭器としても用いられ、また日本では葬式の骨揚げや枕飯に立てる箸の風習に見られるように、この世からあの世へのはしわたしに使われる文化的に象徴的価値の高い道具である。もとより食生活・食文化は同化政策も容易に侵すことのできない聖域であることは間違いないわけで、こうしてみてくると、作品は箸のそのような不可侵なオリエントの象徴的価値を踏まえていると考えてもあながち的外れではないだろう。ミチ子が、アメリカン・スクール視察にあたって、そのような象徴的価値のこめられた箸を持参するのを忘れているという設定は、けっして作者の無作為ではない。

してみれば、オクシデントの同化政策に頑迷に抵抗し続ける伊佐が、バトンの受け渡しのように箸を同化政策の優等生ミチ子に渡そうとするが、ミチ子がオクシデントの象徴のようなハイ・ヒールを履いていたために身体のバランスを崩して受け取ることができないというこの場面は、控え目ながら占領下日本の浮動するオリエンタリズム／オクシデンタリズムの容易ならざる行方について、ひとつの暗示をおこなっているように思われる。

四　反転するオリエンタリズム／オクシデンタリズム

米国二世の二重意識

小島信夫は『アメリカン・スクール』発表前に、短編「燕京大学部隊」（一九五二）と「星」（一九五四）を書いている。いずれも、太平洋戦争のさなか大日本帝国軍に入隊した「米国二世」が登場する作品である。これらは『アメリカン・スクール』とはまったく異なる視角から、日米関係の生み出す特異なインタラクションを描こうとした作品であるが、さらに小島は、同趣旨の題材構成を発展的に練り上げて、一九五九年から六〇年にかけての月刊誌『世界』への連載で、長編小説『墓碑銘』執筆に取り組んだ。

小島信夫が東京帝国大学文学部英文学科に入学したのは、国家総動員法の成立した昭和一三年四月であった。そして英文科を卒業したのが昭和一六年三月、同年四月には中学校英語教師となるも、翌月に徴兵検査を受け、同年一二月についに太平洋戦争開戦である。翌一七年には、岐阜中部第一四部隊に入隊した。こうしてみると、彼が英米文学を学んだ時期は、東亜新秩序を掲げて総力戦に向かいひた走る日本が、その大義として欧米諸国の植民地支配からアジア諸国を解放すると唱えた大東亜共栄圏構想のもと、アメリカとの緊張をいやましに高めていった時期に丁度あたっていることがわかる。英米文学を専攻する大学生として、繰り返される戦意高揚の反米英イデオロギーの洗礼に対し、どのような批判的精神を培ったのか、その一端は、『墓碑銘』に鮮やかに見出すことができるように思われる。かつて近代化の前の日本において、オリエンタリズム出現以前のオリエンタリズム的思潮の根源に万世一系の天皇統治国家像があったのではないかという点については先述したが、太平洋戦争に至るまでオリエンタリズムの新展開に、万世一系の日本幻想は再び強い駆動力を生み出したのである。『墓碑銘』は、日本幻想に翻弄されることになった「米国二世」の亢進してやまないオリエンタリズムの軌跡を追っている。

『墓碑銘』にはアメリカ水兵と日本人女性とのあいだに生まれた二世、トーマス・アンダーソンが登場する。容貌からするとアメリカ人にしか見えない彼は、アメリカ人の父に母と自分が「すてられた」（小島 二〇〇七：八）にもかかわらずアメリカ人のアイデンティティを選び、天津にある英語系のミッション・スクールで寮生活を送っている。そこでは彼は、自分が日本人との混血であることはひた隠しにしていた。さて、真珠湾奇襲で日米開戦となり、礼拝堂でミサが執り行われている最中に、日本軍がこのミッション・スクールを閉鎖させようと闖入してくる。日本軍が慌ただしく学校の物品を接収しようとする混乱のさなか、トーマスは思わず「お前たち、それでも日本人か。日本人なら日本人らしくしたらどうだ。アイヌか。朝鮮人か」「それでも天皇陛下の赤子か、妻や子に顔が立つか、草葉のかげでお前の父親が泣いているぞ」（小島 二〇〇七：一七―一八）と日本語で喚きたててしまう。

トーマスは以前に心的外傷を負ったことがあった。まだ日米開戦になっていないときのことだ。天津の夜の街で日本兵から「おい、ここは毛唐の来るところじゃないよ。今に追っ払ってやる」（小島 二〇〇七：一三）という野卑な呼びかけを受けたことがあったのだ。日本人から毛唐と名指され敵視されたことばかりではなく、「額の小さい、鼻の平たい、肩をふって歩く、小さな野卑な男」（小島 二〇〇七：

一三)、その男の醜い風貌と下品な物言いによって、彼は悪夢まで見てしまう。彼は図書館で人類学の本を読み、「この民族の中には、普通の人種と、もう一つ卑俗な人種がまじりあい、私によびかけてきた男はその卑俗な傾向のつよいものにあたるのではないか」(小島 二〇〇七:一四)という疑問を解こうとする。現日本人は石器時代から「混血の影響は少ない」(小島 二〇〇七:一四)、あるいは頭蓋骨は、「彼らが軽蔑しているらしい朝鮮人やアイヌ人と似ている」などのような、当時の優生学や骨相学が彼の精神になにがしか影響を与えないではおかない。「他人の国まで侵出してくる民族」(小島 二〇〇七:一四)であるから、あの輩は例外的な劣等者なのであり、日本人は優等民族なのだろうと自分を納得させてはみるが、学友のディックに、自分に日本人の血が混じっていることを未だ悟られていないことを知って安堵するトーマスだった。こうして混血は、なにがしかの両価感情をともなって、彼の心中に不穏なざわめきを引き起こし始めていたのである。

日本幻想から内なる日本幻想への拉致

しかし今や、接収のさなか日本語で喚いたことを契機に、彼に攻撃者との同一化とでも呼ぶような現象が起き、彼は日本人としてのアイデンティティを自覚しなければならない仕儀となる。トーマス・アンダーソンはトミィ・ハマナカになるのである。そして日本臣民として志願して日本の兵隊となる。トミィ・ハマナカは、浜仲富夫になるのである。

彼は、敗戦色濃厚な戦地から、妹、良子にあてた手紙に、「(マニラ港内では)エミリオファシニット小学校に泊った。さまざまの混血児がいるので、僕はおどろいた。将校連の話題になり、フィリッピン人とアメリカ人を罵倒する人が多かったが、僕の事に気がつくとみなやめた。しかし僕だって不快だった。こういうのを見るだけで、日本軍にこうした国を征服下におこうという気持ちがおこるのは、日本人の血の濁り方が少ないためだが、こんなことを書くのは、僕自身がだんだん浜仲富夫一等兵になってきたせいだ、とよろこんでいる」（小島 二〇〇七：二七二）としたためた。自分自身が混血の身でありながら、あるいはそうであるがゆえに彼は「血の濁りの少ない」日本人をすっかり崇めるようになっている。彼にとって、日本人がフィリピンを征服する大義とは、万世一系の天皇の純血を頂点に大和民族の護持してきた能うる限りの純血という日本幻想である。過去において、スペイン人やアメリカ人との混血をほしいままにしてきたフィリピンは、純血の大和民族に征服されてしかるべきであるということになる。

多くの日本人が欧米人に憧れたように、彼は日本人を仰ぎ見る。オクシデントとの同一化を希求し推進してきた日本がオクシデントの位階秩序を導入しアジア諸国を否定されるべき他者として差異化することで日本の自己同一性を保ってきたことの陰画がここにはあるだろうし、また、見方を変えれば、太平洋戦争下の日本はもはやオクシデンタリズムに則っているだけではなく、かつてアジア諸国との差異化を果たしてきたオリエンタリズムの切っ先を鬼畜オクシデントに向け、アジアをオクシデントの支配から解放すべく大東亜新秩序を掲げるに至った、そのことが生み出した捻じれの反映も見られるだろう。脱亜入欧から脱欧入亜へ、いまや欧米への幻滅・否定が前面に押し出された。欧米は、たとえば、物質主義によって精神主義の日本に劣るのだし、個人主義によって八紘一宇の盟主日本に劣るのだというふうに。日中戦争のときはアメリカン・スクールに通いオクシデントとしてのアイデンティティを担っていた彼自身の意識は、葛藤を迎えることになり、彼の意識そのものがオクシデントのいだく日本幻想のアリーナとなってきた。アンダーソンから浜仲となってからは、日本幻想は内なる日本幻想へと変容を強いられ、自らの過去のアイデンティティを否定しながら一層オリエンタリズムを亢進させる仕儀となった。

姜尚中は次のように述べている。

「東洋」と日本の差異化を極限にまで押し進め、同時に〈他者〉としての西洋を日本の理想の反転像として描いたとき、近代日本の歴史は「モノローグ」のなかで空転し、対話すべき〈他者〉を見失うことになった。（姜 一九九六：一二五）

ここの文脈でいう他者とは、欧米のことであり、対話の主体は欧米に向けて主張・発信していく東洋史学が想定されているのだが、文脈を離れて、まさにこの分裂を一身に引き受けた浜仲にとっても、対話すべき他者は見失われていたのだと言えるだろう。実際、彼は囮となって敵陣に潜入したものの、怪しまれることなく英語で意思疎通できたが、そうしなかった。学友のディックを「憐みの目」で見てから（小島 二〇〇七：二〇）ずっと、白人は対話するに値する存在ではなくなっていた。彼はかつては黄色い白人だったのだが、いまや白人を超える黄色い白人となったのである。

かくしてオクシデンタリズムとオリエンタリズムによる欧米とアジアをめぐるご都合主義的な同一化と差異化との使い分けは、彼の内なる日本幻想を分裂含みにした。彼にとっては、フィリピンと同じように混血にまみれた敵国アメリカは日本よりも劣った国にほかならず、そんな血の濁りからフィリピンは解放されねばならないのだ。八紘一宇、一視同仁を掲げながら、実態としてはアジア諸国との融和を図る構想もなく、大和民族の純血を護持せんとする天皇の赤子たちは混淆を潔しとしなかった。浜仲は父の異なる妹と近親相姦の関係を結ぶに至るが、それも「血の濁り」を薄め、天皇の赤子として少しでも純血に近づくためだったのだろうか。

作品はこうした点について詳らかにはしない。だが浜仲一等兵になりおおせたトーマス・アンダーソンが、身をもって日本幻想と内なる日本幻想の相乗のもたらした悲劇を引き受けるさまを描き出している。

引用文献

Dubois, William Edward Burghardt. "Of Our Spiritual Strivings," in *The Souls of Black Folk*. New York: Dover Publications, 1903.

姜尚中「「東洋」の発見とオリエンタリズム」『オリエンタリズムの彼方へ』岩波書店、一九九六年。

小島信夫「アメリカン・スクール」『アメリカン・スクール』新潮文庫、一九六七年。

小島信夫『墓碑銘』講談社文芸文庫、二〇〇七年。

子安宣邦『「アジア」はどう語られてきたか』藤原書店、二〇〇三年。

彌永信美「問題としてのオリエンタリズム――「歴史」からの撤退に向けて」『現代思想』青土社、一九八七年七月号。

第9章　フォークナーの見つめた「近代」日本
——芸者人形とアメリカ南部——

竹内理矢

一　敗戦国からの文化大使フォークナー

モダニズム文学の傑作『響きと怒り』（一九二九）や『アブサロム、アブサロム！』（一九三六）を世に送り出した巨匠ウィリアム・フォークナー（William Faulkner, 1897-1962）は、ノーベル文学賞を受賞した六年後の一九五五年八月にアメリカ文化大使として来日し、東京・長野・京都に約三週間滞在した(1)。一九五五年と言えば、一九五二年にGHQによる占領政策が終焉して三年目、終戦から一〇年目である。その折に訪日したフォークナーは、一九四九年の東京大空襲や広島と長崎への原爆投下により灰色の焦土と化した戦後日本にとって、いわば戦勝国・占領国からの特使、軍国主義を解体し民主政策を実施した近代国家からの文化人であった。ところが、フォークナーにそうした意識はなく、アメリカ南北戦争に敗れた南部の田舎町に住む農夫として来日したのである。実際、八月一三日に長野の五明館で開かれた市民との対話の前置きで、自分はアメリカ「兵」ではないと強調しつつ、あくまでも「一人の人間」

として対話したい旨を伝えている（*Faulkner at Nagano*, 1956）。この前置きは、占領時代を通して米兵から時に理不尽な暴力を受けた庶民の「アメリカ」への少なからぬ敵意や反発心を認知したうえで、自らに付された占領者というレッテルを取り払い、できる限り対等の関係で意見交換する場を創ろうとするフォークナーの誠実な姿勢を表している。こうした姿勢は日本での発言すべてに通底し、フォークナーの語り口には近代国家の優越など微塵も感じられない。むしろ、南北戦争に敗れた土地から来訪した「田舎者」と自認し、日本の「知的」文化への深い敬意をくり返し表明するほどである。[2]

本章はまず、そうした謙虚な「アメリカ」人作家フォークナーがどのように占領期を経た戦後日本を見つめたのか、戦後日本の知識人たちがどのように「アメリカ」という「近代」と邂逅したのか、論じる。そうすることで、フォークナーの敗北者としての自意識が、日本の側の「アメリカ幻想」——民主主義を標榜し領土を拡大しつづける近代国家「アメリカ」——を打破し、アメリカ文学研究者に戦後の問題意識を刻印したことを明らかにする。続いて、フォークナーの側の「日本幻想」に焦点をあて、フォークナーの家に飾られた「芸者人形」を手掛かりに、フォークナーが戦後の日本女性をどのように捉えたのか、またその認識がフォークナーの南部女性観にどのような再解釈を促したのか、考察する。従来、アメリカ南部と日本のつながりは、フォークナーのエッセイ「日本の若者へ」を通して敗戦体験の歴史的共有を基軸に論じられてきたが（後藤）、本章は、小泉八雲（ラフカディオ・ハーン）の舞妓論を補助線に、短篇「エミリーにバラを」（"A Rose for Emily", 1930）を読みなおし、女性の体現する戦後に光を投じながら、男たちが目のあたりにした女をめぐる「伝統」の崩壊と「近代」の出現を浮き彫りにする。そのうえでフォークナーがエッセイ「日本の印象」で描写した「芸者」像を分析し、「芸者人形」がフォークナーの眼前に「近代」の課した日本女性の宿命を映しだすと同時に、南部女性の変節と苦悩をも浮かび上がらせていたことを論証する。

二　「アメリカ幻想」の打破――戦後の刻印

日本の知識人への衝撃、フォークナーとの邂逅

第一節で紹介したフォークナーの謙虚な態度は、占領時代に広がった「アメリカ」のイメージと大きな落差があり、彼と対談した多くの知識人たちの心を揺さぶった（図9-1）。たとえば、八月三日に開かれたフォークナーと日本の作家の懇談会に出席した高見順（一九〇七―六五）は、「ノーベル文学賞作家というようないかついものは少しもな」く「静かな偉大さ」が輝くフォークナーによって「日本に来ているアメリカ人やアメリカ映画」を通してできあがった米国人の「概念」が「見事に破られた」と書いている（『朝日新聞』）。一九四六年三月六日付の日記で高見は、「日本軍隊の残虐」を憎みつつも、「アメリカのみを正しとし、アメリカの『敵』をただもう正義の敵、不正残虐の徒と宣伝する」米国のニュース映画が、日本人に「自然に消え去る」はずの「敵愾心」を逆に「煽り立てて」おり、「バカバカしさ」を覚えると記している（『高見順日記』）。だが、フォークナーの控えめな物腰は、こうした「敵愾心」を呼び起こす「アメリカ」像と大きく異なっており、その結果、戦後一〇年を過ごした高見の米国への反発心が和らいでいたとは言え、米国人をめぐる「概念」の瓦解と「偉大な人間」は「どこの国の人も同じ」であるという普遍的認識の契機を高見に与えたのである（『朝日新聞』）。

また、同席した大岡昇平（一九〇九―八八）は、「自分は、作家であると同時に家長であって、家族を見なければならぬ。土地は先祖代々のもので、祖先に対して責任を持っている」というフォークナーの

図 9－1　日本人作家との懇談会
（出典：『朝日新聞』全国版，1955年 8 月 4 日）

「伝統」的世界観の開示に驚きを覚え、「今や正に日本から消え失せようとしている古風で、善良で、はにかみ屋で、ひたむきな文学者の型を新来のアメリカの一流作家に感じたのは異様な経験だった」と綴っている（『朝日新聞』）。江藤淳が『閉ざされた言語空間』で明らかにするように、敗戦後の日本は占領軍の検閲によって戦前の価値観との断絶と軍国主義に対する批判を強制された空間であり、フォークナーのいう「土地」との結ぼれや「祖先」に対する「責任」は消え去ってゆくほかない時代遅れの感覚であった。さらに大岡は、フィリピン・ミンドロ島での自らの従軍体験に基づく『俘虜記』（一九四九）（山野を彷徨する敗残兵（大岡）は目の前に姿を現した若いアメリカ兵を撃たなかった理由を分析していく）を経て書き上げた『野火』（一九五一）において、「孤独と絶望」を「見究め」る「暗い好奇心」に駆られながら生死の境を彷徨う敗残兵（「俺が死んだら、ここを食べてもいいよ」と上膊部を叩いて死んでいった将校の肉を食すのを思いとどまる）を描いている。つまり、大岡にとって「アメリカ」とは何より日本兵を極限状況に追い込み無残な敗北を日本にもたらした大国であり、その大国の傘下で、あるいは、その支配から少しずつ脱しながら、いかにして近代国家を立ち上げていくのかという難題を前にした大岡が、戦前に回帰したような「古風」な感性と様式の価値を説く「アメリカ人」フォークナーに驚きに似た違和感を覚えたことは想像に難くない。その意味で、大岡の「異様な体験」とは、フォークナーの敗者としての自意識と伝統的価値観がアメリカ＝「近代」戦勝国という「幻想」を掘り崩した瞬間であったのだ。

「日本の若者へ」、南部との地続き

フォークナーに随伴した大使館員レオン・ピコンによれば、京都から東京に戻る急行の車内でフォークナーは、「日本の若者たちの精神」にはある「問題」が潜んでいることは分かっても、その実態を把握できず「解決」の道筋を提示できないと述べたが、[3]東京での日本人教師と学生との会合の後、国際文化会館に向かう車内でそれは「自分がよく知っている」問題だと語り、翌日「日本の若者へ」の原稿をレオンに渡したという（Blotner）。フォークナーの捉えたその「問題」の「解決」とは、たとえ深い「悲しみ」と先行きの見えぬ「絶望」に襲われても、「希望と人間の強靭さと忍耐力」を信じることで、日本の若者は「あらゆる苦悩」を乗り越えられるという思想であった。重要なことは、その「解決」を提示するにあたって、「日本の若者へ」が次のように日本と南部の「戦後」をめぐる歴史的共通点の指摘とともに書きだされ、フォークナーが自らの痛みを内在的にくぐり抜けながら言葉を紡いでいる点である。少し長いが引用する。

A hundred years ago, my country, the United States, was not one economy and culture, but two of them, so opposed to each other that ninety-five years ago they went to war against each other to test which one should prevail. My side, the South, lost that war, the battles of which were fought not on neutral ground in the waste of the ocean, but in our own homes, our gardens, our farms, as if

Okinawa and Guadalcanal had been not islands in the distant Pacific but the precincts of Honshu and Hokkaido. Our land, our homes were invaded by a conqueror who remained after we were defeated; we were not only devastated by the battles which we lost, the conqueror spent the next ten years after our defeat and surrender despoiling us of what little war had left. The victors in our war made no effort to rehabilitate and reestablish us in any community of men or of nations.

But all this is past; our country is one now. I believe our country is even stronger because of that old anguish since that very anguish taught us compassion for other peoples whom war has injured. I mention it only to explain and show that Americans from my part of America at least can understand the feeling of the Japanese young people of today that the future offers him nothing but hopelessness, with nothing anymore to hold to or believe in. Because the young people of my country during those ten years must have said in their turn: "What shall we do now? Where shall we look for future? Who can tell us what to do, how to hope and believe?"

（*Nagano* 185-86; emphasis mine）

百年前、私の国アメリカ合衆国は経済的にも文化的にも一つではなく、二つに分かれた国が互いに激しく対立し、九十五年前勝敗を決すべく戦争になりました。私の側、南部はその戦争に負けました。戦闘は広漠とした海洋のなかの中立地帯ではなく、我々の家、庭、農場で行われたのです。ちょうど沖縄とガダルカナルが、遠い太平洋上に位置している島ではなくて、本州とか北海道にあるようなものです。私たちの土地も家も征服者に侵され、私たちが負けた後も彼らは居残りました。私たちは負けた戦争によって打ちのめされただけではありません。征服者は敗北と降伏後も十年にわたり、戦争が残したわずかばかりのものさえも略奪していきました。戦争の勝利者たちは、人々の共同体としても、民族の共同体としても、南部を復興し再建するためのいかなる努力もしなかったのです。
しかし、これは全て過去のことです。今では我々の国は一つです。我々の国はその古い苦悩ゆえにもっと強くなっていると私は信じています。なぜなら、その苦悩こそがまさに戦争が傷つけた他の民族への憐れみを私たちに教えてくれたからです。私がこのことに触れるのは、私の故郷南部出身のアメリカ人なら、もはや固守すべきものも信じるべきものもなく、未来は絶望以外の何ももたらしはしないという今日の日本の若者たちの抱く感情を少なくとも理解できることを説明し示したいからにほかありません。なぜなら、戦後の十年間、私の国の若者たちもまた、「これからどうすればいいのだろう？未来に何を求めればいいのだろう？何をすべきでいかに希望し信じるべきなのかを誰が教えてくれるのだろうか？」と言ったにちがいないからです。

この「日本の若者たちの感情」「理解」は、フォークナーの敗北の国に生まれた自意識に起因するが、注視すべきは、南北戦争開戦から九五五年を経た一九五五年の時点から、おおよそ八〇年前の南部再建期（一八六五―一八七七）の記憶に遡行し、そこから祖先の痛苦に感じ入りながら、一九五五年の戦後日本の苦難に深い同情を寄せていることである。フォークナー研究者加島祥造（一九二三―）は、北部の「工業的・技術的文明」に由来する「日本人のアメリカ観や概念」を説明した後、それが「日本の若者たちへ」に示されたフォークナーの敗戦国民としての自画像と時空を超えた強靭な共感力と大きな懸隔があるために「戸惑った」と告白し、多くの南部人にとって「第二次世界大戦での戦勝国という意識」よりも「南北戦争での敗戦の意識」の方がより強く深いことに思いをめぐらせている（『フォークナーの町にて』）。

フォークナーの敗者としての自己定義は、加島だけでなく多くのアメリカ文学研究者の心に、戦勝国アメリカに内在する敗北空間という歴史のねじれを次第に印象づけたように思われる。彼らはフォークナーを通して、自らが歩む「戦後」の現実を直視し、フォークナーの文学を読むことで、その現実を相対化し問い直すことになったのである。換言すれば、フォークナーの眼と感性によって、日本は長らく「戦後」を強く意識することを宿命づけられたのである。それは終戦六〇年の節目に後藤和彦が「アメリカ南部と近代日本」という副題の『敗北と文学』（二〇〇五）を上梓したことと深く関わっているのであって、フォークナーを読むアメリカ文学研究者たちは、多かれ少なかれ自らが「戦後」を生きているのだという感覚を抱きつつ、あるいは、その感覚がフォークナーに比して弱いのだとすれば、なぜそうであるのかを問い返しながら、戦勝国「アメリカ」という虚実皮膜の向こうに現存する敗北の歴史感覚と敗北民の苦悩を読み解き、自らの「戦後」意識を内省するほかないのである。

「アメリカ」の脅威、保守と文芸の開花

しかしその一方で、フォークナーの来訪によって戦後日本は、敗北空間を抱える「アメリカ」の内的矛盾を認識するとともに、その矛盾を隠蔽し常勝国として領土を拡張しつづける「アメリカ」という「近代」の脅威にも直面したはずである。だから戦後知識人たちは、彼の素朴な人柄に感銘を受けながらも、心のどこかで日本が戦後南部と化す危惧を覚えたのかもしれず、アメリカの属国と化さぬ新たな自己像の形成を目指さねばならなかったのである。南部は「アメリカ」となりえたとしても、日本は「アメリカ」にはならぬ、なってはならぬ、という思いが徐々に強まったはずである。一九五五年の時

図9－2　日本人研究者との対話

（出典：Faulkner at Nagano Tokyo: Kenkyusya, 1956）

点で江藤淳にそのような気概が生まれたかは定かではないが、奇しくも江藤はフォークナーが来日した同年の八月、信濃追分に部屋を借りて夏目漱石論を執筆していた。このとき江藤は二三歳、若き俊英の心にフォークナーの存在はたしかに刻まれたのであり、それから四年後に刊行した『作家は行動する』（一九五九）において「フォークナーは、数年前、彼のすべての作品は人間の精神を高め、慰め、すくなくとも元気づけるために書かれたという意味のことをいった。彼の作品のイメイジは結局このような倫理的な態度から奔流しているのである」と記し、言葉で世界を捉えきれない挫折を経験しながらも現実を映す「イメイジ」によって世界に迫ろうとする作家の主体的行動としての「文体」論を展開するさい、フォークナーの長野セミナーでの対談とその文体に触発されたことがうかがえる。その後、三〇歳で渡米した江藤は、エドマンド・ウィルソンの『愛国の血糊』（一九六二）を読み、「南北戦争という米国史の裂け目から、この国の奥深くにはいっていけるような充実感を感じて、身震いし」(『アメリカと私』)、米国の深奥に分け入り、やがてその鋭利な感性と分析力をもって日本の「戦後」へと突き抜けていった。ならば、敗者フォークナーと同時空間を生き彼の文学を読んだ体験が、彼を勝者「アメリカ」との対峙と葛藤、「アメリカ」の影におおわれた戦後日本の「離脱と回帰」の分析へと向かわせるひとつの要因になったのではないだろうか。江藤の次第に強まっていく保守性――戦後日本の男が家長として返り咲く「治者」としての復権(『成熟と喪失』一九六六)――は、大岡を驚かせたフォークナーの保守的な態度と近似しているのであって、江藤はフォークナーと同じように敗北の痛みを引き受け、大地と慣習に根差した「家族」のあり方を思い描いたのである。

とはいえ、フォークナーはこうした「アメリカ」に呑まれまいとする日本の反発と抵抗も認識し予知していたのかもしれない。なぜなら、解決のつかない混沌とした内面の疼きこそが時を経て敗戦国に豊かな文芸を開花させると述べているからである。「日本の若者へ」で、敗北の「災難」と「絶望」の中から「世界中の人々が耳を傾けたくなるような」「普遍的な真実を語るような」日本人作家がやがて登場するであろうと揮毫したとき、フォークナーは憂慮に沈んだ日本の若者たちに、敗北の痛みを共有する者として同調しつつ、やがて奥深い人間の魂を描く普遍的芸術の豊かな開花が訪れる可能性を示唆したのである。そうして、苦境が文化的豊かさをもたらすという弱さが反転する瞬間の輝きを予言したのであり、その輝きは、タイプは異なるにせよ、大江健三郎と村上春樹という作家に結実したと言えるのかもしれない。フォークナーに視られた日本は「戦後」という視座から「アメリカ幻想」を再構成しながら自己像を作り上げてきたのである。

三　フォークナーの「日本幻想」――「芸者」と「着物」

「日本の印象」、芸者とハーン

フォークナーに視られた「戦後」日本は一枚岩的な「アメリカ幻想」から複眼的な「アメリカ幻想」を育むようになったのだが、その一方でフォークナーのまなざしには、彼独特の「日本幻想」が根づいていたように思われる。フォークナーの日本観は、透明な瞳で見つめて創出されたのではなく、南部との比較を通じて織りなされている。それを立証するうえで示唆に富むのが、長野セミナーで発表した「日本の印象」――とりわけ「芸者」と「着物」の記述――である（図9-3）。

図9-3　長野市の五明館にて
（出典：*Faulkner at Nagano*. Tokyo: Kenkyusya, 1956）

The geisha's mass of blueblack lacquered hair encloses the painted face like a helmet, surmounts, crowns the slender body's ordered and ritual posturing like a grenadier's bearskin busby, too heavy in appearance for that slender throat to bear, the painted fixed expressionless face immobile and immune also above the studied posturing: yet behind that painted and lifeless mask is something quick and alive and elfin: or more than elfin: puckish: or more than puckish even: sardonic and quizzical, a gift for comedy, and more: for burlesque and caricature: for a sly and vicious revenge on the race of men.

(*Nagano*; emphasis mine)

芸者の濃い藍色の漆を塗ったような髪の束が、化粧した顔をヘルメットのように取り囲み、ほっそりした身体の整然とし儀式的な姿勢の上に英国近衛連隊兵のかぶる黒毛皮高帽のように冠を戴かせている。見たところ、そのほっそりした首が支えるにはあまりにも重そうだが、化粧した不動の無表情な顔は念入りな身のこなしのまま動かず動じない。しかし、その化粧した生命のない仮面の背後に、何か素早く生き生きと妖精のように動くものがある。いや、妖精以上のものかもしれない。いたずら好きな妖精なのだ。いや、いたずら好きの妖精以上のものだ。人を小ばかにし冷やかすようで、喜劇の才能がある、いや、それ以上、バーレスクとカリカチュアの才能、男性という種族に狡猾で悪意のある復讐をする才能を有しているようだ。

「芸者」の「無表情な」「仮面」の向こう側に、快活な「妖精」を思わせる「喜劇」の演出と「男という種族」に対する「狡猾で悪意のある復讐」の「才能」を見るフォークナーの視線は、女性と日本をめぐる「幻想」の産物であるだろう。フォークナーはもともと、あらゆる事象の背後に複雑な因果の絡み合いを見抜き、美の裏側にも醜悪をかぎとるタイプの作家であり、「芸者」の「顔」に隠された男性客への「復讐」を透視するあたりはフォークナーらしい。しかし、ここには、一八九〇年に来日し一八九六年に帰化したハーンが書いたエッセイ「舞妓」（『日本瞥見記』〈一八九四〉に収録）の影響が垣間見られるだろう(4)。その中でハーンは、宴会座敷で「人間の花」として眺められる芸者の踊り、詩吟、酌、三味線、拳などの「所作」と「役目」を紹介し、芸者の「物の考え方」「肚のなか」「幕裏の身状」について詳述している。ハーンによれば、「貧しい親元」から「ある契約」のもとに「金で買われ」た舞妓の生涯は「奴隷」としてはじまり、礼儀作法や舞踊など厳しい修練を積んで宴席にあがる芸妓は、「自分の利得をつかむ」ために「愛嬌を売る」ことを「骨の髄までたたきこまれ」ており、いわば「若さと美しさででっちあげた恋の幻影を追い求める人間の愚かな欲望に応えるために作られている」。羽田美也子が主張するように、エッセイ全体を精読すれば、ハーンが芸者に「哀れ」を覚え「同情」を寄せていることが分かるが、右の引用部分だけを一読する限り、「功利的で、非人道的な存在としての芸者」が印象づけられる。一九世紀末に美術・工芸品をはじめとする日本文化に対する海外の関心の高まりとともに、日本の国際舞台への進出（一八九四年七月英国との条約改正・一八九五年四月日清戦争勝利）に対する海外からの警戒も強まり、たとえば、一八九六年九月九日にニューヨークで初日を迎えたオペレッタ『ゲイシャ』をめぐって複数の新聞が「芸者」を比喩にした日本批判――「上辺だけを装って美しくお化粧をして国際社会に参加してきた」「東洋の貧しい国日本」は、「芸者」と同じく「自分の国の利益」だけを追求する「野蛮な国」であるという趣旨の論評――を掲載したのである（羽田）。こうしたハーンの芸者論や日本嫌悪の言説が、一八九七年に生をうけたフォークナーにどこまで影響を与えたのか正確には特定できない。しかし、少なくともハーンの芸者観は、美の裏側に人の欲得を観察する点で、フォークナーのそれと呼応しており、フォークナーが「男という種族への復讐」という表現を用いたとき、自らの「利得」のために「愛嬌」は売るが、その実、若さと美貌を武器に客を手玉にして金銭を巻き上げようという「芸者」の狙い——その意味での「復讐」——を、ハーンにならって思い描いていたのかもしれない。

日本女性、薔薇とエロス

さらにフォークナーは「芸者」の「着物」に言及し、「着物」に隠された女性の性の豊饒さに触れている。

> Kimono. It covers her from throat to ankles; with a gesture as feminine as the placing of a flower or as female as the cradling of a child, the hands themselves can be concealed into the sleeves until there remains one unbroken chalice-shape of modesty proclaiming her feminity where nudity would merely parade her mammalian femaleness. A modesty which flaunts its own immodestness like the crimson rose tossed by no more than one white flick of hand, from the balcony window—modesty, than which there is nothing more immodest and which therefore is a woman's dearest possession; she should defend it with her life.
>
> (*Nagano*; emphasis mine)

着物。着物は喉もとからくるぶしまで彼女を覆い隠している。花を飾る仕草のように女性らしく、子供をあやす仕草ほどに女性らしく、両手を袖に隠している間は、壊れていない聖杯の形をした慎ましさをのぞかせ、彼女の女性らしさを見事に表している。だが、手をむきだしにすると、哺乳類の女であることを見せびらかすだけである。縁側の窓から白い手をさっと一振りして放り投げられた深紅の薔薇のように、それ自体の慎みのなさをひけらかす慎ましさである。それ以上に慎みのないものはないほどの慎ましさであり、それゆえ、女性の最も大事な所有物であり、命を賭して守りとおすべきものである。

ここには女性の抑圧されたセクシュアリティに感応する男性作家フォークナーの「幻想」があからさまに示されている。フォークナーは、着物の裾から白い肌がのぞける瞬間、慎ましさ自体が孕む「慎みのなさ」＝愛欲が露わになると言う。そして愛欲を、純粋性の象徴である「白い手」を「さっと一振りして放り投げられた」「深紅の薔薇」に喩え、イノセンスに潜在するエロスを表す。ところが、性的欲望は着物の下に普段隠され、いわば「縁側の窓」の内側に抑圧された状態であり、しかし、それが解放された刹那、エロスは薔薇色に染め上がると捉えている。こうした描写の手つきは、ハーンの芸者論も経由したフォークナー（西洋人）独特の日本女性に対する偏見を照らしだしていると言わざるをえない。

四　「近代」の歴史的共振——戦後を生きた女性たち

「エミリーにバラを」、「近代」への憧憬

だがそうだとしても、この偏見にはフォークナーの故郷南部の戦後を生きた女性に対する思念が反響しているのではないだろうか。フォークナーの眼には、慎ましやかな芸者の奥にひそむ性的豊かさがアメリカ南部の貴婦人像と重なって見えていたのではないだろうか。このような推測に促されるのは、フォークナーが短篇「エミリーにバラを」で終戦からちょうど一〇年目に訪れた南部女性の青春を描い

ているからであり、フォークナーの内部で、占領期に生きた若い女性という意味で、日本女性（芸者）と南部女性（エミリー・グリアソン）が響き合っていたように思われるからである。

ここで、南北戦争前後の南部女性の性と結婚をめぐる言説を祖述するならば、まず一九世紀中葉から二〇世紀初頭にかけて、南部女性は厳格な性道徳の内面化を余儀なくされていた。南北戦争以前は、幼少期より教会や学校などを通して「完全性」と「従順」を理想とする教育を受け、奴隷制と土地所有を基盤とする家父長制度の存続のために、自らの「しかるべき従属的な立場」を自覚し「家長に従順」な淑女であることが求められていた（Scott）。さらに、良家の娘である限り婚前交渉はタブーであり、公的に「性的な欲望または快楽を認める」ことは禁じられていた（Fox-Genovese）。こうした「サザン・レディー」をめぐる言説は戦後も引き継がれ、男性を煽て惹きつける役回りを演じることに違和感を覚えたとしても、「家族や友人やとくに男性から孤立し」「排斥される」危険性を回避すべく、多くの女性はレディーという「仮面」をかぶり結婚の道を歩んでいたのである（Goldfield）。

だが、フォークナーはこうした言説に抵抗し反逆する女性エミリーを描いたのである[5]。エミリーは厳格な父の支配と抑圧を通して性規範をめぐるイデオロギーを吸収し強化していたが、二九歳で父を亡くすと、奇しくも戦後一〇年目に北部出身の道路建設の現場監督ホーマー・バロンとデートを重ね、町の人々の懐疑と嫉妬の入り混じる視線を浴びつつ、遅れた青春を謳歌する。

The town had just let the contracts for paving the sidewalks, and in the summer after her father's death they began the work. The construction company came with niggers and mules and machinery, and a foreman named Homer Barron, a Yankee—a big, dark, ready man, with a big voice and eyes lighter than his face. The little boys would follow in groups to hear him cuss the niggers, and the niggers singing in time to the rise and fall of picks. Pretty soon he knew everybody in town. Whenever you heard a lot of laughing anywhere about the square, Homer Barron would be in the center of the group. Presently we began to see him and Miss Emily on Sunday afternoons driving in the yellow-wheeled buggy and the matched team of bays from the livery stable.

("A Rose for Emily"; emphasis mine)

町では歩道の舗装をする契約を請け負わせたところだった。彼女の父親の死んだすぐあとの夏、その工事にとりかかった。建設会社は、黒人やラバや機械類をもってやってきたが、現場監督はホーマー・バロンという北部人だった——大柄の、肌の浅黒い、てきぱきした男で、声が大きく、顔の色より薄い眼の色をしていた。小さな男の子たちは、ぞろぞろと彼の後ろをついていき、彼が黒人をどなりつけたり、黒人がつるはしのあがりさがりにあわせて歌をうたったりするのを聞くのだった。ほどなく彼は町じゅうの人と顔見知りになった。町の広場で大きな笑い声が聞こえるようなときには、かならずその中心にホーマー・バロンがいるのだった。やがて私たちは、日曜日の午後に、この男とミス・エミリーが貸馬車屋から借りた黄色い車輪の四輪馬車をつりあいのとれた二頭の栗毛の馬にひかせてドライヴに出かけるのを見かけるようになった。

エミリーの場合、性規範をめぐる「伝統」からの脱却は、「近代」の到来と「近代」への憧れによって促されたと言えよう。というのも、ディープ・サウスに道を切り開き町の発展を促進する北部人ホー

図9－4　グリアソン家の屋敷のモデルになった家
（出典：筆者撮影）

マーは、いわば「近代」の担い手であり、その町の発展を屋敷の窓から見届けるエミリーは秘かに「近代」への憧憬をふくらませていたと推測できるからだ（図9－4）。事実、彼との恋愛は、屋敷の窓からひとり恋い焦がれた男女の戯れの実現であり、ようやく訪れた春を、青春の遅れを取り戻すかのように、享受するのである。そして、近代化する風景のなかで一人取り残されるのではないかという不安が、言い換えれば、「近代」に追いつこうとする焦りが、ホーマーとの恋愛を一層加速させるのである。それはどこかで町の女性たちの焦燥と願望の具現であり、だからこそ彼女たちは執拗にエミリーに懐疑と嫉妬のまなざしを向けつづける。さらに重要なことに、共同体の男たちにとって彼女の振る舞いは、サザン・ベルの自己破壊、北部の女への変貌である。彼女はもはや「女」ではなくむしろ「男」――南部共同体の男たちがなり切れない近代的「男」――と化し、彼らの「近代」の浸潤に対する不安と恐れを衝く。同時に、共同体の男たちが秘かに抱く「近代」への憧れ――侵入者ホーマーに男心を掌握され和合する事実が照射する彼らの否定しがたい「近代」への憧憬――をも実現し、その魅惑と脅威を明示するのである。

日本の「苦悩」、「近代」への両面感情

一方、占領期の日本女性には、「芸者」以外にも、たとえば、米兵と結婚しアメリカに渡った「戦争花嫁」や米兵の相手をした街娼「パンパン」も存在した。「戦争花嫁」の多くは、焼け跡の中で、男手を失った家族を支えるために、あるいは、許嫁や夫の戦死の知らせを受け取り自活の道を切り開くために、進駐軍関係の職場――PXと呼ばれる軍専用の売店や軍の食堂や宿舎など――で働いた女性たちである。そこには「独自の出会い」と「切り開いてきた生存」があるにもかかわらず、母国を棄て戦勝国へ「行ってしまった女たち」として一括りにされ、彼女たちに敗戦後の人々の鬱屈した思いが投射される傾向があった（藤本）。また、「戦後十年を通して、入れ代わり立ち代わり数万人ないし十数万人いた」とされる「パンパン」の起源は、終戦処理内閣と称される東久邇宮内閣による占領軍の性対策としての慰安婦接待所の設営にある。いわば「良家の子女を守るための性の防波堤」としての国策売春であったが、白昼に街中を米兵と日本娘が出歩く光景は、「取り澄ました階層」にとって「カルチャー・ショック」であり、疲弊した男たちの嫉妬を買った。しかし、絶望や自己嫌悪を振り払って前進する彼女たちの姿はむしろ「存在自体の健やかさ」と「逞しさ」を体現していた（小沢）。こうした「戦争花嫁」や「パンパン」の姿は、経済的苦難や深い孤独など時代が課した重荷を映しだしているが、日本女性を介在した日本男性と進駐軍の三角関係に「近代」の浸食という問題を読み込むならば、エミリーが北部の男と「近代」を歩んだように、彼女たちはアメリカという「近代」の男と関係を結び、日本の男たちに先んじて「近代」を体現したのである。そうした女性たちの「近代」は、男たちの妬みの的であった一方で、憧れの対象でもあっただろう。ホーマーの後ろを少年たちがついていったように、チューインガムを渡すGIに群がった戦後少年たちは、恥に似た劣等感の裏側で風船のふくらみに解放

感と爽快さを覚えていたのではないだろうか。子供が大人の願望を純粋に具現するならば、女性に対する日本男性のアンビバレンスには、彼らのアメリカ的「近代」への憧憬が秘められていたように思われる。

だからフォークナーが長野市民との対話の直前に自分は「アメリカ兵」ではないと前置きしたのは、そうした日本女性の「近代」の歩みと世間との軋轢を自覚しつつ、南部史に照らし合わせて、戦勝国・占領国の男たちが敗戦国の男たちから女を奪い取ることを認識し、嫉妬と憧憬のあいだで引き裂かれた日本男性の懊悩を理解していたからでもあるだろう。戦前に慎み深く自制の利いた「伝統」を体現していた日本女性が、その旧来の「幻想」を打ち砕き、新たな「幻想」――アメリカ男性の欲望――を満たす「近代」の女へと変貌する過程と実状をフォークナーは見ていたはずである。つまり、伝統的着物にのぞける近代的欲望の発露――女性たちの覚悟と出立――を感知していたはずである。戦前の伝統的価値の抑圧からの解放を欲望したエミリーを思い起こしながら、そのような変節を遂げる日本女性の苦悩や葛藤を思考していたのだろう。とすれば、「日本の若者へ」において日本の「苦悩」を理解できると述べたとき、「伝統」と「近代」のはざまで分裂した男たちの忸怩たる「苦悩」(女を失うこと)だけでなく、伝統的男性を棄て去り近代的男性と生きることを選択した・選択せざるをえなかった女たちの現実的な「苦悩」にも言及していたのである。こうしてフォークナーの眼には、「近代」の具現という点で、戦後一〇年の苦難を生きたエミリーと日本女性が共振し、「近代」への両面感情という点で、南部男性と日本男性が重なっていたのである。

フォークナーの捧げた「バラ」、日本と南部の交錯

フォークナーは長野セミナーで、タイトル「エミリーにバラを」に込められた「バラ」の意味を問われたとき、「取り返しのつかない悲劇」を体験したエミリーを「憐れ」み、「一輪のバラ」を捧げたと答えている（*Faulkner at Nagano*, 1956）。つまり、フォークナーのエミリーへの「同情」は、家系と世間に抗ってでも時代を懸命に生き、しかし、「近代」の過酷な運命に敗れ果て、狂信的に旧南部への回帰を果たす彼女の「取り返しのつかない悲劇」に寄せたものであるが、そこに刻印された歴史的亀裂への作者の深い洞察を忘れてはならない。一九五五年に技術革新とともに都市化の進む東京から農村地帯に産業文化が点在しはじめた長野市に移動したフォークナーは、故郷オックスフォードの町を「長野と東京のはざま」にあたる「田舎」の「農地」と紹介したが（*Faulkner at Nagano*, 1956）、この紹介は車窓を眺めながらミシシッピの風景を想起していたことを示唆する。くり返せば、南部の戦後一〇年目は、エミリーが父の文化の桎梏のなかで「近代」への憧憬をふくらませていた再建期時代にあたる。東京から長野までの車窓に映じた戦後日本は、フォークナーを再建時代へと誘い、「バラ」をエミリーに対する惻隠の献花とする解釈へと促したのである。さらに帰国後、フォークナーはローワン・オークの一室に「芸者人形」を飾ったが（図９-５）、日本滞在中にエミリーが日本女性とシンクロしていたとすれば、エミリーへの

図９-５　ローワン・オークに飾られた芸者人形

（出典：筆者撮影）

「バラ」は、米軍の占領下を生きた日本女性に手向けた「バラ」でもあったのかもしれない。日本女性（芸者）の性をめぐるエピソードがフォークナーに「深紅の薔薇」を連想させた事実を踏まえれば、その愛の花を媒介にして日本女性と南部女性が彼の想像力の中で交錯し共鳴していたと考えられるからだ。「日本の印象」を脱稿した翌日の対談でフォークナーは、滞在中は自覚しなかった「さらに多くの印象」を帰国後に発見するだろうと述べている（*Faulkner at Nagano*, 1956）。南部の実家の居間に佇み日本から持ち帰った「芸者人形」を見つめるとき、そしてその芸者がフォークナーの捧げた「深紅の薔薇」をかざすとき、フォークナーはおそらく南部と日本の歴史的共振と宿命に思いをめぐらせていたはずである。それが南部と日本のそれぞれの戦後を生きる女性たちの幻影にすぎなかったとしても、自らが感知し認識した戦後の真実を見つめ、感情移入を果たしていたことはまちがいないだろう。「芸者人形」に映じた日本女性と南部女性の歴史的共鳴にフォークナーは「伝統」と「近代」の衝突と葛藤を直視していたはずである。つまり彼にとって日本滞在とは、アメリカ南部に宿る過去の歴史の回顧であり、南部と日本の敗北体験という歴史的共有への思索でもあって、敗者としてのフォークナーは戦後日本の男女を見つめ共感を寄せつつ、南北戦争後にたどった南部人の命運を思考していたのである。

＊　本章は、二〇一一年一月二五日に琉球大学で行われた山里勝己氏と野田研一氏の対談「幻想の行方――牧志朝忠と〈近代〉」（野田研一編 二〇一一：八―三六）に示唆を受けている。また、二〇一四年二月二二日に開かれた立教大学異文化コミュニケーション研究科大学院ＲＥＣＦの会での発表原稿に基づいている。聴いてくださった方々、貴重な質問とコメントをくださった方々に深く感謝申し上げたい。

注

（1）一九五五年八月のフォークナーの足跡を記す。

一日　羽田到着。東京六本木のインターナショナルハウスに滞在
三日　午後、東京日比谷の日活ホテルにて坂西志保と西川正身と座談会
　　午後、東京麻布の国際文化会館にて日本の作家（青野季吉・伊藤整・大岡昇平・川端康成・高見順・西村孝次）と懇談会
四日　夕方、深夜列車で長野へ
五日　早朝、長野到着、午後、五明館にて会見引き続いて対談
　　（六日から一五日までセミナーで特別セッション）
一三日　夜、五明館にてフォークナーを囲む三〇名の長野市民の集まり
一四日　野尻湖旅行
一五日　最後のセッションで「日本の印象」を発表・対談
一六日　急行で京都へ、四日間滞在（〜一九日）
　　（その間、総勢四六〇名超の日本人と話す）
　　湯川秀樹（一九五〇年ノーベル物理学賞授与）を訪問
　　京都市長訪問
　　琵琶湖にて二時間ボートに乗る
二〇日　急行で東京へ
二一日　夕方、一五〇名の日本人教師と学生と会う
二二日　フィルム用に「日本の印象」を朗読録音
　　一般読者のためのサイン会（紀伊國屋書店にて）
二三日　「日本の若者へ」をレオン・ピコンに渡す

フィリピン・マニラへ出発

（2）田中久男は、フォークナーの「農夫」や「田舎者」という自己規定をアメリカの「反知性主義」の潮流に位置づけ、「庶民の目線で世界を眺め感得する」「文学的宣言」と主張している。

（3）大岡の質問と熱いまなざしがフォークナーを南部と日本の近似性をめぐるより深い思惟に導いた可能性もあるだろう。

（4）日本人研究者との対話からは、フォークナーがハーンの「日本人の微笑」というエッセイ（同じく『日本瞥見記』に収録）を読んでいたことがうかがわれ、ハーンの日本滞在を意識しながら、日本人の「笑い」の含意を的確に捉えている（*Faulkner at Nagano*, 1956）。ハーンの著作は二〇世紀前半にはアメリカに広く普及しており、特にハーンのエッセイ「ニューオーリンズの魔力」をはじめとする南部におけるクリオール文化の紹介は、異種混淆を描くフォークナーにはきわめて興味深かったにちがいない。さらに「日本の印象」は、『日本瞥見記』の巻末エッセイ「さよなら！」を踏まえたかのように、「さよなら」という語をめぐって締めくくられている。

また、「日本文化の型」を分析したルース・ベネディクトの『菊と刀』（一九四六）――少なくともそれに感化された日本言説――がフォークナーの「芸者」観に影響を与えた可能性もあるだろう。ベネディクトは、「彼女らの踊り、当意即妙なやりとり、歌唱、仕種、そのどれもが伝統的にあでやかなもので、上流階級の細君には許されていないような姿態や言葉遣いになるよう、すべてが丹念に計算されている」と論じ、既婚男性の「芸者」との遊興を「孝の領域」の拘束から「人情の領域」への解放として分析している。

（5）竹内理矢「フォークナーと「近代」――「エミリーにバラを」、憧憬と回帰」を参照のこと。なお、本章はこの論文と一部重複している。

参考文献

Blotner, Joseph. *Faulkner: A Biography*. Volume 2. New York: Random House, 1974.

Faulkner, William. 1930. "A Rose for Emily." *Collected Stories of William Faulkner*. New York: Vintage, 1995, pp. 119-130.

Faulkner, William. *Faulkner at Nagano*. Ed. Robert A. Jelliffe. Tokyo: Kenkyusha, 1956.

Faulkner, William. "Impressions of Japan." *Faulkner at Nagano*. Ed. Robert A. Jelliffe. Tokyo: Kenkyusha, 1956, pp. 178-184.

Faulkner, William. "To the Youth of Japan." *Faulkner at Nagano*. Ed. Robert A. Jelliffe. Tokyo: Kenkyusha, 1956, pp. 185-188.

Fox-Genovese, Elizabeth. "Scarlett O'Hara: The Southern Lady as New Woman." *Half Sisters of History: Southern Women and the American Past*. Ed. Catherine Clinton. Durham: Duke UP, 1994, pp. 154-179.

Goldfield, David. *Still Fighting the Civil War: The American South and Southern History*. Baton Rouge: Louisiana State UP, 2002.

Scott, Anne Firor. *The Southern Lady: From Pedestal to Politics 1830-1930*. Chicago: U of Chicago P, 1970.

江藤淳『アメリカと私』朝日新聞社、一九六四年。

江藤淳『作家は行動する』講談社、一九五九年。

江藤淳『成熟と喪失――〝母〟の崩壊』河出書房新社、一九六七年。

江藤淳『閉ざされた言語空間――占領軍の検閲と戦後日本』文藝春秋、一九八九年。

大岡昇平『朝日新聞』全国版、一九五五年八月四日。

大岡昇平『俘虜記』『大岡昇平全集二』筑摩書房、一九九四年。

大岡昇平『野火』『大岡昇平全集三』筑摩書房、一九九四年。

小沢信男「パンパン」朝日ジャーナル編『女の戦後史Ⅰ――昭和二〇年代』朝日選書、一九八四年、一九一―二七頁。

小泉八雲「舞妓」『日本瞥見記（下）』平井呈一訳、恒文社、一九七五年、二一七―二六四頁。

加島祥造『フォークナーの町にて』みすず書房、一九八四年。

後藤和彦『敗北と文学——アメリカ南部と近代日本』松柏社、二〇〇五年。

斎藤襄治「フォークナーの思い出」『文藝』一巻八号、一九六二年、一五九―一六五頁。

高橋正雄「フォークナー自作を語る」『群像』一〇巻一〇号、一九五五年、一四一―一四五頁。

高見順『朝日新聞』全国版、一九五五年八月六日。

高見順『高見順日記——第六巻』勁草書房、一九六五年。

竹内理矢「フォークナーと「近代」——「エミリーにバラを」、憧憬と回帰」『白山英米文学』第三九号、二〇一四年、四五―六〇頁。

田中久男「フォークナー文学と反知性主義——構造化されたヴィジョン」巽孝之編『反知性の帝国——アメリカ・文学・精神史』南雲堂、二〇〇八年、二二五―二五二頁。

野田研一編『〈科学研究費補助金による共同研究報告書〉〈日本幻想〉の研究——表象と反表象のダイナミックス』立教大学大学院異文化コミュニケーション研究科野田研一研究室、二〇一一年。

羽田美也子『ジャポニズム小説の世界——アメリカ編』彩流社、二〇〇五年。

藤本和子「戦争花嫁」朝日ジャーナル編『女の戦後史Ⅱ——昭和三〇年代』朝日選書、一九八五年、三一―一一頁。

宮島直子「フォークナーと長野」卒業論文、都留文科大学、一九八九年。

ルース・ベネディクト『菊と刀——日本文化の型』越智敏之・越智道雄訳、平凡社、二〇一三年。

第Ⅳ部

日本幻想の遠近法

『Yellow Magic Orchestra』，アメリカ発売版（A&M Record）ジャケット，1979年。日本発売版のジャケットは地味極まりなかったが，アメリカ版ではいきなりオリエンタリズムとテクノロジーの結合を表象する派手なデザインに変身した。

1

二人の父、二つの文化

友禅をめぐって

話し手：森口邦彦氏
聞き手：久守和子・中村邦生・野田研一

はじめに

中村　本書のテーマ、「日本幻想」とは、簡略化して言えば、日本と西洋がどういう影響関係にあるかを主題化しています。しかし、影響関係と言っても、西洋側で作り上げた日本のイメージなり日本像に対して、むしろ私たち日本人の側が、それを自分たちの姿だと逆投影してしまう。そういうことが起こり得ることも問題にしようと思っています。ただ、今日は必ずしもそういうことに限定せずに、日本の伝統に深くかかわる仕事に携わっておられる森口さんがヨーロッパとの深い接触体験を有しておられる。さらには、画家バルテュスとのさまざまな対話がある中で、どんなふうに日本とヨーロッパとの影響的な経歴があったのか、そうした対話や影響が今のお仕事にどういうふうに結びつくのかをうかがえたらと思います。例えばお父様の仕事から受け継ぐ、いわば親子間の伝統継承というタテ軸の問題、それから日本とフランス、ヨーロッパというヨコ軸、その両方の軸、その交差がどういうものなのかというようなことですね。

「モダンという怪物」の後に

森口　地震（東日本大震災、二〇一一年三月一一日）があったでしょう。三月に我々がお目にかかる予定も地震で流れてしまった。いま制作中のマーク・プティジャンというフランス人映像作家による僕のドキュメンタリー映画でも、今回の震災を追加的に入れようという話になった。前の撮影では撮り足りないと言ってまた来ました。結論としても、やはり地震をテーマにせざるを得ないみたい。最後に来た手紙でも、また地震のことを言っていた。

僕自身も、やはりあの地震は避けて通れないと思った。それほどに大きく時代が変わろうとしている、変えなければいけないと思っていて変えられていなかったところに地震が起きたのかな、というふうに。

久守　皆が痛みを感じていますから。

森口　「僕は文化財保護の仕事に携わってよかった」とその映像作家に言った。「少しは役に立つんじゃないか」とね。つまり、僕がこの仕事に入ったときは、伝統的な職人仕事でも社会の中核に立って居られるという、自負のようなものすら持てたのだけれど、四十余年後の今や、お荷物にさえなりかねない状況にあって、本当に伝統は正しく伝えられていくのだろうかという疑問の中で、まさに自信を失いかけていたところでした。さらに手紙でマーク・プティジャンに伝えました。「モダンという怪物がその実像をあらわにした以上、僕らはモダンの文明を否定はできないにしろ、まさかこのまま肯定し続けていいわけではないでしょう」と。「僕たちは、どこから来たのか？」ということを考えなければ次の出発はあり得ないだろうし、その時に、僕たちの文化財保護の仕事は、モダン以前のものづくりの賢明さの中にある思想を伝えるという意味で少しは役に立つんじゃないかと、自分を励ましている、というのが今の感想なんです。

中村　なるほど。それはもう結論ですね。
森口　つまり僕の子どもがあとを継ぐかどうかではなくて、次の世代の人々が元気で次の道を見つけてくれることを考えないといけない。我々の役目は新しい道筋がつけられるように止めるべきものを止める努力もしてこの世を去ることでしょう。

江戸時代の「ゆふぜん」

久守　友禅染というのは「友禅」という人の名前からきていると聞きましたが。
中村　そう、元禄よりも少し前の時代の人ですね。
森口　宮崎「祐善」だったり「ゆうぜん」。知恩院の門前で扇に絵を描いていた人の名前です。この人が防染糊による今で言う友禅染の技法を発明したのではありません。井原西鶴の『好色一代男』や『好色三代男』に、遊郭で遊ぶ分限者たちの間で「ゆふぜん」が描いたものを持つことが大流行したと書いてある。それは〝花の丸〟と言われる意匠でした。
　江戸幕府が、平和をもたらしはじめた一七世紀の後半、インフレによる物価高騰を止める政策として、衣装に関する染色の素材や技法にかかわる禁令が出し続けられる。そんな中、手描きの糊防染という禁止しようのない技法によって、友禅の描いた文様の染め出しが可能となり、自由を謳歌する時代の象徴として浮世絵と共に爆発的な流行につながります。
久守　禁止も悪いばかりではない。禁止したら他のものが出てくるわけですね。
森口　江戸も文化文政までが面白いと僕は思っています。元禄を中心とする時代は面白かったと思うなあ。上方と江戸が拮抗して、文化文政で江戸に重点が集まるでしょ、その前が面白かった。

中村　時々ものすごい粛清があって、奢侈を戒めたりして締めつけますが、でもそれを出し抜くようなエネルギーですね。

森口　今から考えると、江戸時代の初期には、実力を持ちはじめた商人が名プロデューサーとして文化の創出に大役を果していたように思います。浮世絵しかり、友禅をはじめさまざまな工芸が時代を先導した観があります。京都には平安時代以来の首都として全国からの物産を集積する回路があったので、それらを用いたものづくりの中心地として、幕藩体制のもとで大名の保護下にあった各地の藩とはちがって、商人と職人が手をたずさえて全国の藩を相手とした、独特の自由競争社会であったと思います。

伝統の中の革新

森口　今、友人の書いた本を読んでいます。ポール・ヴァレリーが言っていることらしいんですが、文化、特に文学というものは、暇つぶしに書いたらすごく興味を持って読まれて、一生懸命書いたら全然見向きもされなかったという文学の宿命的なことが書いてありました。僕も、今年はとてもいいものができそうと思いながら、うきうきと二、三カ月は素晴らしい気分で制作していて、やっと仕上がった時に、「こんなものか」とひどく失望する。でもそれを展覧会に発表したら僕の失望とは裏腹にすごく誉めていただいたりする。と、またものすごくうれしくなったり。自分って何なんだろうって（笑）、全く自信のない人間なんですね、今もその連続です。

野田　それはビックリする話です。

森口　未だに非常に危ないところで試みをしているから、全く自信がないんですね。

久守　その「試み」についてちょっと教えて下さい。森口さんの場合、グラフィックなものを友禅に持ちこまれたとき、当然冒険と思っておられますよね。お父様がすでに何か実験的なものをなさったから、息子としてやりやすかったとか、お父様が何かそれに対しておっしゃるとかあったのでしょうか？

森口　何も言わない人でしたから。

中村　以前もそうおっしゃっていましたね。

森口　技術も教えないからね、お弟子さんが教えてくれる。だから父とは何も喋ってないけれど、彼の作品の中に僕の影響らしきものが表れた時、僕は内心うれしかった。

中村　お父様は、季節の美しさ、花鳥風月的なものを徹底的に高度な技術で実現させた方ですね。一方で、蒔糊とおっしゃいましたか、あれは非常に革新的な手法だったんですよね？

森口　そうですね。江戸時代にもあったらしいんですけど、ごく部分的な技法としてあったのを、着物全体に使う技法として革新したということですね。

中村　伝統の中でもそうした革新を行う。しかし出てくる表現としてはすごく伝統的な花鳥風月の、その洗練の極みですよね。つまり、伝統の中に革新があるという、いわば両方を包含するお仕事だったと思うんです。その息子さんである森口邦彦さんのお仕事というのは、一見するとそうしたお父様が継承してきた仕事から切断して、つまりヨーロッパ的なグラフィックな技術や教養をたくさん身につけられて、幾何学的と言ってしまっていいかどうかは分かりませんけれども、全く違う作風として根本的に友禅を革新させたという点で高く評価された。

ところが、お借りした作品集を拝見しますと、絵柄が幾何学的模様とか言われるにしても、よくよく見ればそこには自然の形象が活かされているわけですよね。例えばタイトルにしても「雲海」とか「曙」とか「新雪」、それから「緑陰」。実は革新を試みた方なんだけど、裏の方にはやはり伝統的なものがある。そのお父さんと息子さんのお仕事の対比性がとても面白いと思ったんです。片や伝統の中で革新的な技法を発見した、そういう継承の仕方ですよね。邦彦さんの場合は、その伝統性を切断させて新しいものを導入しながら、その裏の方では伝統と結びつくようなことをしている。伝統と革新という問題が、親子でちょうど裏返しに重なっている。だから、一見全く違うような感じなんだけれども、向こう側にある文脈は私には重なっているように思えました。

森口　面白い、うかがっていてよく分かります。表現ということの肉体的な部分と精神的な部分を論じておられると思います。つまり、父の場合は表現の肉体的な部分は、昔からの流れの中で四季であったり、鳥や花、そういったものをちゃんと踏まえながら、しかし精神的には大胆に前のものを否定する。つまり、「あんなにたくさんの色を使ってどうするの？」という態度に出る。

大正の終わりから昭和の初めに、化学染料が日本に一挙に導入されて、ちょうど友禅染が型を使って大衆化するプロセスの中で、父は手描き友禅を覚えるわけです。そんな時代趨勢の中、「あんなにたくさんの色を使ってどうなるか」と考える。表現の肉体の部分はやはり菊であったり鶴であったり梅であったりしながらも、「僕はもう色はあんなに使わないよ」という反抗的精神に満ちていたと思う。

それに反して僕は、形の上では親への反抗かもしれないし、あるいはコンプレックスかもしれないけど、「ああいうのはできない」と思っていた。僕が真似をするとあれよりもよくなるわけはないのだから、僕は僕の表現の方法をとりますというほかなかった。思うに、表現の肉体的な部分である幾何学的なもの、抽象的な表現というのは、僕が内に持ち合わせていたものだと思うんです。九鬼周造が「幾何学模様こそ崇高で……」ってすごいことを書いているんだけど、それに僕はすごく励まされていました。もっとも、それは僕が三〇年ほどあとに読んだからよかったので、最初からそれを観念的に知っていたら、とても今のようなところに至らなかっただろうと思います。

僕の中でコンパスや定規を使ってものを考えて図形を作ることというのは、きわめて自然なことだった。でもやはり表現として憧れている部分では、歴史とつながりたいという気持ちは持ち続けていたい。最初に僕が公募展で賞をもらった作品「雪明」は、白黒で色の使い方にしても、八角形の、直角二等辺三角形を組み合わせたトポロジーの世界で段々余白が多くなっていく造形にしても、着物の世界では革新的なんです。

でも、あれは雪の夜に、中庭で降ってくる雪を下から見ていて、舞いながら落ちてくる様子を図形にしたものなんで、ある意味ではものすごく具象的で、そういうことはおっしゃるように色々あります。表現における自然との関わり、人間の小ささに比べて、自然界が持っている崇高さや大きさに対しての憧憬はものすごくあります。それは、自然を観察して素直に「きれいだなあ」って思って描いていた父よりも、もっとあるかもしれない。

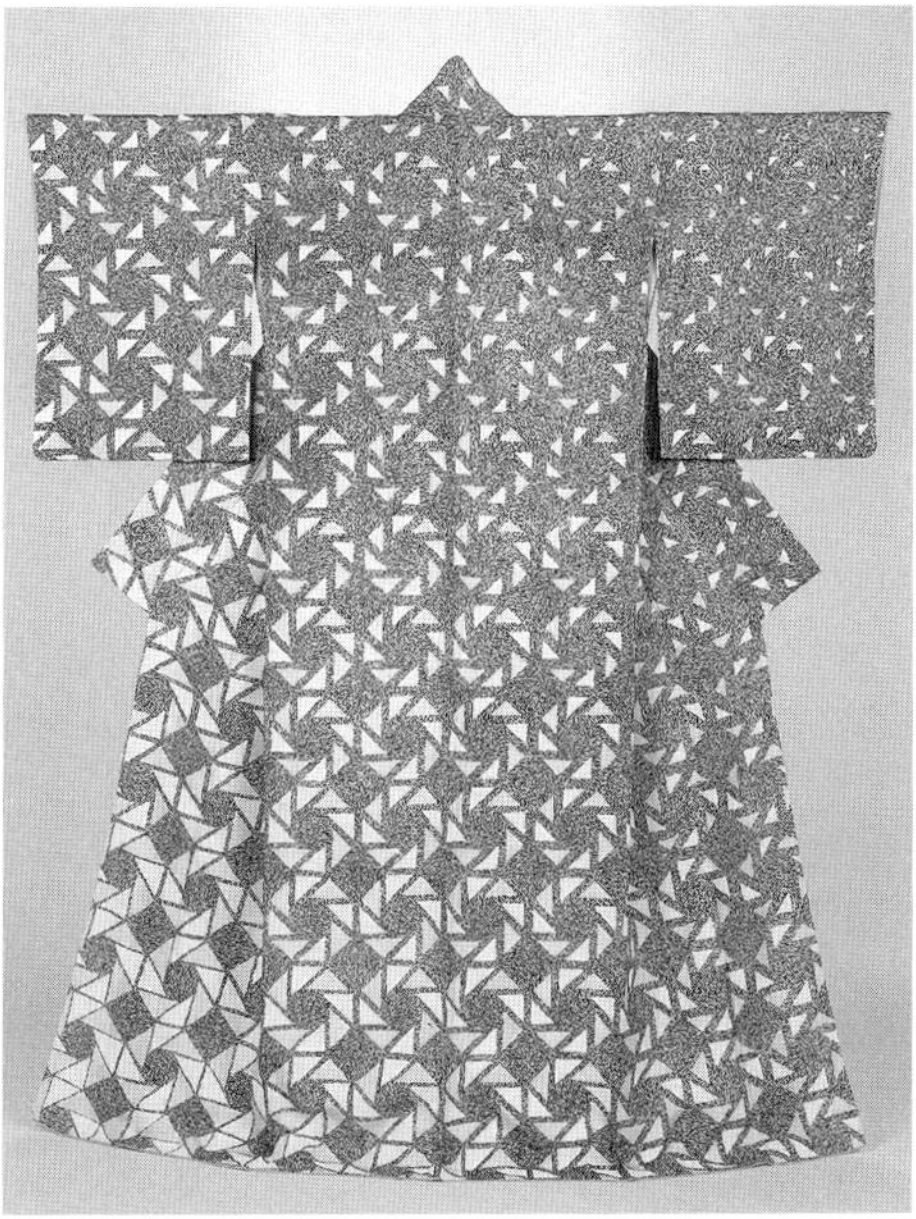

友禅訪問着「雪明」(1969)
第6回日本染織展　文化庁長官賞
(京都国立近代美術館蔵)

中村　それは興味深いお話です。

やはり伝統と革新という問題のとても重要なヒントをおっしゃったと思うんですよね。ありきたりの言い方ですが、伝統というのはそのまま何かを模倣的に受け継ぐのではないということ。そこにある革新的な、自分の発想なり手法というものがあり、それを通じてしか実は伝統とは結びつかないんだということを、身を以て実践されたということが、私には示唆的に思われます。対比的な構図だけれども、実はつながっている。今、肉体と精神とおっしゃいましたけれど、そのことを両方見た時に初めてそのことが言えるということがありますね。

森口　つまり、表現にそういう二面性があって、それが全体としてあるというか。表現というのは単に色や形だけで成り立っているものではなくて、それをする人の気持ちが入っている。

中村　とてもいいお話ですね。雪の降り方が「ねじれ」として見えているというのも、今までの伝統的な、決まり文句的な見方だったら出てこない表現ですね。だから、それはむしろ自然に近づいているということですね。

森口　観察していますね。

中村　そういうかたちで、ある意味で花鳥風月の世界を今の視点で実践したということが言えるわけですよね。

森口　もうちょっと真実に近いように、ということでしょうね。だから、ある時思ったんだけど、それはもう僕の世界を作り始めてからなんだけれど、僕は父とは全然違う表現の方法をとり始めたけど、できたら親父と同じ「美」という山に登っていたいなと思ったことがあります。ただし、僕は五合目くらいから始めさせてもらって、岩場のロッククライミングみたいな（笑）、本当に急峻なところを登ってるような気がします。一方、父は裾野から長い修行をしながら、徐々にやはり自分の道を切り開いて登り、頂きに至りつつある。自分もそんな頂きに行けるのかなという思いはありましたね。人生を終えたら、できたら頂上で会いたいという気持ちは今でも捨てていません。

中村　なるほど、そういうことなんですね。

森口　あと、やはりできたら自分なりの登り道は作りたいという気概はありました。親が作りつつある道、僕はそこは登らない。難しくても自分の道を登りたいという気持ちはありました。それはやはり、バルテュスから言われて自分の故郷に帰ろうと思い、それは並大抵のことではないということは分かっていながら入った世界でしたが、本当にそれは大変な世界でしたね。

もう一人の父、バルテュス

久守　バルテュスは、何を思って森口さんに「日本に帰れ」と言ったのでしょう?

森口　僕と会って親しくなった時には言わなかった。彼はその翌年、朝日新聞に招かれて再び日本を訪れた時、京都のこの家に来ている。父の仕事を見て、父の仕事の色が好きになっていた。バルテュスはたいへんなカラリストでしたからね。色を大切にした人。父の色使いと同じなんですよね。あのローズの使い方と、エメラルドグリーンの使い方は全く同じなんです。それが理由としか考えられない。私には幸せなことに、そういう二人の父がいる。

久守　バルテュスは、他に何か言ったわけではなくて、とにかく「帰りなさい」と言ったのですか?

森口　うちの父が「帰らせてくれ」とは言ってないと思います。ジャン・ピエール・オシュコルヌという僕のフランス語の先生がいて、その先生は戦前の神戸のフランス総領事の息子さんで、シベリア経由で日本に来て、日本に居続けた。戦争中も敵国人として半ば幽閉状態でいて、警察に拘留中もお茶を点てていたくらいの人ですから、よほど日本が好き、丹波焼が好きでね。純粋の日本家屋に住みながら、船乗りをしていた日本の料理人を雇って生活し、丹波焼のフルコースの食器を使っていた。アンドレ・マルローもバルテュスもオシュコルヌ先生の通訳のおかげで、〝素晴らしい日本〟のイメージを持っている。僕も彼らの描いてくれる日本、彼らの作る素晴らしい日本像に応えねばならないのではないか（笑）と。失望させるわけにはいかないという思いはありますよ。

中村　それも面白いお話ですね。

森口　つまり、そんな上等じゃないと思うけど、そこまで思ってくれるんならば、と。男と女の関係みたいなね。

中村　その愛に応えようとされた（笑）。

森口　そうです。お互いがそういう愛情に結ばれながら文化交流をするっていうのは素敵な話だと思う。求愛です。僕はそれを「幻想」とは言いたくない。リアリティの一つだと思う。リアリティの一つの側面です。

野田　ありがたい言葉をいただきました。

中村　つい二、三週間前に色の問題を考えていたんです。ある博識の日本文化論の受け売り的な説明になりますが、「イロセ」というのは大和言葉では「兄」の敬称なんですね。「イロモ」というのは「姉」。ですから、元々大和言葉では敬って愛する対象を「イロ」と言ったんです。漢字の「色」の上の部分は人間の形を表していて、下の方は人が跪いている形らしいんです。人が上と下で重なり合っている、触れ合っている。つまりあれは交接で、「色」というのは二つが睦み合っているわけですね。

そうすると、日本語の中では「色」というのは両方が重なることを表していて、そこから男にとって、それがもつれ合う女性の顔の美しさを指したり、やがて男女間の感情を表すようになって、段々意味が拡大されてきた。それが美しいもの一般を指すようになった。でも元々は、漢字も、それから大和言葉としての「イロ」も人間の感情的な関係性を指すんですね。そうすると、先ほどの森口さんのお話はまさしく「色の仕事」ということになります。

森口 そう、非常にリアルに色でもあるんですけど。

中村 つまり、やはり向こうに愛してもらっていることに応えようとする。まるで出来すぎのような話になっちゃうんですけど（笑）、そうなりますね。

森口 父とバルテュスの間にもその交流はありました。バルテュスは感動してフランスに戻ってきて、「こいつをもうフランスに置いといてはいけない」って思ってくれたんだと思います。その後も彼は何回も日本に来てくれている。結婚の披露宴には、是非父の着物を貸してくれって言って、奥さんに父の着物を着せたりした。もっともっと中に入り込んで、色について二人は語り合っていたはずです。

ですから、その後の父の仕事の中には「あれ？」というような色づかいもある。それは僕を通じてバルテュスと出会ったから、それがまた展開しているんだと思います。僕がさっき言った「試み」を続けているというのも、彼の影響がある。これはフランス人の癖ですが、同じことは二度と繰り返しちゃいけない、同じことを二度としないという鉄則がある。一番忌むべきは自己模倣です。自分が成功した例の、その上に何かを塗り重ねることはしない。一度それを否定して出発しなければならない。そういうオリジナリティを重視する。これはフランスの学校教育の中でも日常的に言われていますし、創造的なもの、自分が何かを持っていることをまず信じなきゃいけないと。

僕の学校の先生はスイスの方が多かった。「まず自分にしかない何かを持ち合わせているということを信じること、そしてそれを見出すことが人生なんだ」と教わった。「ずっと見出し続けていきなさい、それは誰にも取られない」と言われていました。その「取られない」という部分では、父親とも重なる。父がもの作りになろうと思った根本には、大正時代の恐慌の体験があると思う。元々森口の家は庄屋で、明治には米屋になって、米蔵が七つあったのが毎年一つずつなくなっていった。それで「あるものはなくなる」という、ものすごく怖いことを子ども時代に体験しています。

　父にとって、誰にも取られないもの、というのはやはり「技」だったんでしょうね。ジャン・ヴィドゥメールという、スイス出身で今はフランス人ですけれど、フランスの高速道路のサインとか、ド・ゴール空港のサインとかをデザインした先生と、その先輩のアドリアン・フルティガー先生の二人が、僕をものすごく可愛がってくれました。フルティガーさんというのは、当時のＩＢＭが作っていたタイポグラフィのすべてをデザインした人で、今でもタイポグラフィの中に個人で名前が残っている人です。フルティガーさんには僕はお習字のように竹ペンで活字のデザインを教わった。

久守　それはグラフィックデザイナーの基礎訓練みたいなことですか。

森口　基礎訓練というか。

久守　皆がやるわけじゃないんですか。

森口　皆はついてこられなかったみたいです。

久守　向こうに行ったことは、当然プラスだったわけですね。

森口　そもそもこっちに帰ってくるつもりがなかったですからね（笑）。

久守　さっきの話に戻すと、彼らは日本に関して当然幻想を抱いていて、森口さんからすればそれはちょっと違うんじゃないかと思う部分もあったけれど、それを壊してはいけないとお考えになった。

森口 期待を裏切っちゃいけない、絶対に裏切っちゃいけないと思いましたよ。

中村 それはよく分かります。理屈を超えた愛のリアリティというのはあるんですよ。だから、先ほどの「色的関係」の中でお仕事をなさって、本当の色の問題にまで至るというのが大変面白いです。そこでちょっとお聞きしたいのは、後ほどいろんなお仕事をなさった時に、バルテュスは何ておっしゃっていましたか、森口さんの新しい仕事に関して。

森口 バルテュスは僕の作品は嫌いでしょう、そう僕は思う。だから、一切訊かなかった。嫌いに違いない。

中村 それはどうでしょう。

森口 だけど、一九八五年かな、友達の紹介でスイスの美術館の仕事をしに行った時、その帰りにそこの学芸員の方がローザンヌの市立装飾美術館の館長さんに紹介してくれた。するとその館長さんに「来年あなたの作品で展覧会をしませんか」と言われた。僕は「えーっ」と思って。

その頃、まだ僕は四〇代で、外国での展覧会というのはたくさんのお金がいるしとためらっていたら、「そんなのはなんとかしますから」と言ってくれたから、僕が「ちょっと相談します」と言ったら、「誰に相談するんですか?」と聞くから「バルテュスだ」と。バルテュスにその話をしたら「やりなさい」って。「近いからいいじゃない、うちに泊まったらいいし、そんなにいいことはないよ」って言ってくれた。

その時の僕は、そんなことを期待もしていなかった。ヨーロッパで活躍したかったのに日本に帰って来て、「仕方ないな」と思いながらやっと活躍の場を見つけられたけど、「もうヨーロッパの人には関係のない世界、着物だから仕方ない」と思っていた時だったから本当にうれしかった。

久守 バルテュスが「やりなさい」と言った限りは、彼は彼なりに強い印象を受けたということでしょうね。

森口　彼もうれしかったんだと思う。つまり、僕と会えるじゃない（笑）。僕も、常に彼に会う口実を作りたいけど、ただ遊びに行くだけは嫌でしょ、何かないと。だから、彼に会うために彼の地で展覧会をやった。そんなもんです。彼に会いたいから展覧会を開いたら、彼は燦々と輝く車に乗って現れる。ものを作る人間しか味わえないものでしょう。

自然を介した共通言語

久守　館長さんには森口さんの着物を実際に見せたんですか、それとも写真か何かですか。

森口　写真です。

久守　それは、グラフィックデザインとしての着物が面白いという理解なのでしょうか。

森口　装飾美術館のリピュナーさんという館長さんは、江戸時代からの日本の着物の歴史を知っている方です。その小袖の歴史の中で言えば、僕の作品はすごく新しいということを評価してくれた。僕の展覧会は、三年に一度の国際的な展覧会がある年の夏の三カ月に展示期間を合わせてくれて、ローザンヌの町にとって大変なことだったようです。

久守　リアクションはどうだったのでしょう。

森口　ものすごくいいリアクションでした。造形の世界をちゃんと見てくれました。ただ、着装して立体になったのを見せられないのが残念だというのが正直な感想です。

久守　着せては見せてあげられなかったわけですね。

森口　そう、ただ、写真だけです。だけどやはり僕の作品は、夕焼けに鶴が飛んでいる図といった具象的なものの描写の世界ではなく、時間の推移のように色々と形態が変化していくわけですが、それがものすごく楽しいみたいでした。むしろ日本の人よりも楽しんでくれているように思えました。

久守　共通の言語があるみたいな感じになるんですね。

森口　そう、翻訳しなくていいといいますか。

久守　よく分かります。

森口　僕はそんなことを別に望んでいたわけではないですが、日本的な「新雪」であるとか「雪明」であるとか「曙」といったものを英語にしたら、向こうの人にはちょっと違和感があったかもしれない。

久守　その途中のプロセスが分からないですからね。

森口　僕の作品でロンドンのヴィクトリア&アルバート美術館に収蔵されている「黎明」と名づけたものがあります。夜明け前の一瞬のキラッとした光を表現したもの。京都に住んでいると、地平線から段々と太陽が昇ってくるんじゃなくて、周囲に山がある。日の出の頃に東山のふもとにお墓参りに行くと、周りが青い世界から白い世

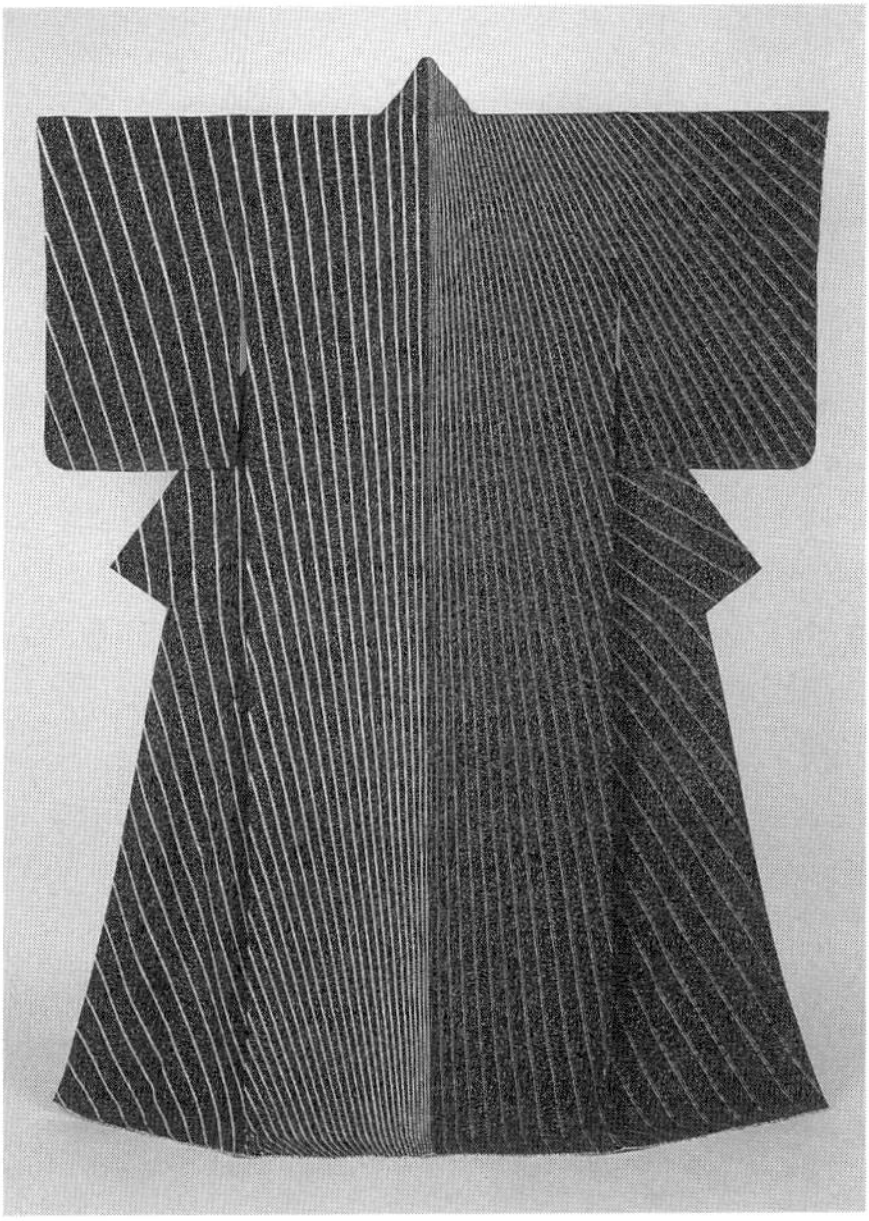

友禅訪問着「黎明」(1987)
第34回日本伝統工芸展
(ヴィクトリア アンド アルバート博物館蔵)

界になる寸前に、紫色みたいな、紫色になって黄色になって白になるという、その一瞬のきらめきを表現した作品です。

久守　言語を超える部分が出てくるわけですね。つまり、「松竹梅」って言ったらこれを説明しないといけないですけど、それをせずに、ある意味では自然を介しての、あるいはグラフィックを介しての共通言語になっているところもあるわけですね。

二〇〇七年にロンドンのブリティッシュ・ミュージアムで日本の工芸家一二〇人くらいの作品を紹介したことがありましたよね。日本で工芸展をやるのですら大変なのに、ブリティッシュ・ミュージアムで日本の伝統工芸を現代まで通して見せるなんてさらに大変なことですよね。あれはとても珍しい紹介の仕方でしたね。

森口　館長も最初は、中国の秦の始皇帝の兵馬俑の展覧会をメインのセントラルコートに持っていこうとしていた。しかし、日本における文化財保護の五〇年を顧みて、結局、館長はこの日本の「わざの美」展をセントラルコートで開催し、図録の序文に結論として「このように、日本が継続させようとしている運動体を、インターナショナルコンテクストの中で見なおさなければならない」というふうに書いた。

久守　どうしてイギリスはこれに興味を持ったのでしょう。伝統とかその後ろにある技術にあったのでしょうか。

森口　これが現代だからでしょう。「ちゃんと続けられていて」とは言っても昔のように鶴や梅じゃなくて、うちの父の作品にしても非常に抽象的な形のものを選んでいったし、僕もそれを選んだ人間の一人だから少しは役に立っているかも知れません。

中村　伝統的なものにある今日性を感じたんでしょうね。

久守　とてもいいお仕事でしたね。それにしても面白いのは、日本へ帰って来ると、「イギリスでこうだったから日本でも」って反応が出る。

中村　日本のよくあるパターンですよね。レオナール・フジタもそうだし、西洋的な発見によって日本でも価値が目覚める。

野田　まさにそれこそが、我々が「日本幻想」という概念で考えていることです。

森口　新聞の記事で絶賛されています。「イギリスの文化にたずさわる公人は皆この展覧会を見てほしい、我々にだってこんなことができたのではないか」みたいな感じの記事でした。他の記事もご覧いただいたら分かると思いますが、例えば"small"とか"old"とか、"daily life"とか書かれている。一般的に、美しいものを論じる時には「力強く」とか「大きく」「新しく」「特別な」という言葉遣いになると思うんだけど、タイトルを見ても"old"って書いてあるわけです。"beauty in daily life"とか。"small"なんて本当は誉め言葉じゃないんだけど、「小さいから美しい」ということを論じているわけです。

久守　ただイギリスは小さいものは比較的好きだと思います。ピーター・ラビットでも何でも、本を小さく作るとか。やっぱりイギリス人は基本的に小さいものが好きというところがある、全部が全部じゃありませんが。

森口　なるほど。でもよくあれだけ誉めてくれたなと思いました。イギリスには"living national treasure"っていうのがあるんですね。それを知ったのがCOP3が京都であった時だから大分前だけど。"living national treasure"では何を守っているかというと、生活のすべてが規定してある。ある農村の、馬を使ったこういう生活を守る為に必要なものを作っている人全部、その人たちを"living national treasure”と言っている。そしてそれに必要な用具を作っている人たちは“holders of living national treasure”。

今、僕があれだけ誉めてもらって、去年ユネスコの事務局長の方も来られたけど、ユネスコの無形文化遺産の認定に関しても、食材を登録しようとしている。そもそも僕たちが本来無形文化財と言っている“intangible cultural property”にしても、何の為にそれを保護するのかということを決めないで始めたでしょ。だけど、それに意気を感じてその技術を使って何か新しいものを作ることによって、同時代人の共感を得た。文化財としての技術の保存は五〇年間一応成功した。しかしこれからの五〇年間が問題なんだよということ。世界の目から見たら、イギリスの“living national treasure”の方がもっと論理的だと思います。

野田　そうじゃないと本当はおかしいですよね。着物なら着物というジャンルだけを保存してもダメなわけで。それを着る人の世界が全部含まれていないと。

自然、幾何学、美

森口　でもその一方で、ヨーロッパの人たちに素直に見てもらうにはどういうものを持っていけばいいかというのは僕はだいたい分かっていたから、イギリスの時も選考委員の中で作家は僕一人しかいなかった。「もう他に入るな」って言っていた。だって色々入れて、「あの先生を入れたらこの先生も入れなきゃ」ではダメでしょ。だから、僕一人で全部責任を取って、色々言われたけど最後までやって、この評判になったから黙って認めてもらえるようになった。

野田　先ほどの「彼らの語る日本像に応えよう」みたいな態度と同じですよね、基本的には。

森口　彼らに僕たちのやろうとしていることの全部を見せてしまったら、彼らのイメージに応えられない。でも誠心誠意、彼らに分かるイメージ作りを意識しました。

野田　だから「現代」だとおっしゃったんですよね。そこで今までうかがっていて、まだ話題になっていないかなと思うのは、先ほど自然の問題が少し出てきましたけど、科学的な知識というか見方、そういうものが森口さんの中にあって、少しトポロジーという話も出ました。つまり雪をどう見るかという時の、雪の定型的な見え方と、そうではなくて下から見るなど視点を変えておられる。そこでクルッと伝統的なものを変えていく。森口さんにとってはむしろそれが先にあったのかもしれないんですけれど、伝統的な雪の見え方、あるいは表現の仕方と、森口さん独自のものの見え方の中に、かなりトポロジーという問題が入っているのかな、と感じながらお話をうかがっていたんです。そこがヨーロッパの人たちの目を惹きつける点でもあったのではないか。つまり単なる伝統ではないということがそこにあるんだろうと思うんです。

森口　真実に向かうという科学の世界と美の世界はちょっと違うと思うんですね。自然を観察して、その形を純粋にして洗練させていく方法が一方であるとすれば、僕の場合は自然をじっと感じて、その中にある秩序みたいなものを見つけてそれを形にする。だからものすごく観察しますし、写生も好きです。いい景色だったらじっと座らせておいたら一日でも二日でも描いていられるくらい写生は好きなんですが、僕の中では、結局は描きながら、何かを感じ、秩序を求めている。それが形になるのかな、だから幾何学的なんですよ。自然はものすごく幾何学的なんだ。

中村　それは確かに感じることで、適切な言葉かどうかは分かりませんが、一種の美的ロジックを感じますよね。だからそれは、科学とは全然違った合理性の追求だという。

森口　秩序みたいなものを形にするということは、一種の合理主義者が美を求める一つの姿勢かもしれないし。でもそれが今ぐらぐらしているから困っている。でも僕は言い始めたから最後までいく（笑）。

中村　でも、それは察するに、合理的であろうとかロジックを通そうとかそういう意識が先行するんじゃないですよね、結果としてそのようになっちゃうんですよね。

森口　もうそういうように生まれたのでしょう。

野田　先ほどから秩序というふうにおっしゃっているのもまた面白い言葉だなと思っています。それはつまり合理主義の秩序じゃないですよね。

森口　法則みたいなね。

野田　合理主義というのは、人間が合理主義的にものを見るということですけれど、森口さんは、逆に対象の中に合理があるというふうに思っていらっしゃる。コスモスというのは元々オーダーという意味ですよね、カオスが対義ですけど、そういう意味で事物の中の秩序ということ、つまり宇宙の中の秩序かもしれませんけど、それを見ておられる感じのする言葉かなと思っています。

森口　それが見たいと思っているんですよ。そういうものを形にできればと。

中村　パリで見た冬の風景と日本で見る風景、雨にしても雪にしても山にしても曙にしても違うと思うんです。そのあたりはどうですか。

森口　やはり日本的な発想が、日本の自然の中にあるでしょうね。

中村　それはどちらでお描きになるんですか？

森口　どうなんだろう。「曙」にしても割と自然に近い名前がついているのは、日本での体験ですね。ただし、「緑陰」はデンマークです。

中村　それは気がつかなかった。

森口　あのグリーンは日本では発想できない。日本ではもっと黄味なんですよ。コペンハーゲンで展覧会をやってくれるというので、前年の夏の終わりの九月にどんな美術館か見に行ったんです。ちょうど天皇陛下がご即位になる時。出発する成田の空港にある方から緊急の電話がかかってきて、ご即位の時に着る着物を作ってほしいというお話で、この旅行をしている間中ずっと考えていた。そういう思い出があるんだけど。その時に美術館から見た、ものすごく濃い木の影、太陽に輝く部分と影の部分のコントラストがすごく強烈だった。それが強く印象に残ってね、その時のキラキラとした光の記憶が忘れられなくて。

友禅訪問着「曙」(1974)
第11回日本染織展

久守　じゃあもう一つ。「渓流」という作品の水はどこからでしょう。

森口　それはね、ちょっと異文化との関わりかな。右上の方の袖のところでは、正六角形の中の真ん中に一本棒があって。僕がその図形を描いている時に、そんなに丸くないんだけど「水に見える」と言った外国人がいるんですよ。「じゃあ、水の字にしよう」って。それでその図形の展開に意味をつけようということで、象形文字の成立過程

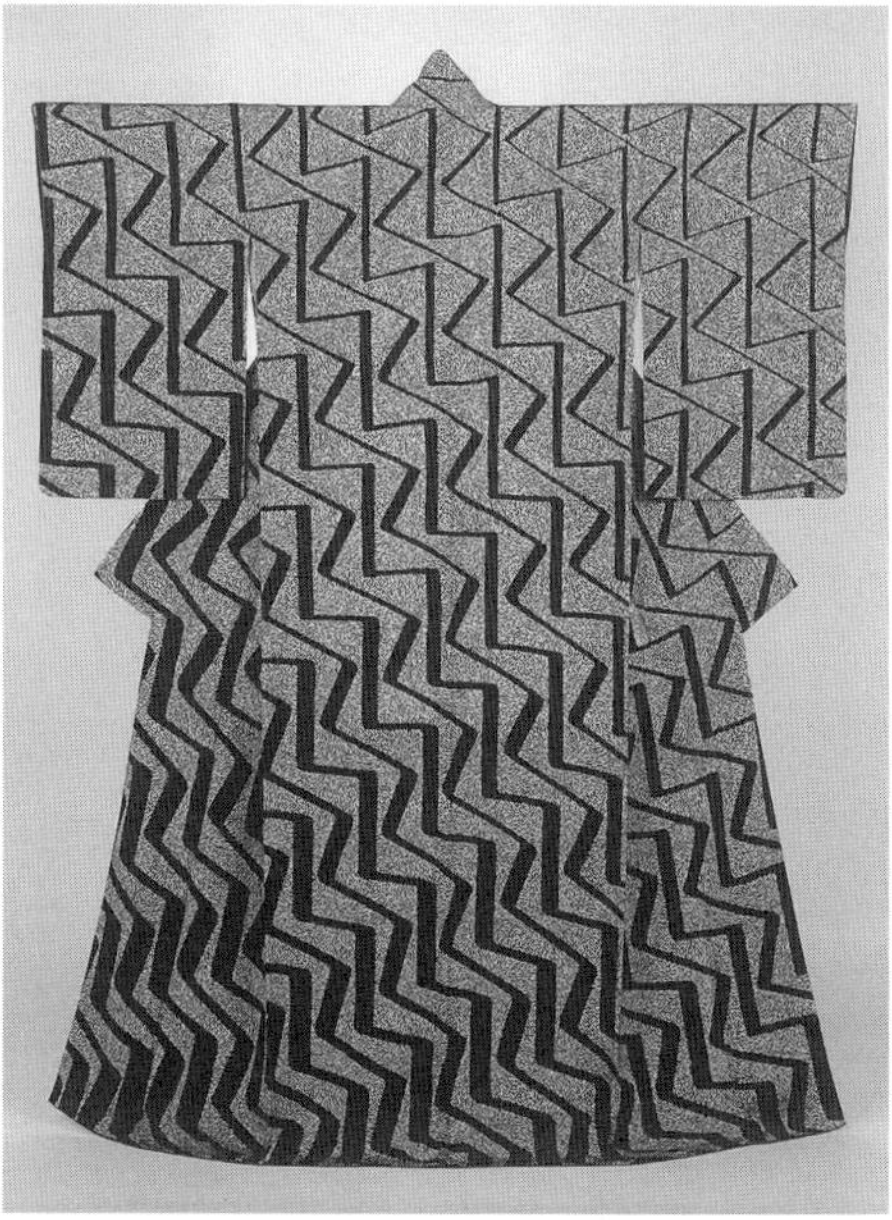

友禅訪問着「渓流」(1973)
第20回日本伝統工芸展　朝日新聞社賞
(広島県立美術館蔵)

のようにしました。だからその外国の人がそう言ってくれなかったらこの作品はないんだなあ。

中村　それは「水」という漢字を知っていてというわけではなかったのですか。

森口　いいえ、その人は日本に一年いたかな。漢字は覚え始めていた。

中村　でも、かえって我々だったら気がつかないかもしれない。

野田　それは見るということの鮮度を失ってしまっているということでしょうか。見ることに慣れてしまって、惰性で見ているから。

森口　その後、自分で文字を図形のベースに入れて、それを崩すというようなことを何度か試みたことがありますけど、全然成功していなくて、その後は作ったことありません。やはりそういう出会いの一回だけですね。

中村　ちょっと唐突な質問ですけれど、×（バツ）という印でデザインなさったことはありますか。

森口　ありますね。「青晨」も×なんですよ。

中村　というのも、今から三〇年ほど前に出た『バツの本』という好きな本があって。×というのは非常にコズミックな印だというんですね。西欧では十字架になるし、卍にもなる。
森口　×は面白い。また意識してやってみます。×が三次元に交わってくると面白いですよ。それが結局、僕がかなり多用する六角形なんですよ。つまりこれが立体的になると六角形になる。
中村　それが完成したら必ず教えてください。×には非常に関心があって。新宿西口の超高層ビル街の三井ビルがそうです。あれが×の印ですね。全部×でデザインしたんですね。
森口　ああ、構造体がね。耐震の。
中村　だからあそこのビル群で、存在感がきわだっています。やはり一種の宇宙的シンボルだからということでしょうかね。
森口　今作っているのも一つはそういう要素があります。

友禅訪問着「青晨」(1979)
第26回日本伝統工芸展

佇まいへの挑戦

久守　「位相色紙文」についてうかがいたいんですけど、この色の濃さと面積の関係はどうなっているのでしょう。
森口　この場合は密度の問題だから、その上か黄色の上に蒔糊を落として、その上から黒を染める。その蒔糊の分量の変化だけで、それだけの効果があるということです。これはものすごくよかった。ドキュメンタリー映画を撮ってもらった時に「どうしても着せろ」って言うから、うちの次男の嫁が来てくれて色々着せ替え人形のような事をしたんですけど、これが一番よく似合った。

野田　そうですか。これを着ている人を見てみたいと思っていたんですけど。

森口　うちの息子もびっくりしていました。綺麗になったのと、存在感が出るでしょ、こんな着物が似合うとさ。

久守　大変ですよね、これに似合おうというのは。

野田　そう。いったい誰が着るんだろうって思います。

森口　その時は贅沢に、親父さんの着物も大分出してきて着たんだよ。そうしたら家内がね、「やっぱり今の人だねえ」って。「新しい方が似合う」って。

久守　結局、顔がもう違うんでしょうか、今の人は。

森口　顔も含めて、やはり在りようが違うというかなあ。佇まいが違うというか。佇まいっていうのはいい言葉ですね。そういう佇まいと文様との関係とかね。英語にあるのかなって思うけど、その佇まいというものとその時代の文様というのがピタッときた時に、やはりその時代の証言者としての文様があり得ると思う。

中村　佇まいというのは、形と同時に雰囲気も含むんですよね、ある複合的な空気感みたいなもの。

森口　そうなんです、肉体の外側まで、何センチか。

中村　その外側に着物を着せるというところがあるんですね。

森口　それは時代が着物を着ているということでね。佇まいは新しいテーマにしてください。

久守　解説には「だまし絵」って書いてありますね。

中村　遊びということをとても大事にされていますよね。先ほどの合理性という言い方の中の問題として、にもかかわらず遊びがある、という感じがしますね。

野田　そこが、「にもかかわらず」なのかどうか。

中村　ならば、「合理性ゆえに」でしょうか。

野田　そういうような感じが僕にはするんですよね。

中村　きっとそうにちがいない。

森口　僕はそれが目的なのかもしれない（笑）。

中村　何というか、ロジックを通そうとすることによって初めて生まれる遊びがあるんですよね。

森口　それはもう、僕の世界に段々入ってきてくれているんだよ（笑）。つまり、それが面白いと思ってくださると、僕の世界が始まると思う。つまり「これはどうして」というような。「じゃあ、こっちをこうすればどうなるの」と言ったら、「そこにしてあるよ」というような感じで。

野田　作品にはタイトルがついているんですけど、これはどちらが先ですか？　言葉を先につけるのかどうか。

森口　言葉が先じゃないですね。

野田　そうですか、作られてからですか。僕は結構、コンセプトがあってのことだと思っていたんですが。

久守　私は逆だと思ってた。

中村　でも、途中で何かふいにタイトルと中身が一致して、ということはないですか？

森口　あります、「緑陰」はそうですよ。木の間にキラキラっと光るのがあったから、最初からこのタイトルはついていました。
野田　なるほど。
森口　「雪明」も最初からこのタイトルでした。
久守　やっぱり、着物っていうのは深いですね。ただ着るだけではない、その雰囲気まで全部入っているというのが。
森口　その辺が分かってもらえればいいなって思います。なかなか分かってもらえないんです。ヨーロッパの人に着物の面白さというのは。他のオブジェと違って、僕がある提案をしたイメージを、着る人がどう着るかによって全く変わりますからね。着る人が二番目の表現者になるわけだから、着る人の人柄が表に出てくる。だから図形や色合いが違って見える。その辺が着物の面白いところなんです。
久守　展示の形だけで終わらないいんですね。
森口　終わらない。それがどこかしたたかでもあり、こんなに面白い世界をこの時代で終わらせていいのかという思いはある。だから一生懸命、新しい試みをしてみたい。というのは、いろんな女の人にいろんな女であってほしいというか、美しさであってほしいという、男の願望です。そんなことが男と女の間で、どこの国でできるか。ここでしかできないじゃないですか。
中村　ほんとうですね。
森口　だから、女の人はすごく幸せなんだよ（笑）。
中村　男は着られませんね。
森口　「男の人には作らないのか」って聞かれたから、「もってのほかだ」って（笑）。そんなものには全然興味がない。

野田 ヨーロッパでは、フランスでもそうですけれど、洋服のファッションのデザインというのがありますよね。そういうものを意識されたりすることはあるんですか？　つまり、その線上で着物のデザインをなさっているというふうにお考えなのか、それとも全く関係ないのか。

森口 関係ないでしょうね。完全に図形の遊びに入っていくことが多いし、今ご覧いただいた構成的な仕事ですと、平面構成と立体になった時の「これはどうなるんだろうなあ」という挑戦。「これを着てくれる人がいるかな」と思いながら、やはりやってみておこうと思ってやっている。だからそれが僕の試みなんですよね。それはやはり男から女への挑戦でもあるしね。だから永久に続くよね、「こんなのどう、あんなのどう」って。それでいろんな人がそれに対して興味を持ってくれて、協力して着てくれれば一番いいしね。

久守 逆に言うと、着物が平面であるっていうことが面白いのでしょうか。これが立体的だったら、こんな試みはできない。

森口 そうだけど、こういう考え方で着物を作ることを提案したのは、合理主義のなせる業でしょうね。あまりにも商業的な、売れればいいという世界、見えるところだけ模様をつける感じです。どの高さに鳥が飛んでいて、どこに花があってという、いわゆる友禅模様の典型的な構図が出来上がってくるわけでしょ。僕は、そんなものは全部御破算にして、平面と立体の関係でやっているのです。

久守 なるほど、皆が皆、森口さんみたいなやり方ではないのですね。

森口 だから僕はそんなに簡単に飯が食えるようになったわけじゃなくて、いろんな人が助けてくれたからです。僕のじゃなきゃダメだというご婦人がいてくれたからこそここまでこられたと思います。その人も、僕のを着るのはとてもしんどかったと思う。いろんな思いがありすぎてね。

久守　重い着物ですね。

森口　だけど、その人たちの多くが、一度着て「うまくいった」という時の、それを忘れられないのね。その時の感動が忘れられないんだと思う、僕は。

久守　自分が彫刻になって歩くようなものですからね。

森口　それをどこに着ていくかということもね。その場を選ぶことも。

中村　それは演劇性も入ってきますね。だからどこで完成するかというと、ここで一枚仕上がりましたではなくて、それを着せてみて動かしてみせる、その演劇的な場があって初めて完成になるというところがありますよね。

森口　そうです。だから僕は、この仕事を始めて六、七年目かな。展覧会をして、モデルさんを雇ってもらって、一枚しかない着物を着せて見せて解説したりすることをやらないと売れなかった。昭和四〇年代でした。僕自身は画家で彫刻家で、それから映像作家みたいな、つまり四次元の時間軸も加えて、そこまで僕自身が表現者として関与できるというよろこびで仕事をしていました。「こんなに面白いのにどうして皆やらないの」っていうふうに。

編集・構成　吉村聡

（日時：二〇一一年七月一四日（木）
場所：京都市内　森口邦彦氏　工房）

2

不思議の国のゴリウォグ
日本への眼差し

髙田賢一

1　日本への関心の高まり

ジャポニスムの背景

一九世紀後半から二〇世紀の初期、イギリスでは児童文学が興隆期を迎え、物語や絵本で描かれる内容が家庭や子どもたちの日常の空間という狭い世界から解放され、広い世界、未知の世界へと目を向けるものが多く登場してきた。児童文学も家庭や学校等の身近な世界を描くだけではなくなっていく。当時流行の休暇物語や冒険物語等に明らかなように、未知の世界に目を向けるものが多く現れるようになった。

未知なる世界の最たるものの一つ、それは西欧文明とは異質な地域、異文化の世界である。その時代の社会的背景として中近東およびアジアでの活発な植民地活動があり、見知らぬ異国の典型として東洋に目を向けさせたと思われる。インド、中国、そして日本等である。当時の欧米諸国にとって地の果ての世界の筆頭、それが東洋であった。とりわけ日本は長きにわたる鎖国政策もあり、西欧諸国にとって好奇心、美化、偏見、誤解の対象としての不思議の国であったと思われる。

今から三十数年ほど前のテレビドラマ「将軍」（一九八〇）に始まり、映画『ブラック・レイン』（一九八九）、トム・クルーズ主演の『ラスト・サムライ』（二〇〇三）、そして『サユリ』（二〇〇五）等、アメリカ映画界は異文化の国である日本に断続的に関心を示してきたが、なぜ日本なのだろうかと思わせる。

ジャンルこそ違え、一九世紀末にイギリスで出版された絵本「ゴリウォグ・シリーズ」の数巻は、いわばそのはしりとなる絵本だと言ってもいいだろう。本論ではとりわけ、フローレンス・アプトン（Florence K. Upton, 1873-1922）絵、母バーサ・アプトン（Bertha Upton, 1849-1912）文の絵本「ゴリウォグ・シリーズ」のうちの二作品に着目したい。

第一巻『二つのオランダ人形の冒険とゴリウォグ』（*The Adventure's of Two Dutch Doll and a Golliwogg*, 1895）と、日本を主要な舞台とする第二巻『ゴリウォグの自転車クラブ』（*The Golliwogg's Bicycle Club*, 1896）で示される東洋、特に鎖国後の日本のどのような点が関心の対象となったのだろうか。また、その関心の対象物はどのように捉えられ、描かれているのだろうか。これらを見つめることにより、一九世紀末の英語圏の西欧諸国が日本に向けた視線の意味の一端が明らかになってくると思われる。表層的な面としては、異文化の国日本の生活・風俗・衣食住に関わるもの、そして、深層的な面としては、武士道的美意識や死生観が西洋の好奇の対象となったと思われる。

ゴリウォグ絵本

一九世紀末から二〇世紀初頭にかけて、絵本「ゴリウォグ・シリーズ」は、幅広い読者層からの支持を得ていた。その結果、この絵本は全一三巻のシリーズとなるほどだった。第一巻では、ゴリウォグは失敗を繰り返すユーモラスな黒人の人形として設定されているが、滑稽なゴリウォグは主に英米で人気を呼び、彼をモデルとした黒い皮膚と黒い髪の人形や関連グッズが子どもたちに愛されたという。

その人気は広くヨーロッパにまで波及し、例えばクロード・ドビュッシーの音楽「子供の領分」には、「ゴリウォグのケーキウォーク」の部が入っているほどである。これは、ゴリウォグ人気の一端を窺わせるほんの一例である。その一方、この絵本シリーズは黒人を笑いの対象にしているとの批判に晒された。今日から見ると、ゴリウォグは笑いを呼ぶ、やや滑稽な黒人として描かれているのは確かだとしても、批判や嘲笑の対象として描かれているわけではない。二〇世紀後半に高まってきた差別的絵本とする見方は、どう考えてもヘレン・バンナーマン（1862-1946）の絵本『ちびくろサンボ』（*The Story of Little Sambo*, 1899）の場合と同様、過剰な反応ではなかっただろうか。

2 ゴリウォグの見た日本

ゴリウォグとパリ

「ゴリウォグ・シリーズ」の第一巻『二つのオランダ人形の冒険とゴリウォグ』では、奇妙な服装の日本からの賓客が踊りの輪の中に入るクリスマス前夜のダンスパーティが焦点化され（図1）、第二巻『ゴリウォグの自転車クラブ』では、日本が主要な舞台の一つとなっている。第二巻の前半の舞台はフランスのパリに設定され、後半では日本がクローズアップされている。パリが西欧の文化文明の中心地であるとしても、なぜ日本なのか。その理由として考えられることは、ジャポニスムと呼ばれる日本へ

図1　『二つのオランダ人形の冒険とゴリウォグ』（「ゴリウォグ・シリーズ」第1巻）表紙

図2　奇異な日本の表象（左）

の関心の高まりに加え、欧米諸国のアジアへの進出という時代の動きがその背後にあったと思われる。

第二巻に登場してくる主要人物は、第一巻と同様、ペグ（Peg）、ドイッチュランド（Peggy Deutchland）、サラ・ジェーン（Sarah Jane）、メグ（Meg）、そしてゴリウォグである。第一巻で紹介される日本は、おそらくクリスマスのダンス・パーティと思われる会場で出会った、奇妙な服と小さな鈴を数個身に着けた小柄な人物により代表される。重要人物ではあるが、いかにも滑稽な姿形をしている。奇妙な杖と帽子、手にはバトンの様な杖を持っている（図2）。彼が四頁にわたって紹介されているのは、かなりの注目を浴びている印だと思われる。

　倦怠感を招く暑さのため、何のやる気も起こらない人形の姉妹、妹サラ・ジェーン、そして同じく『二つのオランダ人形の冒険とゴリウォグ』にも登場したもう一組の人形の姉妹と思われる小さな人形メグ（Meg）とウェグ（Weg）、それからもっと小さな人形ミジェット（Midget）たち。うんざりとした表情でベンチの真ん中に座っているが、手にしているのは日本の団扇。

図3　『ゴリウォグの自転車クラブ』
（「ゴリウォグ・シリーズ」第2巻）表紙

　すると突然、ゴリウォグが名案を思いつく。手製の自転車で外国旅行をしようというのだ。人形の国では時間の進み方はゆったりとしているが、自転車となればきびきびと動かなければならない。ゴリウォグは木製タイヤの自転車の設計図を描き、外国へ楽しく旅しようと提案、車輪とすべき大木を切り倒す。一方、人形の姉妹たちは、ゴリウォグが着る自転車用の極上の衣服を作り、旅の仲間のために帽子を作る。翌朝、いよいよ出発。海を越え、フランスのパリへ。しかし、船酔いという最初の試練が待ち受けている。

　陸地が見えるにつれ、元気も戻ってきて、意気揚々といざパリへ。そこで待っていたのは、颯爽としたパリ

図4　お辞儀を返すゴリウォグ

ジャンたちを見て感じる自分たちの乗り物や格好の無様さへの屈辱感。レストランのメニューはちんぷんかんぷん、しかも高額。二度とレストランに入るまいと急ぎ足でパリを後にしようとするが、エッフェル塔の展望台に昇ってい い気分になる。ところが、ゴリウォグの帽子が風に飛ばされる。

丘の上に立って遠くの山並みを見つめて心地よくなり、次に丘から一気にすべり降りようとすると、荷車の床板が落ち、買い込んだパンも落ちてしまう。泣き出す人形がいれば、楽しげな様子の者もいる。疲れ果てた一行は丘を下って緑の谷間に入るやライオンに襲われるが、旅の仲間のヒーロー、ゴリウォグがピストルで撃つ。

ゴリウォグ、日本へ

次に向かった国は、パリから遠く離れた日本。左の文字ページの隅には長い糸で吊るされた数個の提灯、遠景には富士山がうっすらと描かれている。しかし、なぜ日本なのかまるで説明がない。日の丸模様などの和服を着ながら洋風の靴を履く二人の日本女性が、この奇妙な一行に腰をかがめてお辞儀をする（図4）。ゴリウォグたちは品よく振舞い、戸惑いを隠してお辞儀を返す。日本女性たちはどうやら、新奇かつ不思議な様子の一行に圧倒されたようだ。いと高貴な権力者が、自分たちの暮らす日本の土地に突然やってきたのを間近に見たと思ったようだ。

軽やかな人力車に乗るのはオランダ人形たち、人力車をひくのはゴリウォグ（図5）。法被の上着にズボン姿で簑笠をかぶり、洋風の靴を履いている。少女たちの和服姿が格好いいと興奮気味（頬の赤みが濃くなっている）。人形たちは、恥ずかしそうな笑顔とやや戸惑いの表情を浮かべて乗っている。色鮮

図5　人力車をひくゴリウォグ

図6　チャイナ服のゴリウォグ

やかな傘を差しているのは、二つの人形たち。バックに見えるのは富士山、そしてインドか中国風の寺院のような建物、老松が描きこまれている。

次はいきなりの夕立、人形たちもゴリウォグも備えつけの蛇の目傘を差して、家並み目指して駆けていき、その軒下で雨宿りをしようとする。にわか雨に降られたとはいえ、彼らはいい気分である。歌川広重の「名所江戸百景　大橋あたけの夕立」「東海道五十三次之内　庄野」の雨の降る角度とは逆だが、その視点はおそらくは日本の浮世絵の技法を知っていたことを暗示する。日本という異文化の土地で村人から招かれ、お祭りに参加する一行。ゴリウォグの着るのはチャイナ服、仲間の数人は着物姿だ（図6）。

中近東での発見

日本滞在を楽しんだ後、中近東のトルコを経由して帰国の旅路につくが、新たな見知らぬ世界が待っている。ゴリウォグが野蛮なトルコ人たちに半月刀で首を切られるかもしれないと語ると、仲間の人形たちに恐怖が広がる。しかし、彼らを待ち受けていたのは死ではなく、紳士的なトルコ人たちの対応であった。これは、未開と見なされていた土地に住むのは蛮族などではなく、温和な人たちであったという喜ばしい逆転の構図である。

さらに砂漠の旅が続く。自転車は壊れてしまい、残された移動手段は荷車だけとなる。ゴリウォグは暑さに倒れ、サラ・ジェーンは疲れ果てるが、他の者たちは頑張って砂漠を進んでいく。やがて親切なラクダに乗せてもらう。一番小さなミジェットがラクダから転落し灼熱の砂漠に取り残されるものの、誰もそれに気がつかない。大きな鳥が、一人取り残された彼女の泣き声を聞きつけやってくる。その鳥の背に乗せてもらったミジェットは、美味しい水のある所を目指して飛んでいく。そのオアシスで仲間たちに合流するものの、次なる危険が迫ってくる。

武器を持ち、恐ろしげな声を上げる、可愛いい顔立ちの人食い人種たちである。「可愛いい顔立ちの人食い人種」とは、通常のイメージを逆転する見方だ。サラが彼らの王にシルクハットを差し出すと、命が救われるばかりか、彼女をパンキー・ワンク（Panky-Wank）という架空の土地の女王とし、ゴリウォグをその地の王に任命する。これにて目出度く一件落着となり、お祭り騒ぎとなる。さらにまた、人食い人種の者たちは旅する人形たちをボートに乗せ、家路へと導いてくれる。オランダ人形たち本来の居場所（"Doll-Land"）は、まさに心地良い空間なのである。このような物語展開から日本のどのような点が関心を惹くことになるのだろうか。この絵本は、当時の西欧人にとって未知と謎に満ちた異文化の国日本を考える素材を提供してくれるのである。

3 「本当」の日本の姿

日本の庶民との出会い

『日本奥地紀行』（*Unbeaten Tracks in Japan*, 1885）で著名なイザベラ・バード（Isabella L. Bird, 1831-1904）は、船で横浜に着いた時に始まり、東北から北海道への旅の体験を記述したこの本の出だしの部分で、まず横浜に到着する直前、海上から見た富士山の姿形を紹介した後、人力車に触れてこう語っている。彼女がまず注目するのは日本に来た外国人の多くが目に留める新奇な事象であるが、彼女は「ほんとうの日本の姿」（三二頁）を見極めたいのが真意であると言う。

税関では、西洋式の青い制服をつけ革靴を履いたちっぽけな役人たちが、私たちの対応に出た。たいそう丁寧な人たちで、私たちのトランクを開けて調べてから、紐で再び縛ってくれた。ニューヨークで同じ仕事をする、あの横柄で強引な税関吏と、おもしろい対照である。

外には、今では有名になっている人力車が、五十台ほど並んでいた。五十人の口が、わけの分からぬ言葉をやつぎばやにまくし立てており、あたりは騒音に満ちていた。この乗り物は、ご存知のように、日本の特色となっており、日々に重要性を増しているものである。発明されたのはたった七年前なのに、今では一都市に二万三千台近くもある。人力車を引く方が、ほとんどいかなる熟練労働よりもずっとお金になるので、何千となく屈強な若者たちが、農村の仕事を棄てて都会に集まり、牛馬となって車を引くのである。しかし、車夫稼業に入ってからの平均寿命は、たった五年であるという。車夫の大部分の者は、重い心臓病や肺病にかかって倒れるといわれている。かなり平坦な地面を、うまい車夫ならば一日四〇マイル、すなわち時速約四マイルの割合で走ることができる。彼らは登録されており、二人を乗せて走る者は年に八シリング、一人だけしか乗せない者は四シリングの税金がある。時間や距離についても料金が定められている。

（イザベラ・バード『日本奥地紀行』高梨健吉訳、平凡社ライブラリー、二〇〇〇年、二七頁）

車すなわち人力車は、乳母車式の軽い車体に調節できる油紙の幌をつけ、びろうど木綿で裏張りをした座蒲団が敷いてあり、座席の下には小荷物を入れる空所があり、高くてほっそりとした車輪が二つある。一対の舵棒は、横棒の両端で連結してある。ふつう車体は漆で塗られており、持主の好みに従って装飾されている。真鍮を光らせているだけで他に何も飾り立てないものもあれば、ヴィーナスの耳として知られている貝ですっかりちりばめられているものもある。

また、あるものは、竜の曲りくねった姿とか、牡丹、あじさい、菊の花、あるいは伝説的人物とかをけばけばしく描いている。車の値段は、二ポンド以上いろいろある。車に乗るときは舵棒を地面に降ろすが、ぐっと傾斜しているから、楽に乗ったり堂々と込めるようになるには、かなりの場数を経なければならない。車夫は、舵棒を上げ、中に入り、車体をぐっと後ろにそらす。そして軽快に走り出す。乗る人が要求する速度に応じて、一人引き、二人引き、三人引きがある。雨が降ってくると、車夫は幌をかけ油紙の覆いの中に包んでくれるから、外から姿は見えなくなる。夜になると、走っているときも、止まっているときも長さ一八インチの美しく彩られた円い提燈を下げる。

まことに滑稽な光景は、肥った血色がよくがっしりした顔の貿易商人や、男女の宣教師、当時流行の服装の貴婦人、中国人の雇われ商人、日本の百姓女や男が、繁華街を飛ぶようにして行く車上の姿である。日本の大通りは、イギリスの忘れられた田舎町によく見られる上品で立派な大通りと変りはないのだが、彼らはそれに似合わぬ自分たちのおかしな姿に、少しも気がついていない。車は疾駆し、追いかけ、互いに交叉する。車夫は、どんぶり鉢を逆さにしたような大きな帽子をかぶり、青い妙な股引きをはき、短い紺の半纏には、しるしや文字を白く染めぬいている。この愉快な車夫たちは、肩をいからせているが、物腰は柔らかである。彼らは、町の中を突進し、その黄色い顔には汗が流れ、笑い、怒鳴り、間一髪で衝突を避ける。

領事館を訪ねてから、私は車に乗った。さらに二台に二人の貴婦人が乗り、一寸法師のような車夫は、笑いながら繁華街を猛烈なスピードで進んだ。街路は狭いが、しっかりと舗装されており、よくできている歩道には縁石、溝がついている。ガス灯と外国商店がずらっと立ち並ぶ大通りを過ぎて、この静かなホテルにやってきた。この宿は、同じ船の乗客たちのあの鼻声のおしゃべりから逃げるため、サー・ワイヴィル・トムソンの推薦してくれたものである。ここの主人はフランス人であるが、中国人に一切を任せている。召使は着物を着た日本人ボーイたちである。給仕頭は日本人で、りっぱにイギリスの服装をこなしており、その念には念を入れる態度の丁重さにはまったく驚いてしまう。

……

私は、ほんとうの日本の姿を見るために出かけたい。英国代理領事のウィルキンソン氏が昨日訪ねてきたが、とても親切だった。彼は、私の日本奥地旅行の計画を聞いて、「それは大きすぎる望みだが、英国婦人が一人旅をしても絶対に大丈夫だろう」と語った。「日本旅行で大きな障害になるのは、蚤の大群と乗る馬の貧弱なことだ」という点では、彼も他のすべての人と同じ意見であった。（三一頁）

4　未知の世界への好奇心——なぜ日本なのか

徳川幕府の成立後、日本は一六一六年に西欧の船の入港を長崎の平戸に限定し、その後、中国やオランダなど外国船の入港を長崎のみに限定した。鎖国体制が完了したのは一六四一年、寛永一八年のことであった。オランダ商館は出島に移される。一八五三年、ペリー提督率いる黒船、アメリカの艦隊が下田に来航し、一八五四年、日米和親条約を締結、下田と函館を開港する。そして一八五八年、日米修好条約が締結され鎖国が終る。欧米諸国と日本との交渉が始まって以来、なぜ日本への注目が集まったのか。その理由と注目の対象となったものは何か。また、時代によって注目度の強弱の対象にどのような違いがあるのか。このような点に注目しつつ、日本に向けられる英米の視線の意味について考えてみよう。

『ゴリウォグの自転車クラブ』の場合、未知の国、日本の風俗を一瞥する典型の一つと考えると、そこに描き出される「日本的なもの」は、まず富士山と芸者、次に提灯と裾を引きずるほど長い和服、色や模様の鮮やかな唐傘、そして人力車と笠や色鮮やかな蛇の目傘、そして三味線と扇子等である。つまりそこにあるのは、通俗的な日本像そのものである。しかしながら、日本についてほとんど知識の無い当時の欧米人にとって、これらわずかばかりの情報は自分なりの日本像を増殖させるに充分だったのであろう。

英語圏児童文学の研究者三宅興子は、シナプス（Edition Synapse）社刊行の児童書の復刻版シリーズ『子どもの本の中の日本』（*Japan in English Books for Boys and Girls 1819–1935*）に添えられたパンフレットで、子どもの本には読者である子どもの世界を広げ、本を読む体験によって、自分とは異なった生活や価値観を知る機能があることを指摘している。三宅によれば、この問題を体系的な児童文学論のなかで明快に位置づけたのは、メイ・ヒル・アーバスノット（May Hill Arbuthnot, 1884–1969）の『子どもと本』（*Children and Books*, 1947）であり、「異なった時代と場所」を背景とする歴史物語と共に、「異なった場所」を背景とした子どもの本を紹介している（pp. 412–421）、と説明している。「ゴリウォグ・シリーズ」は、子どもの本における異文化「教育」という役割を見事に果たしていたのである。それは「世界」の姿を知としてくり込むプロセスにほかならなかった。

ゴリウォグ・シリーズ全13巻リスト

The Adventures of Two Dutch Dolls, 1895.『二つのオランダ人形の冒険とゴリウォグ』（ホルプ出版社、一九八四年）
The Golliwogg's Bicycle Club, 1896.『ゴリウォグの自転車クラブ』
The Golliwogg at the Sea-side, 1898.『ゴリウォグ、海辺へ行く』
The Golliwogg in War!, 1899.『ゴリウォグ、戦争へ行く』
The Golliwogg's Polar Adventures, 1900.『ゴリウォグの北極探検』
The Golliwogg's Auto-Go-Cart, 1901.『ゴリウォグの自動車』
The Golliwogg's Air-Ship, 1902.『ゴリウォグの飛行船』
The Golliwogg's Circus, 1903.『ゴリウォグのサーカス』
The Golliwogg in Holland, 1904.『ゴリウォグ、オランダへ』
The Golliwogg's Fox-Hunt, 1905.『ゴリウォグのキツネ狩り』
The Golliwogg's Desert Island, 1906.『ゴリウォグの無人島』
The Golliwogg's Christmas, 1907.『ゴリウォグのクリスマス』
The Golliwogg in the African Jungle, 1909.『ゴリウォグ、アフリカのジャングルへ』

参考文献

三宅興子編『子どもの本の中の日本――英米一九世紀～二〇世紀初頭文献復刻版集 全6巻』エディション・シナプス社、二〇〇七年（*Japan in English Books for Boys and Girls, 1819-1935*. Edition Synapse, 2007）。

チャールズ・ウォーデル編『アメリカ小説に描かれた日本――一九世紀末小説選集（1880-1905）第1期』エディション・シナプス、二〇〇一年（Charles B. Wordell, ed. *Japan in American Fiction*. First Series, Edition Synapse, 2001）。

チャールズ・ウォーデル編『アメリカ小説に描かれた日本――二〇世紀初頭小説選集（1906-1926）第2期』エディション・シナプス、二〇〇二年。

三宅興子「「ゴリウォグ」絵本とその伝播」『イギリス絵本論』翰林書房、一九九四年。

Wordell, Charles B. *Japan's Image in America: Popular Writing about Japan, 1800–1941*. Kyoto: Yamaguchi Publishing House, 1998.

Upton, Florence K. and Bertha Upton. *The Adventures of Two Dutch Dolls*. London & New York: Longmans, Green & Co., 1895（リプリント版、ホルプ出版社、一九八四年）.

Upton, Florence K. and Bertha Upton. *The Golliwogg's Bicycle Club*. London & New York: Longmans, Green & Co., 1903.

イザベラ・バード『日本奥地紀行』高梨健吉訳（Unbeaten Tracks in Japan, 1885）。

Davis, Norma S. *A Lark Ascends: Florence Kate Upton, Artist and Illustrator*. The Scarecrow Press, Inc. 1992.

3 中村邦生
〈日本幻想〉の手前で息継ぎをする
未完の思考として

遠景と近景

村や町の姿が風景のなかに浮かび上がるとき、そのいちばん最初の眺めが、あのように比類なく、あのように二度と取り戻しようのないものであるのは、その眺めのなかで、近くの風景と緊密に結びついた形で遠くの風景が共振しているからである。

——ヴァルター・ベンヤミン「遺失物保管所」（細見和之訳『この道、一方通行』所収）

こうした遠近の風景が緊密に結びついた「共振」は、たやすく消え去る。なぜだろうか。建物の正面が、中に歩み入ると見えなくなってしまうように、まわりをあれこれ調べようとする習慣化した「探索癖」によって近景が優位にたってしまうからだ、とベンヤミンは言う。たしかに、その場の様子が明瞭になるにつれて、もはや最初の像は二度と復元できなくなる。

おそらく、認識の風景に関しても似た事情にある。最初にあった遠いもの近いものの思考の共振は、「探索」によって失われる。そのようにして消えた「遺失物」がいかに多いことか。

そうは言いつつ、遠近の明視の一瞬とて、錯覚にすぎないことを誰が否定できるだろう。ことによると、私たちはいつだってさまざまな歪み像の「共振」を生きているのだ。

堂々巡り

用心するからこそ即座にとび出せる穴がなくてはならず、また用心するからこそ危険を忍ばなくてはならない。生きるとはそういうこと、思索が堂々巡りするようだが、明晰な頭でいろいろ考えるからこそ堂々巡りをするのである。

――フランツ・カフカ「巣穴」（池内紀訳）

言われてみれば、私もまた少なからぬ数の巣穴を作ってきたような気がする。そこかしこに巣穴の口が覗く。いや、たくさん作ってきたというのは思い違いで、一つの大きな空洞を掘っていたにすぎないのかもしれない。何しろ「ほんとうの入口はこの穴から千歩も離れたところにあって、上げ下げ自由な苔をかさねて蓋にした」はずであるから。この穴は出口＝入口として、気まぐれにせよ吟味を重ねたにせよ、持ち出したものや運び入れたものが、種々雑多あったに違いない。目を凝らして見れば、巣穴の暗がりには、忘却に翳むいわくつきの遺失物が放置されていることがわかる。

このように、今また「明晰な頭」で、むしろ「明晰な頭」であれこれ考えるからこそ、「堂々巡り」をするのだ。〈日本幻想〉の遺失物／廃棄物についても同じで、むしろ「堂々巡り」の折々に、〈日本幻想〉の課題の手前でたたずみ、息継ぎをする、この意外に深々とした呼吸を強いられる場にこそ、かろうじて思考の動きの気配を残している。もし書くに値するものがあるとすれば、この限りなく手前でたたずみ、たゆたい、息継ぎをする境位にあるものにちがいない。

巣穴にある〈日本幻想〉の遺失物のいくつか

- ウィリアム・アダムズ（三浦按針）と貨狄尊者／東インド会社
- 江戸の清浄空間
- 〈ノイズ〉または〈異語〉の共鳴域
- 文化的交点としての〈熊本〉——ジェーンズ、ハーン、漱石、リデルとライト

いずれのテーマも、琉球大学から始まって各大学を会場に開かれた研究会での発表、およびそれに基づいた合同研究会の報告書に記載したものだ。問題が拡散的なのは、「日本幻想」の主題系を追究していく視点の複数性あるいは発想の拡張と展開をめざした結果であるが、テーマ相互の連携や集約は課題として残したままだ。しかし、「日本幻想」の課題へ収斂することよりも、いまここでは個人的な経験に関わる「幻想」の偶有性を記しておくことに関心が移っている。

これがイギリスのイメージだった

一九五〇年代の半ば、東京杉並・宮前の学生寮。ここが「イギリス」のイメージの偶成の場となった。作家のF夫人は、この地で事業家の夫（最初の夫とは死別）といっしょに数年ほどであるが、学生寮を営んでいた。山梨の資産家の家に生まれたFさんは、山人会という山梨に縁のある芸術家の文化サークルに入っていたようで、当時の名簿を確認すると村岡花子、中村星湖、深沢七郎、新田次郎などの名前が見える。資産と言っても、世直しの気概にあふれた夫がたびたび選挙に出たため、そのほとんどを政治活動で失った。そういうなかでも、貧窮学生を支援するために開設した学生寮だったが、夫が亡くなってほどなく閉鎖になった。

母がどこでFさんと知り合ったのか、もはや詳しい経緯は確かめようがない。やがて母は学生寮の賄婦として働くことになり、私たちは学生寮の一室に住んだ。私の小学校二年の四月から三年生までのおよそ二年である。ただし、学生寮自体は三年生の秋に閉寮になったのだが、私たちは転居先が見つからず、そのまま居残っていた。この期間、地上げ屋に怒鳴りこまれた体験や、私が家出をして警察騒ぎになった出来事などは書かなくていいだろう。隣地の木工場（ミシンの台座を作っていた）で働いていた詩人の工員と親しくなり、『父の口笛』という十歳の少年の書いた詩集を借りて、私は対抗心を刺戟され、詩らしきものを作って感想を求めに行ったエピソードなども、いまは述べない（すでに一部は、書いたことだが）。

私のイギリスをめぐる話はここからだ。

ある日、何年も浪人をした上に留年もしているとかで、寮生の中では一番の年長だったWさんの部屋を訪ねた。ハーモニカをくれるという約束があったからだ。Wさんは東京外国語大学でフランス語（スペイン語だったかもしれない）を専攻していた人で、六畳のスペースに書棚をはみ出した和書や洋書がたくさん積んであった。この本の乱雑ぶりに憧れのような気分が動き、私はよくWさんの部屋に出かけた。どのような話の成り行きで決まったのか覚えてはいないのだが、私はWさんに英語を習うことになった。とりたてて英語学習への強い動機があったわけではないし、勉強熱心な子どもだったわけでもない。話はすぐに母へ伝わり、ついでに近所の消防署員の子も加わる手筈になったが、結局その少年は一度も現れなかった。

レッスンは、習熟度など配慮せずに進んだ。アルファベットの書き取りは早々と済ませ、初級文法の学習も未消化のまま、『アラビアン・ナイト』の「アラジンと魔法のランプ」、「アリババと四十人の盗賊」、「船乗りシンドバット」と三冊シリーズの薄い英語の絵本が教科書になった。児童文学者であったFさんから借りてきた本であることは後で知った。Wさんの指導法はまことに大雑把なもので、音読と訳読の手本を示してから、生徒の私は絵の場面をしっかり頭に刻みつつ、ひたすら復誦、暗記、書き取りをするというものだ。しかも途中で唐突に打ち切っては別の本に移る気まぐれな進行ぶりだった。こうした苦行に楽しさを感ずるはずはないし、英語力だってついたとは言い難い。それでも私はこの絵本を気に入っていて、どのページの挿絵も厭きずに眺めた。

本を開くと、学校の美術室の空気に似た、何か顔料のような匂いが漂った。私がこのエピソードを忘れずにいられる理由は、この匂いの記憶によるのかもしれない。しかし、今となってはどこから出版された絵本か判らない。表紙のコーティングは簡素なものの、色彩豊かな（当時は映画にならって「天然色」という言い方をした）美麗な本であった。ランプをこすると煙が立ち昇るように現われる魔神、盗賊たちが洞窟に隠した金銀の財宝の山、シンドバットが島と思って上陸した大鯨の背中など、空想力の大きな広がりと奔放な絵柄に私は魅了されたのだと思う。

もちろん、男たちが頭に巻いている布をターバンと呼ぶことも、白いふわふわの衣装をカンドーラと言うことも当時は知らない。腰帯に差した短剣も、鳶の職人がはいているような形をした極彩色のズボンに似た女性の衣装や腕のバングルも、あるいは砂漠や丸屋根の寺院も、珍しい異国の風景としてそのまま楽しんだ。しかしこの英語の絵本の映像的インパクトは強力で、私はここに展開されている物語の世界こそ〈イギリス〉なのだと思いこんでいた。この誤解はいつまでも続き、中学校で英語の授業が開始されても、アラビアンな〈イギリス〉の光景が払拭できず、折にふれて残影が浮かび上がってきた。長いあいだ、アラビアン・ナイトの情景こそ〈イギリス〉を伝えるイメージとなって私にとりついていたのだ。

後年、デイヴィッド・リーン監督、ピーター・オトゥール主演の映画『アラビアのロレンス』を見たとき、絵本での体験とは別様の〈イギリス〉に同調した。第一次大戦下および大戦後に「アラブの英雄」として讃えられたイギリス人T・E・ロレンスの闘いと挫折を描く壮大な映像劇は、舞台をアラビアに設定した〈イギリス〉の映画に他ならない。しかし、ここにはアラビアン・ナイトの絵本の持つ妖しい夢幻の〈イギリス〉はなく、新たなイメージの攪拌は起こらなかった。

幻想域の多くの偶成的事象は、意識の隠れた層に沈むか、ゆるやかに書き換え＝再属領化が進む。アラビアン・ナイト＝イギリスの幻像も、いつしか記憶の突出した表象から退き、なだらかに平準化した。決定的な契機があったわけではなく、日常的な環境のなかで文化的な洗浄（ロンダリング）を受けたことになる。

あどけない迷妄だったと笑うべきなのだろう。しかし、これは〈日本幻想〉へ反転した問題に重ならないとも限らない。イギリスから出版された英語の本なのであるから、当然イギリスを描いている、とそれは確かに素朴な幼い思い込みではあった。しかし、たとえ異文化の情景が展開されていようとも、イギリスに包摂された異文化なのであって、結局はイギリスを表象していると言えないこともなく（『アラビアのロレンス』のように）、そこに自己像を投影するアラビア人がいないと誰も断言はできないはずだ。

いささか付会めいた主意になっていることは承知している。ならば、『アラビアン・ナイト』の幻惑的な来歴に関し、若干の注釈的な補足をしておくべきだろう。

複合的な運動体または幻想のアマルガム

『アラビアン・ナイト』は幻想のアマルガム（融合体）なのだと取りあえず言っておきたい。以下の情報的記述は驚くべき浩瀚の書『アラビアン・ナイトと日本人』（杉田英明著、岩波書店）に、依拠したものである。

英語圏での通称『アラビアン・ナイト』またはアラビア語原題の『千夜一夜物語』として知られる大説話集の最初の日本語版は、一八七五年（明治八年）に刊行された永峰秀樹訳『開巻驚奇・暴夜物語』（耄章閣）とされる。「暴夜」に「あらびや」と宛字を使って、「アラビア」と「ナイト」を上手に織り込んでいる。興味深いことは、当時『アラビアン・ナイト』がヨーロッパ文学と見なされていた点だ。ちなみに、刊行時の広告には、「歐羅巴小説ノ巨擘《きょはく》」とある。当時の読者が、アラビアン・ナイトの物語にヨーロッパの表象を見出しても不思議ではないのだ。

さらに日本の近代文学に大きな影響を及ぼした日本語訳が一八八三（明治一六）年に、井上勤訳『全世界一大奇書』（報告社）として刊行された。このタイトルは中国四大奇書（『水滸伝』『三國志演義』『西遊記』『金瓶梅』）を意識したもので、中国大長編にまさる稀有な奇書として喧伝されたのだ。『アラビアン・ナイト』を中国の古典小説と並列させるのは、なかなか痛快なことではないか。さらに、杉田英明が詳細に指摘しているのであるが、井上勤訳の特質の最も顕著なこととして、江戸文学の読本の影響で、とりわけ滝沢馬琴の愛用した表現や表記が随所に見られるという。中国小説から馬琴、『全世界一大奇書』への貫流した表現として、読み手に期待感を持たせて興味を持続させるための各巻の結びの口上と次巻の冒頭表現は、「中国の章回小説の伝統を受け継いで、『開巻驚奇俠客傳』『南總里見八犬傳』などに用いられた方式そのままである」という。したがって、『アラビアン・ナイト』は中国古典と重ねつつ、江戸文学の奇譚として読み得るのだ。

日本には日本のアラビアン・ナイトがあり、イギリスにはイギリスのアラビアン・ナイトがあるのであり、その複合的な運動体が『アラビアン・ナイト』と言えるだろう。こうした幻想のアマルガムに付言すべき問題として、原典をめぐる錯綜した事態がある。杉田によれば、『全世界一大奇書』の原書は、ガラン訳を基にしていることが推定できるという。アントワーヌ・ガランは一八世紀初頭に、現存する最古のシリア写本（一四—一五世紀）からフランス語に翻訳した。この翻訳は英語などに重訳され、広く普及することになった。とりわけ、性的描写の箇所は改訂する配慮がしてあって、児童文学向けのリトールド版をたくさん生み出すことになった。

私がWさんに英語を習ったときに使用した絵本も数多い子供用の『アラビアン・ナイト』のなかで、もっとも平易なテクストだったに違いない。その後、一九世紀前半にエジプト系写本を基にしたアラビア語原典版が出版されるとヨーロッパ諸外国語に翻訳されたが、その一つに英語のバートン版があって、これは性愛文学としての『アラビアン・ナイト』の側面を明確に表現している。したがって、『アラビアン・ナイト』は、児童文学と官能文学が共存しているきわめて特異な複合性を持つと言えよう。

ところで、先のガランの翻訳だが、依拠した写本には存在しない挿話、つまり親のない物語（Orphan Stories）が含まれている。興味深いことに、ガランの翻訳から逆にアラビア語の原典が作られ、その中に、児童文学の定番とも言うべき、私たちがもっとも親しんできたアラジンやアリババの物語も含まれているのだ。ここでもまた『アラビアン・ナイト』に錯綜した幻想のアマルガムを見出すことになる。

こんなところにも出没している

意外にも『アラビアン・ナイト』が、カリブ海に出現している例すらある。小島信夫が『私の作家遍歴』の「黄金の女達」に書きつけている言葉だ。

ラフカディオ・ハーンが日本を訪れる二年ほど前、西インド諸島のマルティニーク島で出会った「黄金色」の女性たち、小島の文をなぞれば、白人と黒人の混血の「世界中またとない美しいバランスとしなやかさをもった、背の高いバナナ色をした女たち」だ。

カリブの女性たちへのハーンの溜息をつくような賛嘆に重ねて、小島信夫もこう記す。「そこでアラビアン・ナイトの住人だ、と声をあげたくなるような、栗色がかった濃い黄金の、西インドの中では一番美しい混血人種の中にいることを知る」と。

ハーン自身が「アラビアン・ナイト」に言及しているのかどうか、私は確認をしていないのだが（『アラビアン・ナイト』はハーンの愛読書の一冊だったので、ハーンが述べているような気がする）、むしろ小島信夫／ハーンの融和した複合的イメージのまま漂流させておきたい気持ちがある。

手前の思考へ

付言しておけば、『私の作家遍歴I——黄金の女達』に書かれたハーン遍歴は、小島信夫という小説家の多面性を理解するために重要な著作である。たとえば、マルティニーク島の人々の素足で歩く音は「ヒソヒソ声のようだ」、「この島の男や女たちがハダシの足で囁くように歩いてくる」と繰り返される表現から、『アメリカン・スクール』の「ハダシ」と「ハイヒール」の対比的な読解の連想に及ぶかもしれない。実際、『アメリカン・スクール』は何にもまして身体論的に読み解くべきテクストなのだということも示唆されるであろう。しかし、このように言いつつもこの作家を通して、まことに厄介かつ刺戟的な批評的陥穽も自覚せざるを得ない。

ハーンが「もともと自分の中にあった世界と日本という女との合体につとめていったこと」の「狂気のようなもの」に触れて、小島信夫は前出の評論で次のように述べる。

誰しも自分の生まれた国や、その国の中でおのずから培われてきたものを、捨て去るものではない。日本人を理解したり、ほとんど日本人と同じような生活をしたからと言って、それは、そういう生活をしてみなければよく分からない、というような心構えのことだ。理解するもとは過去からつながっている自分の中にある。ちがう色や風や光や空や土や水の色や水の量の中に育ってきた過去の自分の中にある。過去を通して見るのだ。ところがそういう過去をもった異国生まれの自分と、別の過去をもった日本という国とが、そこにつながるものがある。あるはずだ。そういうことを教えてくれるものが、日本の虫や草や木や日本の人間たちだ。……それは、まことにうますぎる話だ。このうますぎる話をいっきょに求めようとするところに、きちがいじみたものがある。

いささか異様な文章というべきかもしれない。どのような対比的考察であれ、理解の礎は「おのずから培われてきた」過去からつながる自分の中にある。これは当然のことだろう。そして、遠い異国の風土で育った過去を持つ自分と「別の過去をもった日本」がつながるものがあると確信する。つなぐ手がかりとなるのが、「日本の虫や草や木や日本の人間たち」となろう。ところが、そのような日本的表象の内実とも言えるものにすがるのは、「うますぎる話」だと述べているのである。それでもなお「うますぎる話」を求めようとするのは、「きちがいじみた」ところがある、と。「うますぎる話」によって、向こうに突き抜けるのではなく、小島信夫はかくも手前の思考に拘泥するのである。それでも「うますぎる」幻想の追求を続けるとすれば、何かしら狂気のようなものを帯びるほかはないのだ。

複層的な遊動性

我々の意識はきちんと整理されたものではないし、自分で自分の感情はわからないものだ。外の世界に投影されて濃度や性質の違う環境に入ると感情は屈折し、再び内側に戻ってくる時には別の精神に照射されてさらに混乱したものとなる。小説もこれと似ていて、登場人物は読者に受け入れられると自分自身ではなくなり、同じ人格にとどまっていることはできない。その意味では、かなりの程度まで読書とは文学作品を作り直すことであり、時代、地域ごとに新たな意味を付与していくことに他ならない。

――エルネスト・サバト『作家とその亡霊たち』(寺尾隆吉訳)

サバトは続けて、すべての小説が同じような「屈折」や「混乱」を引き起こすわけではないと断っているのだが、少なくともここから引き出されてくる問題は、私たちの意識や感情、そして小説もまた、何らかの主体の統御する意味の確定的な対象として存在しているのでないという事態だ。もちろん、とりたてて新奇な指摘ではない。

では、何のために私は引用したのか。「屈折」と「混乱」の一義的な「整理」をめざして向こう側に突き抜けるのではなく、「作り直すこと」や「新たな意味の付与」という多分に複層的な遊動性に身を寄せたくなるのは、自らにもたらされる偶成が重視されているからだ。「作り直すこと」／「新たな意味の付与」はさまざまな偶有性を伴いつつ、たたずみ、たゆたい、息継ぎすることに他ならない。

これらとて束の間の幻想にすぎないことは承知している。実際、私の脳裏をそのつど通過した想念なのだ。ウィリアム・アダムズ（三浦按針）の生地イギリスのケント州北西部の港町ジリンガム、日本に漂着した大分県臼杵・佐志生、終焉の地の長崎県平戸、それからハーンが夏休みを過ごした焼津の海岸に立ったとき、時空の境域を越えた人物たちに立ち合う中で、風のように過ぎていった想いだった。

こまかいほこり

古典とは、その作品自体にたいする批評的言説というこまかいほこりをたてつづけるが、それもまた、しぜんに、たえず払いのける力をそなえた書物である。

——イタロ・カルヴィーノ『なぜ古典を読むのか』（須賀敦子訳）

「批評的言説」とは、要するに「こまかいほこり」のことなのか……、と苦笑しつつ呟くのは当然で、我が身もまた少なからぬ量の「ほこり」の産出に勤しんできただけでなく、大きなもの細かいものを含め、先人たちの「ほこり」の収集と整理と改変をしては人前で展示もしてきたわけなのであるから。しかし、どちらにせよ古典というものには、「ほこり」を「払いのける力」つまり、ほこり払い機能が備わっているとなれば、とりあえず安堵していいのだろうと思う。私に責任はない。いくら「ほこり」をまき散らそうと、古典にとっては大過ないのであるから。

そうとなれば、「ほこり」にまみれるところだったが、あやうく難を逃れたマリオ・バルガス・ジョサ（リョサ）の誤読例は、美談に属すことになるかもしれない。『嘘から出たまこと』（寺尾隆吉訳）という、何やら拙文の主意に添うタイトルを持つ本の一節で、川端康成『眠れる美女』を論じた「夢に揺れて眠る夜」の冒頭に現れる。リョサは谷崎潤一郎のフランス語訳の小説を読み、その結末に驚く。

あらゆる辛酸を嘗めたヒロインが家に籠り、美味しそうな魚料理を作り始めるのだ。哀れな女の苦悩と不安がご馳走の準備に行き着く、この予想もできない結末は長い間私の頭に付きまとった。この奇抜な挿話から浮かび上がるのは、西欧人には及びもつかぬほど複雑に洗練された感性だろうか？

谷崎のどの小説のことを述べているのか、記憶を辿りつつも今は判然としないままなのだが、そのことは措くとして、この先にリョサの失望がやってくる。

ある時日本の友人が、この種を明かして私の詩的解釈を台無しにした。この魚には猛毒があるというのだ。自由を求める女の神秘的儀礼と私が信じた行為は、ありふれた自殺にすぎなかったのである。

何かしらカズオ・イシグロの短篇「ファミリー・サパー」を想起させもするのだが、リョサの「自由を求める女の神秘的儀礼」という「詩的解釈」は魅力的だ。〈日本幻想〉の反表象的な事例として、自己投影すらしたくなるかもしれない。この「誤読」には捨てがたいものがある。自殺のためのフグ料理だったと日本人の情報によって訂正し、〈厳密の学〉を守ったところで、とり立てて美談とはならないし、（たぶん）余計な「探索」などしないほうがよい。その手前の場を沃野としてさまよったり、あえて曲解と誤解の海を游泳したりすればいいのだ。

どちらにせよ、「こまかいほこり」に過ぎないと言えるかもしれない。しかしながら、「こまかいほこり」にせよ、斜光に透かせば、虹色に輝く微粒子に見えることもあろう。「嘘から出たまこと」の光彩とあえて言っておきたいと思う。このような場合の認識の布置は、何が問題なのか。

今、ふいに聞き覚えのある言葉がゆらめいた。多くの断片群『パサージュ論』を残した思想家が書いていることだ。「村や町の姿が風景のなかに浮かび上がるとき、そのいちばん最初の眺めが、あのように比類なく、あのように……」

4

はっぴいえんどの日本幻想、もしくは「渚感覚」

野田研一

パラダイス　はらいそ／ふくらめ　ファンタジー
蜃気楼　はらいそ／溶けろ　リアリティ
（細野晴臣「はらいそ」）

《はっぴいえんど》問題

イエロー・マジック・オーケストラ（以下、ＹＭＯと略記）結成を数年後に控えた一九七五年、細野晴臣はアルバム『トロピカル・ダンディー』の「ライナー・ノート」に次のような忘れがたい一節を書き残している。

話かわって、僕は大陸と海と島が好きと云ったが、港のことを書こう。僕の好きな港は上海、香港、横浜、ニューオリンズであります。特に上海とニューオリンズに憧れている次第で、その経路は上海から東京では駄目であり、上海からフランス、そしてスペインを通って、西インド諸島に運ばれ、それがニューオリンズ港に陸上げされ、そこではじめて東京に持ってくる、という手順をふんでくれないと満足できないのです。この長い旅をし終わった音楽は、途中で出会ったありとあらゆるエッセンスを含んでいて、とってもおいしいのだ。シルクロードの通る大陸の香り、フランスはパリの粋な優雅さ、スペインの情熱、アフリカのエネルギー、カリブの潮の香り、それがシチューとなってアメリカの何でも包み込んでしまう大陸へ渡り、例のアメリカのニオイが最後の香辛料として仕上げているのです。僕が考えるに、さらにその上にひと味たしたらどうなるか?と思うのです。僕がやる事はじつにこれしかないと妄想に近い程信じている有様です。要するにもう一度太平洋を渡ってきてもらって、しょう油の味を一滴たらしてみたくなったのです。これを〝ソイ・ソース〟ミュージックと僕は名付けてしまった。

（『トロピカル・ダンディー』「島について」より、傍点筆者）

ここに表現されている、「〝ソイ・ソース〟ミュージック」に到るまでの音楽をめぐる地理学的版図は、エリック・リード的観点からするならば、流動する「旅人社会としての現代」の「領域間移動（territorial passage）」の所産以外の何ものでもない（リード 二〇〇八：六）。深く考えるまでもなく、そもそもロック・ミュージックとはそのような流動する文化的交通と混交の結晶体であり、多様な地域文化を呑み込んで成立している。そして、そのような「領域間移動」を可能にしたのはほかならない〈近代〉である。

ジャズもロックも〈近代〉である。〈近代〉なくしてジャズもロックも生まれえない。いずれも細野のいう「（この）長い旅をし終わった音楽」だからである。そこに（最後に）「しょう油の味を一滴たらして」みること、それこそが日本のポップス、ロックのある種の必然なのであるが、日本の音楽家たちのすべてがこのことに自覚的なわけではない。細野晴臣とは、その意味ではきわめて例外的な音楽家のひとりである。日本の音楽もまた「長い旅」の途上の一コマに過ぎないかも知れないという不安と恍惚の自覚において。

本書「序論」でも言及したが、エリック・リードが語る、「この惑星にはもはや他者の時間はない。幾時代にもわたる旅人が形成したひとつの時間、ひとつの世界があるだけである。近代性《モダニティ》は避けられない」（リード 二〇〇八：二二六）という発言の重さはいうまでもない。グローバリズムを批判しながら、ジャズやロックやワールドミュージックを愛してやまない私たちの現在とは、原理的にはひとつの矛盾体である。しかし、同時に逃れるすべのない現実でもある。ジャズもロックも「ひとつの時間、ひとつの世界」へ向かう近代的な営みあるいは推進力の所産以外の何ものでもない。異種混淆と呼ぼうとクレオール化と呼ぼうと、文化的な流動性を前提とするとき、複数の時間、複数の世界は、どのような速度であれ、崩壊と消滅に向かうほかないであろう。ただしそれは、何も特筆すべきことではなく、速度の違いこそあれ、人類史が何度も何度も繰り返してきた事態でもあるかも知れない(1)。

なぜ〈日本幻想〉を問題にするのか。それはまさしく、細野が「妄想に近い程信じている」という「〃ソイ・ソース〃ミュージック」、「しょう油の味を一滴」の世界に、私たちがすでに立って久しいからである。後述するように、この「しょう油の味を一滴」という点に反表象論の可能性を認めることができるだろう。この問題の初発は、この細野の発言に先立つ五年ほど前、一九七〇年代初期にある。個人的にふりかえることになるが、当時、私はロック・ミュージックを介して「表象と反表象」の問題に遭遇していたといってよい。そこでは、〈日本幻想〉をめぐるきわめて典型的な問題が前景化されていた。それをとりあえず《はっぴいえんど》問題と名づけておく。

一九七〇年代初頭に、《はっぴいえんど》という日本のロックバンドがあったことは知られていよう。

メンバーは細野晴臣、大瀧詠一、松本隆、鈴木茂。結成が一九七〇年、わずか三年後の一九七三年には、三枚目のアルバムにして最後のアルバム『HAPPY END』を以て解散したグループである。その最後のアルバムのさらに掉尾を飾る曲が「さよならアメリカ　さよならニッポン」(詞：はっぴいえんど　曲：はっぴいえんど & Van Dyke Parks) という曲であった。

この曲は文字どおり《はっぴいえんど》最後のメッセージとなった。歌詞は、「さよならアメリカ　さよならニッポン」の四語をひたすら連呼するのみである。ただそれだけ。しかし、当時きわめてマイナーな、知る人ぞ知る程度のバンドだった《はっぴいえんど》に魅せられていた理由は、まさにこの歌詞に集約されている。なぜならそこに展開されていたのは、アメリカとニッポンの「間《はざま》」の音楽という自己認識であり、文化と文化のあいだをめぐる明晰きわまりない「間《はざま》」の意識にほかならなかったからだ。その明晰性は比類なきものであった。

さよなら　アメリカ

アメリカへの訣別宣言。純粋戦後世代というべき団塊世代が、米軍占領期を経て、勝者たるアメリカの文化や思想の圧倒的な影響下で、新憲法が保証する民主主義を謳歌し、コカコーラを愛飲しながら(ときには火炎瓶に仕立てながら)、そしてアメリカに憧れながら(ときにはアメリカ大使館へデモをかけながら)、それでも「さよなら」を言うこと。その一見解き難い矛盾。音楽的経験としては、眩いばかりのアメリカン・ポップスにさらされ、フォークやロックにさらされ、それらの模倣を通じて自己形成を遂げていった世代。メディアの急激な発達によって、ある種の同時代感覚を以てアメリカを享受した世代。何とも「村上春樹」的な世代。

かれらがアメリカに訣別すると歌う。原理的にはまったく不可能なことをなぜ言い出すのか。その真情を根底から理解した者たちだけがかれらのファンであった。とはいえ、アメリカに訣別するのならば、必然的に「ニッポン回帰」だろうか。戦前世代ならば、たとえば横光利一の『旅愁』があった。また、二者択一ならばそうなることは充分に予想される。それに、同時代、いち早く「ニッポン回帰」を唄うフォーク系の世界が擡頭しつつもあった。「浴衣のきみは尾花《すすき》の簪《かんざし》」（吉田拓郎「旅の宿」一九七二）が同時期、そして「防人の唄」（さだまさし、一九八〇）がまもなく登場する。しかし、《はっぴいえんど》はそんな、フォーク系の「ニッポン回帰」を拒否する。(2)

そして「さよなら　ニッポン」

ニッポンにも訣別する。なぜなら、（少しでも自意識のある若者なら）ニッポンはすでにどこにもないことを知っているからだ。少なくともアメリカの到来とともに、ニッポンは消滅しつつあった。敗戦とともに、戦後民主主義とともに、近代化とともにニッポンは終わったという感覚は隠しようもなかった。だからこそ、「浴衣のきみは尾花の簪」は決定的に嘘くさいのだ。ならば、荒井由実（ユーミン）の「中央フリーウェイ」（一九七六）のモダニティのほうがリアルなのだ（嘘くささもいくぶんかはあるけれど）。(3)ニッポンもまた、アメリカ文化の洗礼をたっぷり浴びたあとではもはや虚構でしかない。この「嘘くささ」こそ日本幻想だ。だから、世代の自意識は知っている。「さよなら　ニッポン」。

《はっぴいえんど》とは、アメリカにもニッポンにも別れを告げねばならない、「間《はざま》」を生きるほかない世代のマニフェストとしての音楽であった。所与としてのアメリカ、幻想としてのニッポン。いずれについても訣別を宣言すること。それが「さよなら　アメリカ　さよなら　ニッポン」にほかならない。この歌の作曲にアメリカのミュージシャン、ヴァン・ダイク・パークスが加わり、レコーディングはロサンゼルスというのもできすぎた話である。なぜなら、パークスの代表的アルバムは『Discover America』（一九七二）なのだから。(4)

あれでもないし、これでもない。であれば、つまるところ、あれでもあり、これでもありという論理的選択可能性を潜ませながら、《はっぴいえんど》は解散した。《はっぴいえんど》は、当時「日本においてロック・ミュージックを実践するとはどういうことか」を内省的に考え得たほとんど稀有のバンドであった。それまでは、端的に言えば、ひたすらアメリカの音楽を「模倣・学習」すること以上のことは起こり得なかった。

はいからはくち

いっぽう、《はっぴいえんど》は当時きわめて例外的に「日本語」でロックを試みた最初のバンドでもあった。ロックは日本語ではできないなどという何とも「軽い」風潮こそがロック少年たちにとって自明の共通理解であったからだ。しかし、ロックを「日本語」でということに執着した《はっぴいえんど》は、一部に熱狂的なファンを見いだしつつも、大方は「ダサい」ものと見なされもした。この国では、日本語で唄うことそのものがダサいらしいのだ。どうも、英語のほうがかっこいいという風潮は昔も今も変わらないのだ。(5)その片鱗は、歌詞のなかに英語のフレーズを交えるという J-Pop の習性として残っている。これこそ《はっぴいえんど》問題の遠心力でもあろう。

それではなぜ、日本語に執着したか。それは大方にはなぜか理解されなかったが、かなり単純な問題意識だったと思える。六〇年代後半のロック・ミュージックはかたやビートルズ、かたやボブ・ディランを筆頭に、ポップス革命とでもいうべき様相を呈していた。それは音楽的な高度化のみならず、歌詞の高度化を特徴とした。端的に言えば、ポップ・ミュージックが文学やアートに限りなく接近した時代であった。さらにいえば、もはやポップスはたんなる流行歌であることをみずから否定し、音楽性とポエジーをぎりぎりまで追求するある種の文化革命をめざしていた。これがヨーロッパおよびアメリカのロック的状況の可能性の中心であった。歌詞でいえば、それは詩であり、内面性であり、言葉の芸術でなければならなかった。ポップスが信じがたいほど大きく背伸びした時代、あるいは「内面化」を突き詰めようとした時代であった。

そのような「洋楽」を輸入し、享受しながら、日本の模倣者たちは、ただの模倣者に過ぎなかった。それがクリフ・リチャードであろうとプレスリーであろうと、そしてボブ・ディランであろうとビートルズであろうと、はたしてどれほどの区別があったろう。ただ、最新流行の「洋楽」を享受する、それだけであった。コピー・バンドが溢れていた。

しかし、《はっぴいえんど》は違っていた。かれらは、もし自分たちが本物のロックを演っていると自負しうるとするならば、それは「洋楽」ロックに比肩しうる音楽性とテクニックのみならず、言葉の革新、さらには日本の音楽の革新でなければならないと考えていた。とりわけ、ロックとは本質的に言葉の革新以外の何ものでもないという透徹した認識を具えていた。そうでなければ、欧米のロックに本質的に肩を並べることはできないとかれらは考えたのである。

《はっぴいえんど》の本領というべき、かれらの「日本語」ロック創出のドラマは、こうして「洋楽」＝ロックと日本語の接合という問題に設定された。アメリカと日本（語）の接合である。これが《はっぴいえんど》の出発点となった。複数文化の「間《はざま》の認識」から生まれた実験である。頭韻的な試みや語呂合わせを初め、音としての日本語に注目し、それを「洋楽」＝ロックに接合する試み、それに加えて現代詩的イメージ性と意味の探求。

かれらの日本語の試みは、そのとき引き裂かれていた。いっぽうで日本語の音としての特性、他方で詩としてのイメージと意味の高度化。とくに音と意味に引き裂かれながら、引き裂かれてあるがゆえに生まれる新しい音楽と言語の世界がそこに出現した。たとえば、「はいからはくち」という曲（アルバム『風街ろまん』、一九七一年所収）。ひらがなで表記すれば音がきわだつ。これに漢字を当てればどうなるか。「ハイカラ白痴」と「肺から吐く血」へと意味が二重化される。いうまでもなく、「ハイカラ白痴」とは「血塗れの空を玩ぶきみと　こかこーらを飲んでる」、七〇年代初頭の平均的ニッポン青年のセルフイメージ（「蜜柑色したひっぴー」）にほかならず、同時に明治近代以来の「ハイカラ」すなわち「欧化」の系譜を彷彿させる。ロックのリズムが日本語とどう呼応し合えるかはさらに根本的な問題だった。(6)

「諸感覚」あるいは反表象のテクノロジー

アメリカと日本（語）の結合を夢見て試行錯誤した果てに、《はっぴいえんど》は解散した。その最後に、「さよならアメリカ　さよならニッポン」が歌われたとき、もはや戦後ニッポンはいかなるオルタナティヴも持ちえない、まさしく〈近代〉なる世界に突入したのだと自覚するほかなかった。アメリカも虚構、ニッポンも虚構。いいかえれば、アメリカも幻想、ニッポンも幻想。《はっぴいえんど》は、そのように世界をとらえて去った。

どこにも帰属しないとする冷徹な自己認識と自己批評。それが《はっぴいえんど》を取り巻く否定しがたいリアリティとして残った。こうした自己認識と自己批評のさき、いやその根底にあったのが、

〈日本幻想〉であっただろう。これを指してマイケル・ボーダッシュは「アメリカへの盲目的な憧憬も、ノスタルジックな日本への回帰も含まれていない」（ボーダッシュ 二〇一二：二四一）と述べている。それはいわゆる「日本回帰」とは異なる。〈幻想としての日本〉であり、虚構としての日本であった。日本人みずからが描きだす〈日本幻想〉が、名状しがたい不可能性を以て立ち上がる。この虚構のなかを現在も私たちは漂流しているのではあるまいか。

〈近代〉が不可避的に産出する〈幻想としての日本〉。私たちは内部にみずからオリエンタリズムを抱え込んだといっても間違いではあるまい。細野の先の述懐にあった「〝ソイ・ソース〟ミュージック」こそは、その予感の示現にほかならなかった。《はっぴいえんど》解散から六年ほどが経過して、七〇年代が終わろうとする頃、《はっぴいえんど》のメンバーであった細野晴臣は、イエロー・マジック・オーケストラ（ＹＭＯ）を結成する。そのデビューアルバムのＡ面一曲目つまりその劈頭に配置されたのは「ファイアー・クラッカー」（"Fire Cracker"）というインストルメンタル曲であった。それはまた、きわめて周到なマニフェストであった。作曲者はマーティン・デニー（Martin Denny）。「エキゾティカ」（Exotica）と呼ばれるオリエンタリズムとエキゾティシズムを極めたアメリカの作曲家。その代表作のひとつだ。おそらく、マーティン・デニーに魅せられ続けた細野晴臣によるオマージュとして、この曲はＹＭＯ（のコンピュータ・ミュージック）によって再演されたわけだが、それがマニフェストたる所以は、ハリウッド・オリエンタリズムそのものの音楽を、その対象たるアジア（のロックバンド）が、再演するという反表象的出来事そのものにある。

見られるアジアが、その「見られた」像をみずから演じてしまうこと。表象への自己投企、つまりは反表象。そのような音楽をオリエンタリズムだと反批判するのではなく、投じられたオリエンタリズムをそのまま受けとめて投げ返してしまうこと。反表象。イエロー・マジック・オーケストラと名づけられたとおり、西洋的概念としての白魔術でも黒魔術でもなく、「黄色魔術」（《はっぴいえんど》の「はいからはくち」の歌詞を借りるなら「蜜柑色したひっぴー」的魔術）を揮い、かつ、コンピュータ・ミュージックによりハイテクニッポンのイメージさえ付加しながら、オリエンタリズムの発信源に向けて送り返すこと。反表象。

この遊びとパロディに満ちた「黄色魔術」の反表象を準備したのは、まぎれもなく、アメリカへの訣別とニッポンへの訣別を宣言した《はっぴいえんど》であったろう。それはちょうど、六〇年代末から七〇年代にかけて大流行した土俗や土着といった観念が急速に退潮期を迎えつつある時代のことでもあった。土俗や土着が観念であり、ある種の内的《ドメスティック》オリエンタリズムでしかないことにひとが気づき始めた時期でもあった。ニッポンがすでに遠いノスタルジックな観念でしかないことが露呈されつつあった。ＹＭＯにとって、ニッポンはすでにひとつの虚構であり、その虚構性の度合いに応じて、オリエンタリズム的表象はいわばパロディとして、戯画として受容可能なものとなったのである。ＹＭＯはこのとき、マーティン・デニーと同じ位置に立ったのである。

どこにも帰属しない《はっぴいえんど》における「間《はざま》」の意識は、いまどこをどのようなかたちで漂流しているのか。細野晴臣は「ここがどこなのか　どうでもいいことさ　どうやってきたのか　忘れられるかな」と歌いつつ、日本の音楽的モダニズム（たとえば服部良一）の発見とテクノポップに向かった。[7] 大瀧詠一は六〇年代アメリカン・ポップスの見事な反復・昇華・洗練を経て、世界史と日本史の「間《はざま》」を浮遊する J-Pop のファルスぶりを植木等とクレージーキャッツまで遡行し、鈴木茂はもっぱら寡黙なギタリストとしてユーミンから拓郎まで支え続け、失われた東京を〈風街〉と呼称した松本隆は、松田聖子の時代に同伴する作詞家として一世を風靡した。総じてこの四人が、八〇年代以降の日本のポップスを圧倒的な力量を以て支え続けたことだけは間違いないだろう。「さよなら　アメリカ　さよなら　ニッポン」は、こうして、YMOの「黄色魔術」という反表象を以てある種の文化的実体の様相を呈し始めたのである。

いま、この「黄色魔術」のもっとも純化された現在形を見いだせるとすれば、それはPerfumeであり、その音楽プロデューサー中田ヤスタカであろう。たとえば、Perfumeの「575」。まぎれもない5音、7音の音数律に即し、まるで和歌を発声するがごとき言葉に根ざしたリズムとメロディーを生成しつつ、そこにラップを加える。そのラップも極限まで日本化された何とも可憐なラップだ（アメリカ的ラップを軽くいなしてしまう、その明快な切断ぶりにさらなる驚きを覚える）。日本のポピュラー音楽はついに異種混淆性をことさら意識する必要もないほどの自由を獲得したのであろうか[8]。

もはやアメリカに「さよなら」する必要も、日本に「さよなら」する必要もない。二者択一的葛藤ではなく、差異を示す二者（もしくはそれ以上）を自在に操作・編集し、さらにその二者（もしくはそれ以上）を超脱する創造性の絶えざる生成があるだけだ。それこそが、そもそもロックやポップスが、黒人音楽や民俗音楽、その他多種多様な音楽的異文化と接触・交叉しながらみずからを創り上げてきた複数性と多様性と重層性の内化にほかなるまい。

細野晴臣は、かつて自分の音楽的かつ心身的スタンスをめぐって「渚感覚」と名づけたことがある。それは「下半身は海の方に、上半身は砂浜に寝転がって」いる（生態学的）境界《エッジ》の感覚であり、絶えず揺動する場所に身を置くことを意味する言葉であった[9]。細野たちYMOの音楽は「テクノポップ」と呼ばれていた。これまでに述べてきた脈絡で改めて眺め直してみるならば、「テクノ」とはけっしてコンピュータの使用のみを指示するわけではなかったようだ。何よりもテクノロジーとは、異なる諸文化を制御・統合する「諸感覚」に基づく技術そのものではなかったか。(10) エリック・リードの言葉を最後にもう一度想起しておきたい――「この惑星にはもはや他者の時間はない。幾時代にもわたる旅人が形成したひとつの時間、ひとつの世界があるだけである。近代性《モダニティ》は避けられない。」

たしかに、まぎれもなく、「近代性《モダニティ》は避けられない」。

近代性《モダニティ》こそが異文化を産出し、自文化を産出する根源だったのではあるまいか。

注

(1) にもかかわらず、というべきであろうが、「複数の時間、複数の世界」はかならずしも単一的に平準化されてしまうわけでもない。本書における反表象論的視点は、この「にもかかわらず」に懸かっている。おそらく、私たちの現在が目撃しているのは、このような事態の推移である。

(2) 五木ひろし「ふるさと」が一九七三年に発売されている。この歌の作詞家はフォーク系ではない山口洋子だが、きわめてフォーク的な新しい感性を表現している。ステレオタイプの故郷像ではあるが、それ以前の演歌的コードとは完全に異なるものである。この時期あたりから、フォーク系と演歌系の合流が見られるといってもよい。この合流は森進一「襟裳岬」（一九七四）で明示的となる。因みに、「旅の宿」と「襟裳岬」の作詞は同じ岡本おさみである。

(3) 荒井由実の初期アルバムのバック・ミュージシャンが細野晴臣、鈴木茂を初めとする「キャラメル・ママ」（のちにティン・パン・アレー）というグループであったことは知られていよう。フォーク系とは異なる人脈があるまとまりを見せつつあった。同時に、イエロー・マジック・オーケストラへの展開も見てとれる。

(4) 日本国有鉄道による「ディスカバー・ジャパン」キャンペーンは一九七〇年に始まっている。

(5) 《はっぴいえんど》の音楽をめぐる「日本語論争」については、数多くの研究および言及がなされている。

もっとも端的かつ理論的に整理されているのは、マイケル・ボーダッシュ『さよならアメリカ、さよならニッポン』（二〇一二）であろう。

（6）マイケル・ボーダッシュ『さよならアメリカ、さよならニッポン』（二四二頁）は、「真正でない、不自然な形態の日本語―ポストコロニアル理論家のホミ・K・バーバのいう、母国語の「不気味な」ヴァージョンをつくり出したのだ」と指摘している。もちろん、これは主に作詞を担当した松本隆自身による「ゆがめられた母国語で唱う」（木村 二〇一三：三九）というコメントに対応している。この「ゆがめられた母国語」そのものも反表象的な表出であろう。

（7）服部良一の作品を雪村いづみが歌い、編曲・演奏をキャラメルママが担当したアルバム『スーパージェネレーション』（一九七四）は、細野における日本のモダニズム発見の金字塔である。おそらく、このアルバムとマーティン・デニーとYMOは一種の三角関係を構成している。

（8）Perfume の音楽とパフォーマンスはある種の予感に満ちている。海外でのライブが増えてもその本性は変わらないだろうという予感である。海外進出といえば英語で歌うという、従来の日本的強迫観念とも無縁である。なぜなら、彼女たちの音楽と歌とダンスは本質的に日本語に大きく規定されているからである。アルバム・タイトル『JPN』はそのことを何よりも明確に物語っている。あるCD評で、Perfume は、「「まるで洋楽」というレベルを超えた」と評されている。この言説自体が興味深い。（著者：さわやか、Real Sound、2014.04.23, http://realsound.jp/review/name/perfume/perfume.html より取得）

（9）細野晴臣によるこのコメントは、立教大学における公開講演会における発言記録に基づいている。未刊行である。

（10）YMOにおけるテクノロジーの意味は、多元的な分析を必要としているが、広瀬正浩『戦後日本の聴覚文化』は「テクノ・オリエンタリズムの先取り」という側面に注目している。「エキゾチックなものとして自己を商品化していく」（九六）、「新たなステレオタイプ」（一〇〇）を自己演出した、きわめて反表象的な表出である。

参考文献

木村ユタカ監修『はっぴいえんどコンプリート』シンコーミュージック・エンターテイメント、二〇〇八年。

広瀬正浩『戦後日本の聴覚文化——音楽・物語・身体』青弓社、二〇一三年。

マイケル・ボーダッシュ『さよならアメリカ、さよならニッポン——戦後、日本人はどのようにして独自のポピュラー音楽を成立させたか』奥田祐士訳、白夜書房、二〇一二年。

立教大学公開講演会「環境と文学のあいだ　異文化の音、自然の音——音楽を〈異化〉する」（主催：立教大学大学院異文化コミュニケーション研究科、二〇〇六年三月一八日）未刊行。

エリック・リード『旅の思想史——ギルガメシュ叙事詩から世界観光旅行へ』伊藤誓訳、法政大学出版局、二〇〇八年。

あとがきに代えて――「美化の拒否」に抗して

過去一五年ほどの読書のなかで、渡辺京二『逝きし世の面影―日本近代素描Ｉ』（葦書房、一九九八）ほどよく涙した書物はない。それは、渡辺によって「逝きし世」として描出された近代以前の日本と日本人が、あまりにも美しいからである。しかもその「逝きし世」を語る語り手たちは、日本人ではない。海外、とくにヨーロッパ、アメリカからの渡航者たち、それぞれの時代に日本を目撃した証人たちである。本書に登場するキプリングやフォークナーやゲーリー・スナイダーよりも前の時代を生きた人物たち。かれらはまさしく時間を旅する者たちである。それも「他者の時間」を旅する者たちである。これらの外来の観察者たちは、おそらくは、日本を訪れながら、そこに「他者の時間」の終焉を見とどけた。「逝きし世」とは「他者の時間」にほかなるまい。そのようにして描きだされる「逝きし世」という「他者の時間」はふるえるほどに美しい。

しかし、涙の理由はそれだけではない。もしそれだけだとすれば、私は涙をむしろみずからに抑制し禁じていただろう。外国人の眼差し、とくに非ヨーロッパ世界に向けられたヨーロッパの視線は、警戒を要することを私もご多分に洩れず知っているからだ。それではなにゆえにそれほどまでに涙するか。それは、この美しさを否定し続けてきた近代日本の根深い「心的機制」への畏怖ゆえのことである。渡辺は次のように指摘する。

チェンバレンによれば、欧米人にとって「古い日本は妖精の住む小さくてかわいらしい不思議の国であった」。今日の日本知識人はこういう言葉を聞くと、反射的に憤激するか頭から冷笑するように条件づけられている。なぜなら、それは古い日本への誤った讃美であって、事実として誤っているばかりか、それ以前に反動的役割を果しかねないからである。チェンバレン自身、そのような日本人の心的機制についてはよく知っていた。彼は書いている。「新しい教育を受けた日本人のいるところで、諸君に心から感嘆の念を起させるような、古い奇妙な、美しい日本の事物について、詳しく説いてはいけない。……一般的に言って、教育ある日本人は彼らの過去を捨ててしまっている。彼らは過去の日本人とは別の人間、別のものになろうとしている」。(一五)

渡辺は、このように、近代日本の「心的機制」を描出する。イデオロギー的に右か左かは問題ではない。「新しい教育を受けた日本人」は、「過去を捨てて」、「別の人間」になることをめざしている。これは、いいかえれば、近代日本にあって、「過去」は否定さるべきものであり、欧米人の語る「妖精の住む小さくてかわいらしい不思議の国」という〈日本幻想〉などは、おぞましいかぎりの否定的対象にすぎないという認識を前提としてきたという。おそらく、この渡辺の認識に異論はない。すでに私自身が書いたように、「もしそれだけだとすれば、私は涙をむしろみずからに抑制し禁じていただろう」し、「外国人の眼差しは、とくに非ヨーロッパ世界に向けられたヨーロッパの視線は、警戒を要することを私もご多分に洩れず知っている」と記したばかりであるからである。しかし、ここに私自身が記した「警戒」こそが、近代日本の「心的機制」の典型なのである。

渡辺は、エドワード・サイードの「オリエンタリズム」のコンセプトが、「最新の知的ファッション」

として「日本の知識層」に受容され、「開国期から明治期までの欧米人の日本イメージを否定し、無化するのに好都合の視点として愛用されつつある」と指摘する（一八）。いいかえれば、近代日本が「オリエンタリズム」論を介して延命し、〈日本幻想〉は幻影にすぎない、イデオロギーにすぎない、色眼鏡にすぎないと囁きかけ続けるのである。しかし、渡辺は次のように戒めている。

問題はいまや明らかである。異邦から来た観察者はオリエンタリズムの眼鏡をかけていたかもしれない。それゆえに、その目に映った日本の事物は奇妙に歪められていたかもしれない。だが、彼らは在りもしないものを見たわけではないのだ。日本の古い文明はオリエンタリズムの眼鏡を通して見ることのできるようなある根拠を有していたのだし、奇妙に歪められることを通してさえ、その実質を開示していたのである。（四一、傍点筆者）

何という慎重かつ懇切な解説であることか。ここには凡百の「理論」なるものがいかに空疎であるかが証明されている。詳細な議論は『逝きし世の面影』に直接当たっていただくとして、かくして渡辺京二が読者に開示してみせた事柄は二点ある。ひとつは、「日本の古い文明」すなわち「逝きし世」のただならぬ美しさであり、もうひとつはそのような「日本の美化を拒否するという心的機制」の所在である（一六）。

日本におけるオリエンタリズム理論の受容に問題があるとすれば、「日本の美化を拒否するという心的機制」によって、「異邦から来た観察者」のまなざしをイデオロギー的に裁断することに終始してきた点にある。もちろん、そのように「美化」されたまなざしを肯定する論者もまた「拒否」に曝されてきた。『逝きし世の面影』の登場こそが、ともすればサイード／オリエンタリズム的な議論に回収されがちなイデオロギー論を斥け、〈日本幻想〉という、近代日本では危険度の高いコンセプトを私たちに選ばせたと私は考えている（もちろん、こう語ることで私たち自身の責任を転嫁するつもりはいささかもない）。なぜなら、これはまぎれもない私たち自身の「心的機制」の問題を孕んでいるからであり、それを直視することを回避できないからである。

『逝きし世の面影』の読書が私に涙をもたらしたとすれば、それは美しいものを美しいと断言できる強靱な知性をそこに感得したからである。かりに「異邦から来た観察者はオリエンタリズムの眼鏡をかけていた」という命題が正しいとしても、そのような「観察」についてかまえ、批判的なスタンスをとり続ける私たちの側にも別のイデオロギーの「眼鏡」が装着されていることを教えてくれる書物だからである。渡辺は指摘する——「さいわいなことに、欧米人の記録者には、興味本位のツーリストではなく、果たすべき課題を担って来日したものが多かった。また、ツーリストの場合でも、鋭い観察眼と高い知性の持ち主が多かった。彼らはたしかに日本をある点で讃美したが、それによって批判の眼がくもることはなかった」と（七四）。顧みれば、〈日本幻想〉を産み出したヨーロッパの知識人たちは、近代精神と科学精神を、少なくとも当時のどの文明圏にも増して具備していた人たちであろう。そのような事実に気づくだけでも、一方的なイデオロギー的裁断の限界が見えるというものである。

科研費による三年のプロジェクトが終了し、直後に、報告集『〈日本幻想〉の研究——表象と反表象のダイナミックス』（二〇一一年三月刊、非売品）をまとめたが、それから本書刊行まで四年ほどの時間を要している。早くに原稿をお寄せ下さった執筆者の方々には、長らくお待たせしたことについて深くお詫び申し上げる。

研究期間には、榎本義子先生（フェリス女学院大学名誉教授）、エイドリアン・ピニントン先生（早稲田大学教授）にお願いして、研究会でのご講演をお願いした。それぞれ大変重要な視点と貴重な助言をいただいた。本書には、お二人の先生のお力添えが確実に活かされている。刊行を機に、改めてお礼を申し上げたい。また、期間中の三年間、ずっとアシスタントを務めて下さった齊藤美野さん（現在、津田塾大学等講師）にも謝意を表したい。研究会の設定から記録に至る多様な業務で共同研究を支えていただいた。第Ⅳ部の1、森口邦彦氏との座談の記録と整理に当たっては、吉村聡さん（立教高等学校講師）のお力添えを得た。また、本書の索引作成に当たっては、山田悠介さん（立教大学大学院異文化コミュニケーション研究科後期課程）にサポートをいただいた。心から感謝申し上げる。

最後に、ミネルヴァ書房編集部の河野菜穂さんにお礼を申し上げる。〈日本幻想〉というアイデアに共感していただき、何かと手間取る編者を一貫して励まし支えて下さった。

野田研一

人名索引

た　行

な　行

は　行

ま　行

や　行

ら・わ行

事項索引

た　行

な　行

は　行

ま　行

や　行

ら・わ行

「フォークナーと「近代」――「エミリーにバラを」，憧憬と回帰」東洋大学『白山英米文学』(39)45-60，2014年
「フォークナーから村上春樹へ――「納屋」への放火，「父」あるいは「母」とのはざま」群系の会『群系』(33)224-233，2014年

森口邦彦（もりぐち・くにひこ）第Ⅳ部の1

友禅作家・人間国宝
1963年，京都市立美術大学日本画科卒業後，渡仏。1966年，パリ国立高等装飾美術学校卒業。
日本伝統工芸染織展にて文化庁長官賞受賞（1969年）
第42回芸術選奨文部大臣賞（1992年）
紫綬褒章を受章（2001年）
重要無形文化財「友禅」保持者に認定（2007年）
旭日中綬章を受章（2013年）

高田賢一（たかだ・けんいち）第Ⅳ部の2

青山学院大学名誉教授
著　書『アメリカ文学のなかの子どもたち――絵本から小説まで』ミネルヴァ書房，2004年
『自然と文学のダイアローグ――都市・田園・野生』（共編著）彩流社，2004年
『越境するトポス――環境文学論序説』（共著）彩流社，2004年
『英米児童文学の黄金時代』（共編著）ミネルヴァ書房，2005年
『若草物語』〈もっと知りたい名作の世界①〉（編著）ミネルヴァ書房，2006年
『赤毛のアン』〈もっと知りたい名作の世界⑩〉（共著）ミネルヴァ書房，2008年
『〈移動〉のアメリカ文化学』〈シリーズ・アメリカ文化を読む①〉（共著）ミネルヴァ書房，2011年
『子どもの世紀――表現された子どもと家族像』（共編著）ミネルヴァ書房，2013年
『英米児童文学 55のキーワード』〈世界文化シリーズ（別巻）①〉（共著）ミネルヴァ書房，2013年

中村邦生（なかむら・くにお）第Ⅳ部の1・3

大東文化大学文学部教授／作家
著　書『〈虚言〉の領域――反人生処方としての文学』ミネルヴァ書房，2004年
『月の川を渡る』〈小説集〉作品社，2004年
『風の消息，それぞれの』〈小説集〉作品社，2006年
『未完の小島信夫』（共著）水声社，2009年
『チェーホフの夜』〈小説集〉水声社，2009年
『生の深みを覗く』（編著）岩波書店，2010年
『転落譚』〈小説〉水声社，2011年
『書き出しは誘惑する』岩波書店，2014年

山里勝己（やまざと・かつのり）第Ⅲ部第7章

名桜大学学長，琉球大学名誉教授

著　書　『場所を生きる――ゲーリー・スナイダーの世界』山と渓谷社，2006年
『琉大物語　1947年―1972年』琉球新報社，2010年
『〈移動〉のアメリカ文化学』〈シリーズ・アメリカ文化を読む①〉（編著）ミネルヴァ書房，2011年
『〈オキナワ〉人の移動，文学，ディアスポラ』（共編著）彩流社，2013年
『アメリカ文化 55のキーワード』〈世界文化シリーズ③〉（共編著）ミネルヴァ書房，2013年
Literature of Nature: An International Sourcebook（共編）London: Fitzroy and Dearborn, 1998.
Living Spirit: Literature and Resurgence in Okinawa.（共編著）U of Hawaii P, 2011.

訳　書　ゲーリー・スナイダー『惑星の未来を想像する者たちへ』（共訳）山と渓谷社，2000年
ゲーリー・スナイダー『終わりなき山河』（共訳）思潮社，2002年
ゲーリー・スナイダー『For the Children 子どもたちのために』（編・訳）野草社，2013年

笹田直人（ささだ・なおと）第Ⅲ部第8章

明治学院大学文学部教授

著　書　『アメリカ文学の冒険』（共著）彩流社，1998年
『多文化主義で読む英米文学』（共編著）ミネルヴァ書房，1999年
『記憶のポリティックス――アメリカ文学における忘却と想起』（共著）南雲堂フェニックス，2001年
『概説　アメリカ文化史』（共編著）ミネルヴァ書房，2002年
『〈都市〉のアメリカ文化学』〈シリーズ・アメリカ文化を読む③〉（編著）ミネルヴァ書房，2011年
『〈移動〉のアメリカ文化学』〈シリーズ・アメリカ文化を読む①〉（共著）ミネルヴァ書房，2011年
『アメリカ文化 55のキーワード』〈世界文化シリーズ③〉（共編著）ミネルヴァ書房，2013年

訳　書　マーティン・ジェイ『永遠の亡命者たち――知識人の移住と思想の運命』（共訳）新曜社，1989年

竹内理矢（たけうち・まさや）第Ⅲ部第9章

東洋大学文学部専任講師

著　書　『アメリカ文化 55のキーワード』〈世界文化シリーズ③〉（共著）ミネルヴァ書房，2013年

論　文　"Postwar Homosocial Bonding: Love and Value in *The Sun Also Rises.*" *The Journal of the American Literature Society of Japan* (11) 41-59, 2013年

書房，2009年
『子どもの世紀——表現された子どもと家族像』（共著）ミネルヴァ書房，2013年

木下　卓（きのした・たかし）第Ⅱ部第4章

愛媛大学名誉教授
著　書　『ガリヴァー旅行記』〈もっと知りたい名作の世界⑤〉（共編著）ミネルヴァ書房，2006年
『〈私〉の境界——20世紀イギリス小説にみる主体の所在』（共著）鷹書房弓プレス，2007年
『英語文学事典』（共編著）ミネルヴァ書房，2007年
『イギリス文化 55のキーワード』〈世界文化シリーズ①〉（共編著）ミネルヴァ書房，2009年
『旅と大英帝国の文化——越境する文学』ミネルヴァ書房，2011年
『〈平和〉を探る言葉たち——20世紀イギリス小説にみる戦争の表象』（共著）鷹書房弓プレス，2014年

北川扶生子（きたがわ・ふきこ）第Ⅱ部第5章

天理大学文学部教授
著　書　『近世と近代の通廊——十九世紀日本の文学』（共著）双文社出版，2001年
『都市の異文化交流——大阪と世界を結ぶ』（共著）清文堂出版，2004年
『コレクション・モダン文化都市　第53巻　結核』ゆまに書房，2009年
『漱石の文法』水声社，2012年
論　文　「明治期の修辞観と社会進化論——夏目漱石のアレグザンダー・ポープ論における分裂と可能性」『比較文学』第48号，2006年
「〈美しい故郷〉の描き方——1890～1900年代の美文流行現象における出郷物語とレトリック」『アジア遊学』第143号，勉誠出版，2011年
「異郷に響く歌——日系アメリカ移民が見た〈日本〉」『国文論叢』第47巻，2013年
「『やまと新聞』投稿欄にみるハワイ日系日本語文学の草創期」『日本近代文学』第89集，2013年

仲程昌徳（なかほど・まさのり）第Ⅱ部第6章

法政大学沖縄文化研究所客員所員
著　書　『アメリカのある風景——沖縄文学の一領域』ニライ社，2008年
『小説の中の沖縄——本土誌で描かれた「沖縄」をめぐる物語』沖縄タイムス社，2009年
『沖縄系ハワイ移民たちの表現』ボーダーインク，2012年
『「ひめゆり」たちの声　『手記』と「日記」を読み解く』出版社 Mugen，2012年
『「南洋紀行」の中の沖縄人たち』ボーダーインク，2013年

《執筆者紹介》（執筆順，＊は編著者）

＊野田研一（のだ・けんいち）序論，第Ⅳ部の１・４，あとがきに代えて

奥付編著者紹介参照

中川僚子（なかがわ・ともこ）第Ⅰ部第１章

聖心女子大学文学部教授

著　書　『〈インテリア〉で読むイギリス小説――室内空間の変容』（共編著）ミネルヴァ書房，2003年
『〈食〉で読むイギリス小説――欲望の変容』（共編著）ミネルヴァ書房，2004年
『フランケンシュタイン』〈もっと知りたい名作の世界⑦〉（共編著）ミネルヴァ書房，2006年
『ラヴレターを読む――愛の領分』（共著）大修館書店，2008年
『日常の相貌――イギリス小説を読む』水声社，2011年

窪田憲子（くぼた・のりこ）第Ⅰ部第２章

大妻女子大学短期大学部教授

著　書　『たのしく読める英米女性作家』（共編著）ミネルヴァ書房，1998年
『イギリス女性作家の半世紀――60年代　女が壊す』（編著）勁草書房，1999年
『〈衣裳〉で読むイギリス小説』（共編著）ミネルヴァ書房，2004年
『ダロウェイ夫人』〈もっと知りたい名作の世界⑥〉（編著）ミネルヴァ書房，2006年
『英語文学事典』（共編著）ミネルヴァ書房，2007年
『マーガレット・アトウッド』（共著）彩流社，2008年
『イギリス文化 55のキーワード』〈世界文化シリーズ①〉（共編著）ミネルヴァ書房，2009年
Britain and Japan: Biographical Portraits（共著）Hugh Cortazzi ed. Leiden and Boston: Global Oriental, 2013.

訳　書　マイケル・ウィットワース著『ヴァージニア・ウルフ』（訳書）彩流社，2011年

久守和子（ひさもり・かずこ）第Ⅰ部第３章，第Ⅳ部の１

フェリス女学院大学名誉教授

著　書　『イギリス小説のヒロインたち――〈関係〉のダイナミックス』ミネルヴァ書房，1998年
『フランケンシュタイン』〈もっと知りたい名作の世界⑦〉（共編著）ミネルヴァ書房，2006年
『英語文学事典』（共編著）ミネルヴァ書房，2007年
『ラヴレターを読む――愛の領分』（共著）大修館書店，2008年
『イギリス文化 55のキーワード』〈世界文化シリーズ①〉（共編著）ミネルヴァ

《編著者紹介》

野田研一（のだ・けんいち）

立教大学大学院異文化コミュニケーション研究科教授

著　書『交感と表象——ネイチャーライティングとは何か』松柏社，2003年
『岩波講座　文学７　つくられた自然』（共著）岩波書店，2003年
『越境するトポス——環境文学論序説』（共編著）彩流社，2004年
『ウォールデン』〈もっと知りたい名作の世界③〉（共著）ミネルヴァ書房，2006年
『自然を感じるこころ』筑摩書房，2007年
『英語文学事典』（共編著）ミネルヴァ書房，2007年
『〈風景〉のアメリカ文化学』〈シリーズ・アメリカ文化を読む②〉（編著）ミネルヴァ書房，2011年
『〈都市〉のアメリカ文化学』〈シリーズ・アメリカ文化を読む③〉（共著）ミネルヴァ書房，2011年
『異文化コミュニケーション学への招待』（共編著）みすず書房，2011年
『アメリカ文化 55のキーワード』〈世界文化シリーズ③〉（共編著）ミネルヴァ書房，2013年

〈日本幻想〉表象と反表象の比較文化論

2015年３月30日　初版第１刷発行　〈検印省略〉

定価はカバーに
表示しています

編著者　野　田　研　一
発行者　杉　田　啓　三
印刷者　坂　本　喜　杏

発行所　株式会社　ミネルヴァ書房
607-8494　京都市山科区日ノ岡堤谷町１
電話代表　(075)581-5191
振替口座　01020-0-8076

冨山房インターナショナル・新生製本

ISBN 978-4-623-07149-4
Printed in Japan